El hostal de las ilusiones

Debbie Macomber (Yakima, Washington, 1948), conocida como «la reina de la novela femenina», es toda una institución en este género literario. Su primera novela se publicó hace más de treinta años, y desde entonces ha escrito más de un centenar, que han conmovido a millones de lectores en todo el mundo y le han valido numerosos premios, como el homenaje a toda una carrera de la Asociación de Escritores de Novela Romántica estadounidense.

www.debbiemacomber.com

Si tienes un club de lectura o quieres organizar uno, en nuestra web encontrarás guías de lectura de algunos de nuestros libros. **www.maeva.es/guias-lectura**

PEFC
PEFC/01-4-12

Este libro se ha elaborado con papel procedente de bosques gestionados de forma sostenible, reciclado y de fuentes controladas, avalado por el sello de PEFC, la asociación más importante del mundo para la sostenibilidad forestal. Certificado por SGS según N.º: SGS-PEFC/COC-0405.
www.pefc.es

EMBOLSILLO desea contribuir al esfuerzo colectivo y permanente de proteger y preservar el medio ambiente y nuestros bosques con el compromiso de producir nuestros libros con materiales responsables.

DEBBIE MACOMBER

El hostal de las ilusiones

Traducción:
MARTA ARMENGOL ROYO

EMBOLSILLO

Título original:
THE INN AT ROSE HARBOR

Diseño de cubierta:
ROMI SANMARTÍ

Diseño de colección:
TONI INGLÈS

© DEBBIE MACOMBER, 2012
   Este libro ha sido publicado bajo el acuerdo con Ballantine Books,
   un sello de Random House, una división de Random House, LLC.
© de la traducción: MARTA ARMENGOL ROYO, 2015
© de esta edición: EMBOLSILLO, 2016
   Benito Castro, 6
   28028 MADRID
   emaeva@maeva.es
   www.maeva.es

ISBN: 978-84-16087-42-6
Depósito legal: M-11.080-2016

Fotomecánica: Gráficas 4, S.A.
Impreso por: Novoprint
Impreso en España / Printed in Spain

A mis amigos especiales de Knitter's Magazine *y las* Stitches Conferences, Benjamin Levisay *y* Rick Mondragon

Nota de la autora

Queridos amigos:

He tomado nota: os encanta Cedar Cove y no queríais dejar atrás a sus personajes. A sus diez mil personajes. Bueno, tal vez esté exagerando un poquito, pero ya os hacéis a la idea del problema que tenía. Trece libros escritos, cada uno protagonizado por su propio elenco. A vosotros quizá no os diera vueltas la cabeza intentado recordar quién es quién, pero a mí sí. Había llegado la hora de decir adiós, pero las despedidas siempre son difíciles y, a juzgar por lo que algunos de vosotros me contasteis, también traumáticas.

Soy una autora que escucha a sus lectores. Sois vosotros quienes habéis guiado mi carrera desde que publiqué mi primera novela. Intento satisfacer siempre a aquellos que me han apoyado y se han mostrado fieles desde el principio. Así que decidí hacer una concesión: mi nueva serie está ambientada en un hostal en Cedar Cove. De esta manera, los personajes a los que tanto queréis aparecerán de vez en cuando para que veáis cómo les va. Sin embargo, la historia se centrará en Jo Marie y la gente que se hospeda en el Hostal Rose Harbor.

El nombre «Rose» tiene un significado especial para mí. Mi bisabuela se llamaba Rose, igual que mi madre. Mi hija mayor se llama Jody Rose, y mi nieta (que nació el día de mi cumpleaños), Madeleine Rose, así que, como podéis ver, el nombre está bien enraizado en nuestro linaje. Igual que en todas mis historias, comparto una parte de mí misma con mis lectores.

Y, como siempre, tengo muchas ganas de que me hagáis llegar vuestros comentarios. Tenéis muchas formas de poneros en contacto conmigo: podéis visitar mi página web, debbiemacomber.com, y firmar en el libro de visitas virtual, o enviarme una carta al apartado de Correos P.O. Box 1458, Port Orchard, WA98366, USA. Leo todos los mensajes y cartas que me llegan. También podéis escribirme a través de Facebook. ¡Esperad! Aún hay más... Tengo una app especial. Fijaos cuánta tecnología punta me rodea.

Y ahora, poneos cómodos, que os voy a presentar a Jo Marie y a sus dos primeros huéspedes. Jo Marie acaba de empezar una nueva vida, y estoy segura de que se ganará vuestro afecto, tanto ella como todos aquellos que encuentran un refugio para sanar sus heridas en su hostal.

Con todo mi cariño,

Debbie Macomber

Capítulo 1

Anoche soñé con Paul.

Nunca anda lejos de mi mente —no pasa un día en que no esté conmigo—, pero no había soñado con él hasta ahora. Es irónico, supongo, que fuera él quien me dejara, porque antes de cerrar los ojos fantaseo con que me rodea con sus brazos. Al dormirme, finjo que tengo la cabeza apoyada en su hombro. Por desgracia, nunca podré volver a estar con mi marido, al menos, no en esta vida.

Hasta anoche, si alguna vez soñaba con Paul, lo olvidaba al despertar. Pero este sueño ha permanecido en mi memoria, llenándome de tristeza y alegría a partes iguales.

Cuando me comunicaron que Paul había muerto, mi dolor fue tan grande que no creí poder salir adelante. Sin embargo, la vida sigue, y yo también: me arrastré de un día al siguiente hasta que me sentí capaz de respirar con normalidad.

Ahora estoy en mi nuevo hogar, el hostal que compré hace menos de un mes en la península de Kitsap, en un pueblo costero muy acogedor llamado Cedar Cove. Decidí llamarlo Hostal Rose Harbor. El «Rose» es por mi marido, con quien estuve casada menos de un año, Paul Rose; el hombre a quien siempre amaré y echaré de menos durante el resto de mi vida. *Harbor,* «puerto», es por el lugar donde he echado el ancla mientras la tormenta de la pérdida se abate sobre mí.

Suena muy melodramático, pero no hay otra forma de decirlo. Aunque estoy viva y me comporto como una persona normal, a veces me siento muerta por dentro. A Paul no le gustaría nada oírme decir eso, pero es cierto. Morí junto a Paul el pasado abril, en la ladera de una montaña en un país al otro lado del mundo, donde él luchaba por la seguridad de la nación.

La vida tal como yo la conocía terminó en un abrir y cerrar de ojos. Me arrebataron mi futuro soñado.

Se suele decir a quienes están de duelo por un ser querido que es mejor esperar un año antes de tomar cualquier decisión importante. Mis amigos me dijeron que me arrepentiría si dejaba mi trabajo, abandonaba mi casa de Seattle y me trasladaba a una nueva ciudad.

Lo que no comprendían es que no encontraba ningún consuelo en lo familiar, que la rutina no me daba alegría alguna. Pero como apreciaba su opinión, esperé seis meses. Y en ese tiempo nada mejoró, nada cambió. Sentía cada vez más la necesidad de alejarme, de empezar una nueva vida, segura como estaba de que solo así encontraría la paz y se mitigaría el terrible dolor que se alojaba en mi interior.

Empecé a buscar una nueva casa por Internet, indagando en distintas regiones por todo Estados Unidos. La sorpresa fue que encontré lo que buscaba a un tiro de piedra.

El pueblo de Cedar Cove se encuentra frente a Seattle, al otro lado del estrecho de Puget. Es una ciudad marinera, junto al astillero de Bremerton. En cuanto encontré el anuncio de «en venta» de un hostal encantador, se me aceleró el corazón. ¿Yo, propietaria de un hotelito? Nunca se me había ocurrido regentar un negocio, pero me di cuenta de que necesitaría algo en que ocupar el tiempo. Además, y esa fue la buena señal que necesitaba, siempre me ha gustado recibir invitados.

Con un porche que da la vuelta a toda la casa y unas vistas increíbles a una cala, la casa era espectacular. En otra vida, hubiera podido imaginarnos a Paul y a mí sentados en el porche después de cenar, tomando un café y hablando de nuestro día, de nuestros sueños. Al principio pensé que la fotografía que vi en Internet era obra de un profesional que había disimulado sus defectos con habilidad. Parecía imposible que algo pudiera ser tan perfecto.

Me equivocaba. En cuanto llegué a la casa con la agente inmobiliaria, el encanto del hostal me cautivó. ¡Oh, sí! Estaba lleno de una deslumbrante luz natural, con ventanales que daban a la cala, y enseguida me sentí como en casa. Era el lugar perfecto para comenzar mi nueva vida.

Aunque permití educadamente que Jody McNeal, de la inmobiliaria, hiciera su trabajo y me enseñara la casa, no tenía ninguna pregunta que hacerle. Estaba predestinada a convertirme en la propietaria de ese hostal; era como si llevara todos esos meses a la venta esperándome. Tenía ocho habitaciones para huéspedes repartidas entre los dos pisos superiores y, en la planta baja, una enorme cocina moderna contigua a un espacioso salón. Su construcción se remontaba a principios del siglo XX, y tenía unas vistas espléndidas al mar y al puerto deportivo. Cedar Cove se extendía a sus pies a lo largo de la calle Harbor, que recorría toda la ciudad flanqueada por pequeñas tiendas. Aprecié el atractivo de la ciudad antes incluso de explorar sus rincones.

Lo que más me sedujo del hostal fue la sensación de paz que experimenté al entrar. La punzada en mi corazón que se había convertido en una compañía constante se desvaneció. El dolor que arrastraba desde hacía tantos meses se hizo más ligero. Lo sustituyó una sensación de serenidad, una calma difícil de describir.

Desafortunadamente, esa paz no me duró mucho, y mis ojos se inundaron de lágrimas de repente, poniéndome en evidencia al final de la visita. A Paul también le hubiera encantado este lugar. Pero tendría que hacerme cargo del hotel yo sola. Por suerte, la agente inmobiliaria fingió no darse cuenta de las emociones que yo me esforzaba en disimular.

—Bueno, ¿qué te parece? —me preguntó Jody con expectación al salir por la puerta principal.

Yo no había pronunciado una sola palabra durante toda la visita, ni le había hecho ninguna pregunta.

—Me la quedo.

Jody inclinó la cabeza como si no me hubiera oído bien.

—¿Cómo dices?

—Me gustaría hacer una oferta. —No titubeé; para entonces no tenía duda alguna. Pedían un precio más que razonable, y yo estaba preparada para dar ese paso.

Jody casi dejó caer una carpeta llena de información sobre la propiedad.

—Tal vez quieras pensártelo —sugirió—. Es una decisión importante, Jo Marie. No me malinterpretes; me encantaría venderte la casa, lo único es que nunca había visto a alguien tomar una decisión como esta tan... deprisa.

—Me tomaré una noche para pensarlo, si quieres, pero no me hace falta. He sabido enseguida que este era el lugar apropiado.

En cuando mi familia se enteró de que pensaba dejar mi trabajo en Columbia Bank y comprar el hostal, todos intentaron hacerme cambiar de opinión, incluso mi hermano Todd, que es ingeniero. Yo había ido ascendiendo hasta convertirme en subdirectora de la sucursal de Denny Way, y Todd temía que estuviera arrojando por la borda una carrera prometedora en la que mi nombramiento como gerente estaba al caer. Llevaba casi quince años trabajando en el banco, siempre había sido una buena empleada y mi futuro profesional estaba lleno de buenas expectativas.

Lo que mis allegados no comprendían era que mi vida, tal y como la conocía, la vida que yo quería, que había soñado, había terminado. La única forma de sentirme realizada era encontrar una nueva.

Hice oficial mi oferta por el hostal al día siguiente y ni por un momento dudé de mi decisión. Los Frelinger, propietarios del hotel, la aceptaron muy agradecidos, y en cuestión de semanas —justo antes de Navidad— nos reunimos en la inmobiliaria para firmar el tedioso e inevitable papeleo. Les di un cheque y ellos me entregaron las llaves de la casa. Los Frelinger no habían aceptado reservas para las últimas semanas de diciembre, con la intención de pasar las vacaciones con sus hijos.

Al salir de la inmobiliaria, di un rodeo hasta los juzgados y rellené la solicitud para cambiar de nombre el hotel, rebautizándolo como Hostal Rose Harbor.

Regresé a Seattle y al día siguiente presenté mi dimisión en Columbia Bank. Pasé las fiestas empaquetando todas mis cosas en mi apartamento de Seattle y preparando la mudanza al otro lado del estrecho de Puget. Aunque solo me mudaba a unos kilómetros de distancia, parecía que me iba al otro lado del país. Cedar Cove era un mundo completamente distinto; una ciudad pintoresca de la península de Kitsap, muy lejos del ajetreo de la gran ciudad.

Sabía que a mis padres les decepcionó que no pasara gran parte de las vacaciones con ellos en Hawái, como era tradición en nuestra familia. Pero tenía muchas cosas que hacer con vistas a la mudanza, incluyendo poner en orden mis cosas y las de Paul, empaquetarlo todo y vender los muebles. Necesitaba mantenerme ocupada, me ayudaba a no pensar en que aquella era mi primera Navidad sin Paul.

Me mudé a mi nueva casa definitivamente el primer lunes después de Año Nuevo. Afortunadamente, los Frelinger me traspasaron el hotel completamente amueblado, así que lo único que traje conmigo fueron un par de sillas, una lámpara que perteneció a mi abuela y mis efectos personales. Apenas tardé unas horas en instalarme. Elegí para mí el dormitorio principal que los Frelinger también habían ocupado; tenía chimenea y una hornacina con un ventanal que daba a la cala. La habitación era lo suficientemente espaciosa como para que cupieran todos los muebles de un dormitorio, más un pequeño sofá junto a la chimenea. Lo que más me gustaba era el papel de la pared, de hortensias de color blanco y malva.

Para cuando la noche cayó sobre el hostal, yo estaba exhausta. A las ocho, con la lluvia azotando las ventanas y el viento silbando entre los árboles que resguardaban uno de los lados de la finca, me retiré a mi habitación. La tormenta daba a la estancia un aire aún más acogedor, con un fuego agradable que crepitaba en la chimenea. No sentía ninguna extrañeza en mi nuevo hogar. La casa me dio la bienvenida desde el momento en que traspasé el umbral.

Me metí en la cama, entre sábanas frescas y limpias. No recuerdo cuándo me dormí, pero sí recuerdo con todo detalle ese sueño de Paul, vívido y real.

En mi terapia para el duelo me habían enseñado que los sueños son una parte muy importante del proceso de sanación. El terapeuta describió dos tipos muy concretos de sueño: los primeros, tal vez los más comunes, son sueños sobre nuestros seres queridos, recuerdos que vuelven a cobrar vida.

El segundo tipo son los llamados «sueños de aparición», en los que el ser querido cruza el abismo entre la vida y la muerte para visitar a aquellos a quienes ha dejado atrás. Nos contaron que esos suelen ser sueños tranquilizadores: el difunto vuelve para asegurar a sus seres queridos que está en paz y feliz.

Habían pasado ocho meses desde que recibí la noticia de que Paul había muerto en un accidente de helicóptero en el Hindú Kush, la cordillera que se extiende entre el centro de Afganistán y el norte de Pakistán. Al Qaeda, o uno de sus aliados talibanes, derribó el helicóptero militar; Paul y cinco de sus compañeros del comando aéreo perdieron la vida al instante. El lugar del accidente imposibilitaba la recuperación de los cuerpos. Como si su muerte no fuera suficiente, no poder enterrar sus restos lo hacía todo aún más cruel.

Los días que siguieron a la noticia mi corazón albergó la esperanza de que Paul hubiera sobrevivido. Estaba convencida de que, de un modo u otro, mi marido encontraría la forma de volver conmigo. Pero no fue así. Las fotografías aéreas del lugar del accidente confirmaban que era imposible que hubiera supervivientes. Al final, lo único que importaba era que el hombre al que amaba y con el que me había casado ya no estaba. Nunca volvería, y solo con el paso de las semanas y los meses acabé por aceptarlo.

Tardé mucho tiempo en enamorarme. La mayor parte de mis amigos se casaron a los veintipocos y, para cuando entraron en la treintena, muchos de ellos ya habían empezado a formar sus familias. Yo era madrina de seis niños.

En cambio yo permanecí soltera hasta bien entrados los treinta. Tenía una vida plena y feliz, centrada en mi carrera y en mi familia. Nunca sentí ninguna prisa por casarme ni por hacer caso a mi madre, que insistía en que tenía que encontrar a un buen hombre y dejar de ser tan exigente. Salí con muchos, pero nunca di con nadie a quien sintiera que podría amar durante el resto de mi vida, hasta que conocí a Paul Rose.

Dado que me había costado treinta y siete años encontrar a mi media naranja, no contaba con encontrar el amor por segunda vez. La verdad, ni siquiera estaba segura de querer volver a enamorarme. Paul Rose era todo cuanto siempre había deseado encontrar en un marido... y mucho más.

Nos conocimos en un partido de fútbol americano de los Seahawks. El banco me había regalado entradas, e invité a uno de nuestros clientes más importantes y a su esposa. Al sentarnos, me fijé en dos hombres con cortes de pelo militar sentados a mi lado. Durante el partido, Paul se presentó, también a su compañero, y entablamos conversación. Me contó que estaba destacado en Fort Lewis. Como a mí, le gustaba el fútbol americano. Mis padres eran hinchas de los Seahawks, y yo me crie en Spokane viéndolos jugar en televisión los domingos después de misa junto a mi hermano pequeño Todd.

Paul me invitó a tomar una cerveza después del partido esa misma tarde, y empezamos a vernos casi todos los días. Descubrimos que compartíamos mucho más que nuestra pasión por el fútbol americano: teníamos en común las mismas tendencias políticas, los mismos gustos literarios y nos encantaba la comida italiana. Hasta nos parecíamos en nuestra adicción a los sudokus. Podíamos pasarnos horas hablando, y, a menudo, lo hacíamos. Dos meses después de conocernos lo destinaron a Alemania, pero la separación no afectó a nuestra incipiente relación. No pasaba un día sin que nos pusiéramos en contacto de una forma u otra; nos enviábamos correos, mensajes de texto, hablábamos por Skype, publicábamos tuits y usábamos cualquier método disponible para comunicarnos. Incluso nos escribimos cartas manuscritas. Había oído hablar del «amor a primera vista», y me reía de ello. No puedo decir que a Paul y a mí nos pasara eso, pero fue algo muy parecido. Supe apenas una semana después de conocerlo que era el hombre con quien iba a casarme. Paul decía que le ocurrió lo mismo, aunque aseguraba que a él le había bastado con una cita.

Tengo que admitir que el amor me cambió. Era más feliz de lo que jamás recordaba haber sido. Y todo el mundo lo notaba.

Un año antes, por Acción de Gracias, Paul vino a Seattle de permiso y me pidió que me casara con él. Incluso le pidió mi mano a mis padres. Estábamos locamente enamorados. Yo llevaba mucho tiempo esperando y cuando le entregué mi corazón fue para siempre.

Justo después de nuestra boda, en enero, Paul recibió la orden de trasladarse a Afganistán. El helicóptero se estrelló el 27 de abril, y mi mundo saltó por los aires.

Nunca había sentido un dolor semejante, y me temo que lo llevé muy mal. Mis padres y mi hermano se preocupaban mucho por mí. Fue mi madre quien me sugirió que acudiera a terapia para el duelo. Y como estaba tan desesperada por encontrar la manera de aliviar mi pena, accedí. Acabé por alegrarme de acudir a las sesiones. Me ayudaron a comprender mis sueños, en especial el que tuve en mi primera noche en el hotel.

Al contrario de lo que me habían contado sobre los sueños de aparición, Paul no hizo nada por asegurarme que estaba en paz. Se me presentó ataviado con el uniforme militar. Lo rodeaba una luz tan deslumbrante que era difícil mirarlo directamente. Pero yo no podía apartar la vista de él.

Quería correr hacia él, pero tenía miedo de que desapareciera si me movía. No soportaría perderlo de nuevo aunque solo fuera una visión.

Al principio, no dijo nada. Yo tampoco, pues no estaba segura de lo que podía o debía decir. Recuerdo que de la emoción se me llenaron los ojos de lágrimas y que me cubrí la boca con la mano por miedo a echarme a llorar.

Él se me acercó y me abrazó con fuerza; me acarició la nuca para reconfortarme. Yo me aferré a él, pues no quería dejarlo ir. Me susurraba sin parar dulces palabras de amor.

Cuando se me aflojó el nudo de la garganta, alcé la vista y nos miramos a los ojos. Sentí como si Paul siguiera

17

con vida y tuviéramos que ponernos al día tras una larga ausencia. Había muchas cosas que quería contarle y que quería que él me explicara. Que tuviera contratado un seguro de vida con una póliza tan elevada fue una enorme sorpresa. Al principio sentí culpabilidad al aceptar tal suma de dinero. ¿No debería ser para su familia? Pero su madre estaba muerta, y su padre había vuelto a casarse y vivía en Australia. Nunca estuvieron muy unidos. El abogado me dijo que las instrucciones de Paul eran muy claras.

En mi sueño, quería contarle que había usado el dinero para comprar el hostal y que le había puesto su nombre. Una de las primeras reformas que llevaría a cabo era plantar una rosaleda, con un banco y una pérgola. Pero en el sueño no le dije nada de todo eso, porque él parecía saberlo ya.

Me apartó el pelo de la cara y me besó la frente con ternura.

—Has elegido bien —susurró, mirándome amorosamente—. Con el tiempo, volverás a ser feliz.

¿Feliz? Quería llevarle la contraria. No parecía probable, ni siquiera posible. Este tipo de dolor no tiene cura. Recordé cómo mi familia y amigos habían tenido que esforzarse por encontrar las palabras adecuadas para consolarme. Pero es que no hay palabras... Simplemente, no hay palabras que puedan hacerlo.

Aun así, no se lo discutí. No quería interrumpir el sueño y temía que se marchara si empezaba a cuestionarlo, cuando lo que yo deseaba era que se quedara conmigo. Me había embargado un sentimiento de paz, y mi corazón, cargado con ese pesar, ahora parecía más ligero.

—No sé si puedo vivir sin ti —le dije, y era verdad.

—Puedes, y lo harás. Tendrás una larga vida muy plena —insistía Paul. Hablaba como el oficial que había sido, dando órdenes que no admitían réplica—. Volverás a sentir alegría —repitió—, y gran parte de esa alegría vendrá del Hostal Rose Harbor.

Fruncí el ceño. Sabía que estaba soñando, pero era un sueño tan vívido que quería creer que era real.

—Pero... —Mi cabeza estaba llena de preguntas.

—El hotel es un regalo que te hago —continuó Paul—. No dudes, mi amor. Dios te mostrará el camino. —Un instante después, había desaparecido.

Grité, suplicándole que volviera, y fue mi grito agudo lo que me despertó. Mis lágrimas eran reales; noté la humedad en mis mejillas y la almohada.

Pasé un buen rato sentada a oscuras, deseando aferrarme a la sensación de la presencia de mi marido, hasta que finalmente se desvaneció y volví a dormirme casi sin darme cuenta.

A la mañana siguiente, me levanté y caminé descalza por el suelo de madera del pasillo hasta el pequeño despacho junto a la cocina. Encendí la lámpara de la mesa y hojeé el libro de reservas que los Frelinger me habían dejado. Me detuve en los nombres de los dos huéspedes que iban a llegar esa semana.

Joshua Weaver hizo su reserva la semana antes de que yo comprara el hostal. Los antiguos propietarios me lo comentaron cuando firmamos los papeles.

El segundo nombre de la lista era el de Abby Kincaid.

Dos huéspedes.

Paul había dicho que el hostal era un regalo para mí. Y yo haría todo cuanto estuviera en mis manos para que mis dos huéspedes estuvieran a gusto. Tal vez, al hacer cosas por los demás, encontrara la alegría que Paul me había prometido. Y tal vez, pasado el tiempo, pudiera volver a vivir.

Capítulo 2

Josh Weaver nunca hubiera creído que volvería a Cedar Cove. En los doce años transcurridos desde su graduación en el instituto solo había regresado una vez, para el funeral de Dylan, su hermanastro. Aunque en esa ocasión ni siquiera pernoctó en el pueblo. Tomó un vuelo a primera hora de la mañana, alquiló un coche, se presentó en el funeral y se marchó en cuanto terminó para estar de vuelta en su lugar de trabajo, en California, ese mismo día. Apenas habló con su padrastro.

Aunque tampoco es que Richard se hubiera molestado en acercársele. Era justo lo que Josh esperaba. Aunque Dylan y él estaban muy unidos, su padrastro no le pidió que fuera uno de los portadores del féretro de su hijo. Y ese desaire le había dolido. De todas formas, acudió para despedirse de su hermanastro.

Y ahora Josh regresaba, aunque no porque sintiera el más mínimo deseo de reencontrarse con Cedar Cove. Para él, el pueblo era solo el lugar donde se encontraban la tumba de su madre y la de Dylan.

Con solo un año de diferencia, Josh y Dylan tenían una relación muy estrecha. Dylan siempre fue un temerario, Josh estuvo fascinado por su carencia absoluta de miedo desde el día que se conocieron. Aun así, la noticia de que Dylan se había matado en un accidente de moto lo conmocionó. Había sucedido cinco años atrás. Siete años después de que su padrastro, Richard

Lambert, lo echara de su casa y lo forzara a buscarse la vida.

Y ahora parecía que era el viejo quien iba a pasar a mejor vida. El único motivo por el que Josh había vuelto al pueblo era porque los Nelson, vecinos de Richard, se pusieron en contacto con él. Michelle Nelson y Dylan iban al mismo curso, y Josh uno por delante. Después de graduarse, la amable Michelle se había hecho trabajadora social. Josh recordaba que había estado muy enamorada de Dylan, pero su sobrepeso hizo que él no correspondiera a sus sentimientos. Josh relacionaba lo considerada que había sido Michelle al cuidar de Richard con su afecto por Dylan.

—Richard está muy mal —le había dicho Michelle durante la breve conversación telefónica que mantuvieron—. Si quieres verlo con vida más vale que vengas pronto.

Josh no sentía ningún deseo de verlo. Ninguno. No compartían más que una antipatía mutua. Pero había accedido a visitarlo por dos motivos. El primero era que, en ese momento, no tenía ninguna obra entre manos. Acababa de terminar un proyecto y esperaba los detalles del siguiente. Y segundo, aunque no le parecía importante ni creía que fuera realmente posible, sería bonito hacer las paces con el viejo. Además, quería recuperar varias cosas de la casa de su padrastro. Ya que iba a Cedar Cove, le gustaría llevarse algunos efectos personales que su madre tenía antes de casarse. Nada más y nada menos que lo que le pertenecía por derecho.

—Iré tan pronto como pueda —contestó Josh.

—Date prisa —le urgió Michelle—. Richard te necesita.

Josh apostaría a que su padrastro prefería estirar la pata antes que admitir que necesitaba a alguien, y mucho menos a él. Parecía que los vecinos habían olvidado lo mucho que Richard había disfrutado poniéndolo de patitas en la calle pocos meses después de la muerte de su madre. Josh había terminado el instituto unas semanas antes. Cuando se fue, no se le permitió llevarse nada más que algo de ropa y sus libros de texto.

Richard aseguraba que Josh era un ladrón. Echó en falta doscientos dólares de su cartera, y estaba convencido de que fue él quien se los robó. Pero Josh no sabía nada del dinero desaparecido, lo que dejaba solo a Dylan como sospechoso. Richard nunca culparía a la sangre de su sangre, así que Josh aceptó el veredicto. Lo que no se esperaba era que le ordenara que se largara pasados tan pocos días de su graduación.

Con el tiempo, Josh aceptó que el dinero desaparecido no había sido más que una excusa. Richard lo quería fuera de casa y fuera de su vida, y hasta ahora Josh había estado encantado de obedecerle.

Estaba de vuelta en Cedar Cove, pero, al llegar a la dirección que había anotado en un trozo de papel, no tuvo la sensación de haber regresado a su hogar. Encontró el hostal en una búsqueda apresurada por Internet a la caza de un lugar donde alojarse cercano a la casa de su padrastro.

Lo que estaba claro era que no podía quedarse con Richard. Por lo que sabía, su padrastro ni siquiera estaba al corriente de su visita, cosa que a él no le parecía mal. Si todo iba bien, no pasaría más de uno o dos días en la ciudad. No quería quedarse más tiempo del estrictamente necesario. Y esta vez, cuando se marchara de Cedar Cove, no tenía intención de mirar atrás.

Después de detener la camioneta en el pequeño aparcamiento del hostal, sacó del asiento trasero su maleta y el ordenador portátil. El cielo estaba encapotado y amenazaba lluvia, como era de esperar en enero en el noroeste del Pacífico. El cielo ceniciento reflejaba a la perfección su estado de ánimo. Daría cualquier cosa por encontrarse en otro lugar que no fuera Cedar Cove, en cualquier sitio donde no tuviera que vérselas con su padrastro, que lo detestaba.

Pero no tenía sentido aplazar lo inevitable, decidió. Cargado con su equipaje, subió las escaleras del porche y llamó al timbre. Apenas había pasado un minuto cuando una mujer abrió.

—¿Señora Frelinger? —inquirió Josh.

Era una mujer de estatura mediana, mucho más joven de lo que había imaginado al hacer la reserva. El cabello castaño, peinado con raya al medio, le llegaba a los hombros. Sus ojos eran de un azul intenso, como un cielo de verano. Cuando llamó por teléfono para hacer la reserva, la mujer al otro lado de la línea parecía mayor; calculaba que rondaría los sesenta. Pero la que tenía delante era joven, tendría treinta y tantos a lo sumo. Llevaba un alegre delantal de color rojo sobre unos pantalones de andar por casa y un jersey de manga larga.

—No, lo siento. Soy Jo Marie Rose. Les compré el hostal a los Frelinger no hace mucho. Pasa, por favor. —Se hizo a un lado, dejándole espacio para que entrara en el caserón.

Josh entró en el recibidor y sintió de inmediato su calidez. Un pequeño fuego crepitaba en la chimenea, y el aroma de pan recién hecho le hizo la boca agua. No podía recordar la última vez que había olido pan recién horneado. Su madre solía prepararlo en casa, pero de eso hacía muchos años.

—Qué bien huele.

—Siempre me ha gustado cocinar —repuso Jo Marie, como si sintiera la necesidad de explicarse—. Espero que tengas hambre.

—Pues sí —dijo Josh.

—¡Eres mi primer huésped! —exclamó Jo Marie, dándole la bienvenida con una cálida sonrisa—. Bienvenido.

—Se frotó las manos, como si no supiera muy bien qué hacer a continuación.

—¿Necesitas mi tarjeta de crédito? —preguntó él, sacándose la cartera del bolsillo.

—Uy, sí, buena idea.

Lo guio a través de la cocina hasta un pequeño despacho. Josh sospechaba que la habitación debió de haber sido una alacena en tiempos. Le tendió una tarjeta de crédito.

Jo Marie se quedó mirándola.

—Anotaré el número, por ahora. Tengo una cita en el banco más tarde. —Algo insegura, lo miró con ojos dubitativos—. ¿Te parece bien?

—Ningún problema —dijo Josh, y ella copió el número de la tarjeta antes de devolvérsela.

—¿Crees que podrías darme la llave de mi habitación? —preguntó él.

—Sí, claro..., ¡perdón! Como he dicho, eres mi primer huésped.

Josh se preguntó cuánto tiempo llevaba regentando el negocio. Jo Marie debió de leerle la mente, porque añadió:

—Firmé los papeles justo antes de Navidad.

—¿Adónde fueron los Frelinger? —Josh no recordaba haberlos conocido cuando vivía en el pueblo, pero se preguntaba por qué querrían vender la casa.

Jo Marie regresó a la cocina, agarró la cafetera y le preguntó con un gesto si le apetecía.

Josh asintió.

—Creo que los Frelinger iban a hacer un viaje por todo el país en su caravana —explicó Jo Marie—. Ya la tenían cargada y lista el día que compré el hotel. Me dieron las llaves y se subieron a la caravana. Iban a pasar la Navidad con sus hijas en California. La primera parada de su viaje.

—Hay gente que no sabe estarse quieta —comentó Josh mientras aceptaba la taza de café humeante que ella le ofreció.

—¿Quieres leche o azúcar? —preguntó Jo Marie.

—No, solo está perfecto. —Se había acostumbrado a tomarlo así cuando vivía con Richard.

—Puedes elegir la habitación que quieras —le dijo Jo Marie.

Josh se encogió de hombros.

—Cualquiera estará bien. Este no es un viaje de placer, precisamente.

—¿Ah, no? —Aquello parecía haberle picado la curiosidad.

—No, he venido a organizar los cuidados paliativos para mi padrastro.

—Lo siento mucho.

Josh alzó una mano para detener su expresión de simpatía.

—Nunca hemos estado muy unidos y no tenemos una relación demasiado buena. Lo hago más por obligación que por cualquier otra razón.

—¿Hay algo que yo pueda hacer? —se ofreció ella.

Josh negó con la cabeza. No había nada que hacer, y punto. De ser por él, se hubiera evitado todo aquello, pero desafortunadamente no había nadie más que pudiera hacerse responsable de Richard.

Jo Marie le enseñó una habitación en el segundo piso. Tenía un gran ventanal que daba a la caleta. Al otro lado se alzaba el astillero naval del estrecho de Puget, donde fondeaban varios barcos y un portaaviones algo maltrecho. El cielo reflejaba el gris metálico de los navíos.

Richard había trabajado en el astillero la mayor parte de su vida. Sirvió en la Marina durante la guerra de Vietnam y, después de que lo licenciaran con honores, encontró trabajo en Bremerton como soldador. Dylan también trabajó en el astillero hasta que perdió la vida en el accidente.

Josh se apartó de la ventana, y no se molestó en deshacer el equipaje. Sacó su teléfono y consultó el correo electrónico esperando haber recibido noticias del próximo proyecto. Aún no había visto a Richard, pero ya estaba pensando en escapar.

Lo primero que vio fue un correo electrónico de Michelle Nelson, la vecina. Lo había enviado apenas un par de horas antes.

Josh lo abrió y leyó:

De: Michelle Nelson (NelsonM@wavecable.net)
Enviado: 12 de enero
Para: JoshWeaver@sandiegonet.com
Asunto: Bienvenido a casa

Querido Josh,
Debes de estar a punto de llegar a Cedar Cove, y quería asegurarme de que habláramos de inmediato. Mis padres se han ido a visitar a mi hermano en Arizona (acaba de tener un bebé) y yo me he quedado en su casa para dar de comer al perro y tener a Richard vigilado. Estaré libre unos días, así que si me llamas cuando te hayas instalado en el hostal, puedo acompañarte a ver a Richard, si quieres.
Michelle
360-555-8756

Se recostó en una silla y se cruzó de brazos. Recordaba la vergüenza que el enamoramiento de Michelle había hecho pasar a Dylan. Aun así, nunca fue cruel con Michelle, como algunos de los otros chicos del instituto, que se metían con ella, la insultaban y hacían bromas a su costa.

Agradeció la oferta de acompañarlo a ver a Richard por primera vez. Sería genial que hubiera otra persona presente como parachoques. Josh marcó el número de teléfono de Michelle, que respondió casi al instante.

—Michelle, soy Josh.

—¡Josh, Dios mío, cuánto me alegro de oírte! ¿Cómo estás?

—Bien.

El entusiasmo de Michelle era como un bálsamo. No esperaba que nadie se alegrara de su vuelta. Aunque había tenido muchos amigos en el instituto, no mantuvo el contacto con ninguno. Tras graduarse, se alistó en el ejército y partió para su instrucción casi de inmediato. Después enlazó con el empleo en una compañía constructora y perseveró hasta convertirse en jefe de obra. No le importaba viajar, así que iba de ciudad en ciudad; nunca pasaba más de unos meses en un mismo sitio. Había estado por casi todo el país y no había echado raíces en ningún lugar. Con el tiempo acabaría por sentar cabeza, suponía, pero por ahora no sentía ninguna necesidad de hacerlo.

—Parece que estás muy bien —seguía Michelle, con la voz suavizada por lo que parecía ser el efecto de sus recuerdos.

—Tú también —murmuró él. A Josh siempre le cayó bien Michelle, aunque le daba pena por su sobrepeso—. Supongo que te habrás casado y tendrás un montón de hijos —bromeó, seguro de que habría encontrado a alguien que supiera apreciarla. La recordaba como una persona generosa y amable. No le sorprendía que se hubiera convertido en trabajadora social y se dedicara a cuidar de los demás.

—No, por desgracia. —En su voz resonaban el pesar y algo de tristeza.

Josh se arrepintió de haber hecho ese comentario.

—¿Y tú? ¿Has traído a tu mujer y a tus hijos para que conozcan la ciudad en la que creciste?

—No, yo tampoco estoy casado.

—Ah. —Parecía sorprendida—. Es que le pregunté a Richard por tu familia y no supo decirme.

No tenía cómo saberlo; hacía años que no hablaban.

—¿Cómo le va al viejo? —preguntó Josh, deseando cambiar de tema.

—No muy bien, es muy tozudo e imprudente. Insiste en que no necesita ayuda, aunque me deja llevarle comida y pasar a verlo de vez en cuando.

El Richard de siempre: poco razonable, gruñón y de mal humor constantemente.

—¿Sabe que he venido? —siguió Josh.

—Yo no se lo he dicho —respondió Michelle.

—¿Es posible que tus padres se lo comentaran antes de irse a ver a tu hermano?

—Lo dudo. No estábamos seguros de si vendrías.

Al parecer, los Nelson lo conocían mejor de lo que él creía.

—Yo tampoco estaba seguro —admitió.

—Ven a recogerme a casa de mis padres —dijo Michelle—. Nos encontramos ahí y vamos juntos a ver a Richard.

—Agradezco tu ofrecimiento.

Michelle titubeó. Cuando por fin habló, su tono era suave, casi anhelante:

—He pensado mucho en ti estos años, Josh. Ojalá..., ojalá hubiéramos tenido ocasión de hablar más en el funeral de Dylan.

Josh no recordaba haber visto a Michelle en el funeral, aunque era evidente que había acudido. Su propia aparición fue tan breve que no tuvo tiempo de hablar con nadie. Le dolió que Richard desdeñara la fuerte relación entre él y Dylan. Era una ofensa más que añadir a la pila, pero ahora resultaba que Josh era el único pariente que le quedaba.

—Entonces, ¿vendrás?

—Me instalaré e iré en una hora. ¿Te parece bien?

—Cuanto antes se las viera con el viejo, mejor. Posponerlo no facilitaría en nada las cosas.

—Perfecto. Pues nos vemos en casa de mis padres.

—Hasta luego —dijo Josh y colgó. Sentaba bien tener un aliado en el pueblo, alguien con quien pudiera hablar con libertad. Había olvidado que el mero hecho de estar en Cedar Cove, cerca de Richard, lo hacía sentirse enclaustrado.

Con las llaves de la camioneta en la mano, bajó las escaleras.

Jo Marie lo esperaba abajo.

—Voy a ir al banco esta tarde, pero como la llave de tu habitación vale también para la puerta principal, puedes ir y venir como si estuvieras en tu casa.

—Muchas gracias. Ahora voy a salir —dijo—. No estoy seguro de cuándo volveré.

Josh había decidido que daría una vuelta por el pueblo antes de acercarse a casa de los Nelson. Sería interesante ver cómo había cambiado Cedar Cove con los años. No había visto muchas diferencias al tomar la salida de la autopista. Y a juzgar por la vista desde su habitación, la zona costera no distaba mucho de su recuerdo. Imaginaba que muchas cosas seguirían como siempre.

—Pues entonces nos vemos después.

—Sí, hasta luego.

Al salir del hotel, se detuvo para subirse la cremallera de la chaqueta, que aún no había sentido necesidad de quitarse. El frío lo azotó con dureza al salir a la calle. Había empezado a llover, la sempiterna llovizna invernal en el estrecho de Puget.

Fue en coche hasta su antiguo instituto y constató que, a excepción de varias aulas prefabricadas, todo seguía tal y como él lo recordaba. Aparcó la camioneta y dio un rodeo hasta la parte trasera del edificio, donde se encontraban los campos de fútbol y atletismo. La pista parecía haber sido renovada recientemente. Él había formado parte del equipo de atletismo en el instituto y no se le daba mal, pero Dylan era el verdadero deportista de la familia; hasta consiguió entrar en el equipo de honor en su último año. Para entonces, Josh ya estaba en el ejército y recordaba lo orgulloso que se sintió cuando su hermanastro se lo contó.

Josh ni siquiera había asistido a su propia graduación, ni tampoco al baile de fin de curso. No podía permitírselo, y Richard nunca estuvo dispuesto a pagar nada que excediera sus necesidades más básicas. Tras la muerte de su madre, supo que no podía contar con él para nada más que un techo y no se equivocó. Al final, Richard se negó a proporcionarle incluso eso.

Desde el instituto, caminó hasta la calle Harbor, y se llevó una agradable sorpresa: habían pintado un mural en la fachada de la biblioteca y el restaurante chino seguía en el mismo sitio. Pero descubrió que varias tiendas habían desaparecido, como la peluquería canina en la que trabajó el verano antes del último curso de instituto.

Al final decidió que era ridículo posponer su visita a Richard y se dirigió a su antiguo barrio. A pesar de no sentir el más mínimo deseo de ver a su padrastro, estaba resuelto a no dejar que el viejo siguiera intimidándolo.

Aparcó en la calle frente a la casa de los Nelson y sacó papel y bolígrafo para hacer una lista con las cosas que se quería llevar de la casa. La Biblia de su madre fue lo primero que anotó, seguido del camafeo. Quería dárselo a su hija, si algún día tenía una. También pensaba llevarse su chaqueta del equipo de atletismo, que pagó de su propio bolsillo, igual que el anuario de su último año, que sumó a la lista. No había podido llevárselos cuando Richard lo echó de casa. Él no se lo permitió.

Una hora después de telefonear a Michelle, Josh llamó al timbre de casa de los Nelson.

—¿Josh? —Michelle lo recibió con una cálida sonrisa.

Debía de haber un error. La persona que le había abierto la puerta no podía ser Michelle. La mujer que tenía delante era alta y esbelta y... guapísima.

—¿Michelle? —preguntó, incapaz de ocultar su sorpresa.

—Sí. Ella se echó a reír—. Soy yo. No me habías visto desde antes de que adelgazara, ¿verdad?

En su asombro, Josh apenas podía cerrar la boca y dejar de mirarla fijamente.

Capítulo 3

Josh siguió a Michelle al interior de la casa de sus padres, seguía intentando hacerse a la idea de que la hermosa mujer que tenía delante fuese Michelle Nelson. Era difícil creer que la adolescente regordeta de sus recuerdos y esa mujer esbelta fueran la misma persona.

—¿Café? —preguntó ella al entrar en la cocina.

—Ah, sí. —Los pensamientos se agolpaban en la cabeza de Josh. Quería preguntarle lo que le había pasado, pero se le ocurrió que tal vez fuera grosero.

Michelle llenó una taza y se la ofreció.

A Josh le costaba apartar la mirada de ella. De repente se dio cuenta de por qué no la vio en el funeral de Dylan: no la había reconocido. Era posible que la hubiera tenido delante, era incluso probable que hubieran hablado. Recordaba haber intercambiado algunas palabras con varias personas, a un par de las cuales fue incapaz de identificar.

Siguió contemplándola por encima del borde de su taza de café.

—¿Tanto te sorprende? —preguntó ella con una amplia sonrisa. Permanecía a un lado de la encimera de la cocina, y él, al otro.

Josh asintió, sin saber muy bien qué decir.

—Ya no soy la misma chica que fui en el instituto —le aseguró ella—. Y, la verdad, me alegro.

—Está claro que has cambiado. —Acercó un taburete y se sentó.

—Todos cambiamos, ¿no crees? Tú no eres el mismo que cuando te fuiste de Cedar Cove, ¿verdad?

Josh admitió que tenía razón:

—No, y, como tú, me alegro. —Fue un adolescente impetuoso y lleno de ira. Acababa de perder a su madre y su padre le rechazaba. No quería recordar esa época, y le aliviaba no tener que hacerlo.

—¿Qué me cuentas de Richard? —preguntó.

Ella se tomó unos instantes para responder.

—El señor Lambert no ha cambiado mucho, en lo que respecta a su personalidad —dijo Michelle.

—¿Quieres decir que sigue siendo gruñón, cabezota, poco razonable, orgulloso y difícil? —Aunque en boca de Josh sonaba a broma, lo decía en serio. Así era el Richard que recordaba. En todo caso, Josh supuso que la muerte de Dylan y la edad no habrían hecho otra cosa que intensificar los rasgos negativos de su padrastro, por más que a él le hubiera gustado que sucediera lo contrario.

—Básicamente, sí. —Michelle se echó a reír, sujetando la taza de café con las dos manos a medio camino entre la encimera y su boca—. Debería estar en una residencia, o en algún sitio donde pudieran cuidarle como es debido, pero no quiere ni oír hablar del tema.

—El mismo Richard de siempre. —Josh sabía que su padrastro debía de haber luchado con uñas y dientes por quedarse en su propia casa. Y no le culpaba por ello, pues él hubiera hecho igual.

—El mismo Richard de siempre —repitió Michelle.

—¿Y qué hay de solicitar cuidados paliativos?

Michelle encogió sus esbeltos hombros.

—Se niega a considerarlo. Me dijo que no quiere a un montón de gente compadeciéndose de él y esperando a que se muera.

Josh meneó la cabeza. Contaba con que Richard sería difícil de manejar por más que estuviera a las puertas de la muerte. ¿Por qué iba a cambiar ahora?

Dio un último sorbo a su café y dejó la taza sobre la encimera.

—No tiene sentido seguir posponiendo el momento, vamos a verlo. —No dejaba de pensar que tal vez Richard caería muerto de la sorpresa cuando lo viera. Se sintió algo culpable por ser tan negativo, y le sorprendía su actitud, pues parecía que una parte de él se alegraría si eso sucediera.

A lo largo de los años, había hecho grandes esfuerzos por no albergar resentimiento contra su padrastro. Pero ahora, cuando apenas llevaba unas horas en la ciudad, ya volvía a sentir todas esas emociones negativas que llevaba dentro cuando se marchó siendo un adolescente. Era como si el tiempo no hubiera pasado y volviera a tener dieciocho años, y a ser igual de orgulloso, inmaduro y colérico.

—Voy a por el abrigo y vuelvo enseguida —dijo Michelle mientras dejaba la taza antes de salir de la cocina.

Josh se puso las manos en los bolsillos.

—Te agradezco mucho que vengas conmigo.

—No se merecen. —Las palabras de Michelle resonaron desde el pasillo que llevaba a los dormitorios.

Cuando volvió, llevaba puesto un alegre abrigo rojo y una bufanda blanca anudada al cuello. Al salir, Josh se vio una vez más azotado por el frío viento del invierno. Afortunadamente, las casas estaban próximas. Los Nelson habían sido sus vecinos más cercanos desde que su madre se casó con Richard.

—¿Hay algo en especial que deba saber antes de verlo? —saltó Josh, deseando que se le hubiera ocurrido preguntarlo antes.

Los pasos de Michelle se ajustaron a los suyos mientras caminaban bajo la llovizna.

—Parece mucho mayor de lo que es en realidad. Empecé a darme cuenta unos seis meses después de la muerte de Dylan. Creo que no ha vuelto a ser el mismo desde que enterró a su hijo.

Josh se sorprendió al experimentar un asomo de compasión. Richard había perdido a dos esposas y a su único hijo. El único pariente que le quedaba era un hijastro que nunca le había caído bien. Toda la gente que le importaba se había ido. Y con la muerte de Dylan, Richard se había quedado sin un legado que traspasar a la generación que le sucediera.

Subieron los escalones del porche. Las malas hierbas habían invadido los parterres de flores que su madre había cuidado con tanto mimo. Josh hizo cuanto pudo por mantener los parterres libres de maleza mientras su madre luchaba contra el cáncer de mama, y también después de su muerte. Era el único a quien le importaba. Apartó la mirada, decidido a no dejar que algo tan trivial como un parterre descuidado lo afectara.

—El señor Lambert suele dejar la puerta cerrada. —Michelle metió la mano en el buzón y sacó la llave. La devolvió después de abrir la puerta, y la oyeron aterrizar con un tintineo al caer al fondo de la caja metálica.

—¡Hola! —exclamó Michelle al abrir la puerta—. ¿Hay alguien en casa?

—¿Quién es? —Richard preguntó en una voz que a Josh solo le resultaba vagamente familiar. Parecía que se encontraba en el salón adjunto a la cocina.

—Soy Michelle.

—Estoy perfectamente. No necesito nada.

—Me alegro —replicó ella, andando delante de Josh—, porque no le he traído nada. —Rio, dejando claro que se le daba muy bien dejar que las malas pulgas de Richard no le afectaran.

Entraron en la sala y la mirada de Josh fue de inmediato al viejo sentado en el sillón. El mismo en el que Richard solía sentarse cuando Josh vivía en casa.

El anciano parecía menudo y frágil en su butaca, y tenía una manta sobre el regazo. Nunca fue un hombre robusto. Cuando Josh cumplió los dieciséis, ya medía metro ochenta, cinco centímetros más que su padrastro, y creció un dedo más a lo largo del año siguiente.

Pero lo que le faltaba en altura lo compensaba con bravuconería. Nunca había llegado a las manos con Josh, pero los insultos eran constantes. Y empeoraron notablemente tras la muerte de su madre.

Richard alzó la mirada, y se quedó mudo al verlo. Por un momento pareció que suavizaba la expresión, pero cualquier señal de que se alegraba de ver a su hijastro desapareció de un plumazo.

—¿Qué estás haciendo aquí? —preguntó.

Josh se tensó, y le sorprendió que un hombre moribundo aún tuviera el poder de intimidarle.

—He venido a ver cómo estabas, y a llevarme algunas de mis cosas.

—¿Qué cosas? No vas a llevarte nada, ¿me entiendes? Nada.

Josh se enfureció y tuvo que morderse la lengua para no replicar, asombrado por la facilidad con la que Richard le provocaba.

Michelle le puso la mano en el brazo para aplacarle.

—¿Necesita algo, señor Lambert?

—No —ladró Richard. Apartó la manta e intentó levantarse del sillón.

Antes de que se hiciera daño, Michelle corrió a su lado.

—Señor Lambert, por favor.

Richard volvió a sentarse. Había empalidecido, y parecía a punto de desmayarse. El sonido de su respiración, profunda e irregular, llenó la habitación.

Josh se sentía fatal. No pretendía hacerle enfadar. No era consciente de lo débil que estaba.

—No me llevaré nada sin tu permiso —le aseguró.

—No eres más que un buitre —dijo Richard en cuanto recuperó un poco el aliento. Su voz era temblorosa y endeble. Se llevó una mano al pecho—. Has venido a revolotear por aquí hasta que yo me muera para robarme, como hiciste cuando eras un chaval.

—No quiero nada de ti —insistió Josh. Cinco minutos con su padrastro, y ya le hervía la sangre.

—Si es dinero lo que buscas...

—No quiero nada de ti —le interrumpió Josh.

—No te daré nada.

—¿De verdad crees que quiero algo de lo que tú puedas darme? —preguntó Josh—. ¿Tan desesperado crees que estoy?

—Estuviste lo bastante desesperado como para robarme doscientos dólares. No se puede caer más bajo.

Josh apretó los puños. Si no se marchaba de inmediato, haría o diría algo de lo que se arrepentiría. Giró sobre sus talones y se precipitó fuera de la casa, paseándose arriba y abajo por la acera en un intento por calmar su furia.

Michelle salió unos minutos después. Para entonces, Josh había recuperado la compostura.

—¿Estás bien? —le preguntó.

Josh ignoró la pregunta.

—¿Cómo está?

—Débil, pero tirando.

Josh expiró profundamente y cerró los ojos.

—Dudo que esto pudiera haber ido peor.

—El señor Lambert está fuera de sí.

Josh contuvo una carcajada.

—Te equivocas. Me odiaba hace años, y sus sentimientos no han cambiado. —Debía de ser todo un golpe para el viejo el asumir que era el único pariente que le quedaba.

—¿Qué es eso de los doscientos dólares? —inquirió Michelle.

—Yo no los robé —repuso él con vehemencia.

—Es por eso por lo que te echó de casa, ¿verdad?

Josh metió las manos en los bolsillos, encogió los hombros y asintió.

—¿Quién los robó? —Sin esperar su respuesta, contestó ella misma—: ¿Dylan?

—Es la única explicación. Imagino que pensaba devolverlos, pero Richard los echó en falta antes de que pudiera hacerlo.

—Y el señor Lambert supuso que habías sido tú.

No era una pregunta, sino una afirmación. Josh dudaba que jamás fuera a olvidar esa escena. Dylan estaba en la cocina cuando su padrastro irrumpió en el salón, donde Josh estaba estudiando. Gritando y maldiciendo, Richard le agarró por el cuello de la camiseta. Dylan se quedó paralizado por el terror, mudo de impresión, mientras Richard echaba a Josh de casa a patadas, literalmente.

Aunque Josh y su padrastro nunca se habían llevado bien, nunca le había puesto la mano encima hasta entonces.

Más tarde, Dylan fue a verlo. Josh sabía que Dylan se había llevado el dinero, y Dylan sabía que Josh lo sabía. Pero Josh le dijo a su hermanastro que de todas formas había llegado la hora de marcharse, y que era mejor que las cosas quedaran así. Y aunque Dylan confesara, no hubiera cambiado nada. El dinero desaparecido era solo la excusa que Richard estaba esperando.

Lo que Richard no sabía era que Josh ya se había alistado en la oficina de reclutamiento del ejército. Iba a marcharse a su instrucción militar una semana después de su graduación. No tenía intención de volver, así que no le pareció necesario aclarar las cosas.

Michelle lo agarró de la manga.

—¿Estás bien?

Josh no estaba seguro de cómo responder. ¿Lo estaba?

—Estoy algo aturdido, eso es todo. Me sorprende que Richard aún tenga el poder de alterarme, y me sorprende que aún cause tanto efecto en mis emociones.

—¿Qué puedo hacer para ayudarte?

Aunque lo supiera, dudaba que pudiera responderle. Aún más sorprendente que la ira que lo consumía era la tristeza que amenazaba con embargarle.

A su manera, Josh había hecho las paces con su pasado. No esperaba convertirse en el amigo del alma de su padrastro, pero, muy en el fondo, una parte de él deseaba —esperaba— que tal vez tuvieran la oportunidad de llegar a entenderse. No odiaba a Richard; nunca le había odiado. El viejo se encontraba al final de su vida, pero incluso ahora, con apenas semanas por delante, parecía poco probable que estuviera dispuesto a reconciliarse.

—¿Josh? —insistió Michelle.

—Nada, gracias. Te agradezco que estuvieras aquí.

—Creo que lo mejor será que también venga la próxima vez que visites a Richard.

Josh asintió.

—Me parece buena idea.

—¿Has ido ya al Palacio de las Tortitas? —preguntó ella tras un silencio.

La pregunta parecía un abrupto cambio de tema.

—¿Perdón? —El Palacio de las Tortitas, que servía comida de todo tipo, pero se especializaba en desayunos, solía ser el lugar de reunión de los jóvenes tras los partidos de fútbol del instituto. Hacía años que no pensaba en él.

—¿Has comido? —inquirió ella enfáticamente—. Yo siempre estoy de mal humor y muy susceptible cuando tengo el estomago vacío.

—¿Comido? —repitió él, aún ofuscado por el encuentro con Richard—. No, es verdad.

—Yo tampoco, y me muero de hambre. ¿Vamos? —Parecía segura de que respondería que sí, porque lo tomó del brazo y lo guio hasta la camioneta—. Son más de las tres, y no he comido nada desde primera hora de la mañana.

Josh no creía que fuera capaz de tragar un solo bocado, pero necesitaba alejarse de Richard y no le apetecía volver al hostal y quedarse a solas en su habitación.

—Al Palacio de las Tortitas, pues —dijo, y abrió la puerta del copiloto para Michelle y le ayudó a subir.

Dio la vuelta al vehículo y se sentó a su lado. Cuando se disponía a introducir la llave en el contacto, ella le agarró la mano.

—Debe de haber sido muy difícil. Lo siento, Josh, lo siento muchísimo.

Apreció la suave caricia de su mano, y la ternura de su mirada. Se sentía hipnotizado por lo mucho que había cambiado. No solo físicamente, aunque el cambio físico era drástico, lo que más le sorprendía eran su sabiduría y madurez, cualidades que solo se adquirían tras enfrentarse a un profundo dolor emocional.

Josh tenía sus propios problemas, sus propias cicatrices. Richard parecía resuelto a dejar las cosas tal como estaban entre ellos y morir solo. Y si eso era lo que quería su padrastro, Josh no tenía intención de llevarle la contraria.

Capítulo 4

Arreglé las cosas en el banco para poder aceptar pagos con tarjeta de crédito de mis clientes. Era algo que me habría gustado resolver antes, pero que había ido postergando en favor de todos los otros asuntos que requerían mi atención.

Regresé al hostal después de un par de horas, tras una breve parada en el supermercado. Pasé el resto de la tarde preparando el desayuno que quería servir a la mañana siguiente.

Mi único huésped, Joshua Weaver, no regresó esa tarde, pero había dejado sus cosas en la habitación, así que supuse que tarde o temprano volvería a aparecer. Como todo esto era nuevo para mí, no estaba muy segura de cuánta atención debía dispensarle.

Según el libro de reservas que me dejaron los Frelinger, iba a llegar otro huésped esa misma tarde o noche. Abby Kincaid. Preparé otra habitación, ahuequé las almohadas y me aseguré de que todo estuviera preparado. Si yo fuera a alojarme en un hostal, ese era exactamente el tipo de habitación que elegiría para mí. Las paredes color lavanda me parecían acogedoras y reconfortantes. La habitación tenía una cama doble con baldaquín cubierta de almohadas bordadas, y al pie de la cama había lo que mi abuela hubiera llamado un arca de ajuar. Al abrirla, encontré dentro mantas adicionales. El asiento del antepecho del ventanal se parecía al que había en mi habitación. Daba a la cala

41

y tenía vistas excelentes al mar y a los barcos que se mecían suavemente en las aguas color verde pizarra.

Satisfecha, bajé por la escalera a tiempo de ver cómo un coche entraba en el aparcamiento reservado para los huéspedes. Pasaron unos minutos, pero nadie llamó al timbre. Cuando miré por la ventana, vi que mi visitante seguía sentada en su coche. Supuse que no estaría segura de si había llegado a la dirección correcta. Me sentí tentada de salir a confirmarle que estaba en el lugar adecuado.

De no ser por la lluvia, quizá lo hubiera hecho. Pero no me apetecía nada mojarme y, además, estaba oscureciendo. Encendí la chimenea de gas y regresé a la cocina a ponerme el delantal. Había decidido preparar una empanada de pollo para la cena. Había traído del supermercado un pollo para asar que procedí a deshuesar, reservando la carne.

Después de preparar una bechamel, puse en la cazuela especias para la carne, y caldo, además de verduras frescas, antes de añadir el pollo y dejarlo cociendo a fuego lento. Estaba a punto de pesar la harina para la masa de la empanada cuando oí el timbre.

Me lavé las manos rápidamente y corrí a la puerta. Al otro lado del umbral me encontré con una mujer de unos treinta y pocos años con una maleta a su lado. Tenía la cabellera oscura empapada, como si la hubiera calado la lluvia, cosa que no tenía mucho sentido, porque el aparcamiento estaba a tan solo unos pasos del porche delantero.

—Hola —la saludé calurosamente—. Debes de ser Abby Kincaid.

Asintió, y me dedicó una débil sonrisa.

—Pasa, pasa —le rogué, invitándole a entrar.

Abby entró al recibidor y miró a su alrededor, deteniendo la vista en los distintos espacios.

—Estuve aquí hace años —explicó—. Antes de que los Frelinger compraran la casa y la convirtieran en un hostal.

—Huy, pues tendrás que contarme cómo era —dije, con muchas ganas de averiguar cuanto pudiera sobre la historia de la casa. Sabía que perteneció a una familia originaria de Cedar Cove cuyo patriarca era banquero, lo que no dejaba de ser irónico, dado que yo había abandonado mi trabajo en un banco para comprar la casa. El edificio se había echado a perder y los Frelinger lo compraron y lo renovaron desde el sótano hasta la buhardilla para transformarlo en un hostal. Eso era todo lo que yo sabía.

—Un... amigo de mi madre conocía al dueño. A la gente del pueblo le encantaba esta casa. Ahora está muy diferente. —Seguía recorriendo el piso con la mirada.

Por lo que yo sabía, los Frelinger hicieron muchas reformas y cambiaron la instalación eléctrica y las tuberías, además de renovar las habitaciones. El señor Frelinger llevó a cabo la mayor parte de las reformas personalmente. Saltaba a la vista que era un manitas muy habilidoso que había sabido conservar los detalles antiguos al modernizar la casa.

—Entonces, ¿conoces la zona? —No quería parecer entrometida. Pero como yo apenas sabía nada del pueblo, pensé que tal vez Abby pudiera explicarme cosas sobre su historia.

—Nací y me crie aquí, pero... hace muchos años que no volvía. Mis padres se marcharon poco después de que yo terminara la universidad, y nunca tuve ningún motivo para regresar.

—O sea que hace tiempo que no vienes por aquí —dije en tono relajado.

—Más de diez años.

Pensé en preguntarle por viejos amigos, reuniones de antiguos alumnos y cosas así, pero me contuve. Abby parecía nerviosa e insegura, y no quería contribuir a su evidente ansiedad.

—¿Quieres rellenar el formulario antes de que te enseñe la habitación? —pregunté mientras la guiaba a través de la cocina hacia el despacho—. Tu reserva es para tres noches, ¿verdad?

—Sí —respondió Abby, pero titubeaba—. Tal vez... Espero poder marcharme antes, pero no sé cuál es la normativa al respecto.

—No hay ningún problema. —Sabía que algunos hoteles cobraban una penalización si un cliente se marchaba antes de que terminara la reserva, pero yo no tenía pensado hacerlo. Como aún me sentía muy novata en el negocio, estaba dispuesta a ser flexible.

—He venido a una boda —añadió—. Mi hermano mayor... Creo que mamá y papá habían abandonado toda esperanza de que Roger sentara la cabeza y se casara. Nos alegramos mucho por él y por Victoria.

—Qué maravilla.

Abby me ofreció su tarjeta de crédito. Yo anoté rápidamente la información y la dejé a un lado.

—¿Quieres ver tu habitación?

—Sí, por favor.

Abby se detuvo a medio camino en la escalera para contemplar las luces del pueblo.

—La vista es preciosa por la noche —le dije—. Y de día es aún mejor.

—Ya lo sé... Siempre me encantaron las vistas de la cala desde esta calle. —Agarró su maleta y me siguió escaleras arriba hasta la habitación que estaba al final del pasillo, donde había instalado a Joshua Weaver.

—Solo hay otro huésped —expliqué—. Supongo que os conoceréis en el desayuno mañana por la mañana.

Ella asintió, pero no parecía particularmente interesada en conocer a nadie. Después de conducirla a su habitación y mostrarle dónde encontrar toallas y mantas, regresé a la cocina a preparar la empanada de pollo.

Al meterla en el horno me di cuenta de que había suficiente para alimentar a un regimiento. No tenía por qué cenar sola. Activé el temporizador del horno y regresé a la habitación de Abby. La puerta estaba cerrada. Llamé con suavidad.

—Un..., un momento.

Esperé unos instantes hasta que Abby descorrió el cerrojo. Abrió la puerta solo un poco. No me miraba a los ojos, pero vi que los suyos estaban empañados. No quería hacerle pasar apuro, así que me apresuré en decir:

—Puedes bajar a cenar conmigo, si no tienes otros planes.

—Oh, gracias, eres muy amable. Mi familia no sabe que he venido... He llegado un día antes, pero... Es que no tengo nada de hambre.

Llegaba un día antes y no se lo contaba a su familia. Parecía extraño, sobre todo teniendo en cuenta que había venido para una ocasión tan feliz.

—Si necesitas algo, no tienes más que decirlo.

—Gracias, estoy bien.

Abby mantenía la puerta casi cerrada y era evidente que prefería estar a solas. Respeté ese deseo, que yo había sentido muy a menudo a lo largo de los últimos nueve meses, y decidí dejarla tranquila hasta la mañana siguiente.

Aun así, sentía curiosidad. Abby Kincaid había venido desde Florida, todo lo lejos que se podía estar de Cedar Cove sin salir del país. Parecía alegrarse por su hermano y su prometida, pero no parecía nada contenta de haber vuelto al pueblo. Me había contado que hacía más de diez años de su última visita a Cedar Cove, pero debía de tener amigos a quienes tuviera ganas de ver.

El reloj de cocina pitó. Saqué la empanada del horno. La corteza se había dorado a la perfección, y la salsa burbujeaba por los cortes que había hecho en la parte superior. La dejé sobre la encimera para que se enfriara mientras lavaba los pocos cacharros que había ensuciado.

Uno de mis rincones favoritos del hostal era la pequeña cabaña que había al otro lado del camino de entrada. Al parecer, antes se levantaba todo un edificio anexo en ese lugar, una pequeña residencia, suponía yo. Lo único que quedaba de la construcción original eran tres paredes, el techo, y una chimenea.

Los Frelinger lo convirtieron en un espacio muy hogareño con sillones y pilas de leña para el fuego. Había dejado de llover, y se veían las estrellas. Me apetecía salir de casa, así que, después de cenar, me puse el abrigo y crucé el camino hacia el saloncito.

Estaba todo preparado para encender el fuego en la chimenea de piedra, así que prendí una cerilla y contemplé cómo el papel ardía de inmediato. Las astillas empezaron a chisporrotear. Coloqué un tronco pequeño encima y apoyé los pies en un taburete. Había traído una manta, que desplegué sobre mi regazo.

Cuánta paz. Si cerraba los ojos, casi podía imaginar que Paul estaba a mi lado. Así es como soñábamos que pasaríamos las noches, sentados frente a un titilante fuego que nos diera calor. Hablaríamos de nuestro día, y encontraríamos algo que nos hiciera reír. Creo que nunca he reído tanto con nadie como lo hacía con Paul.

Sus comentarios ingeniosos eran lo que más me gustaba de él. Tenía un maravilloso sentido del humor. No era el tipo de hombre que se convierte en el alma de la fiesta; su humor era seco y sutil, pequeños comentarios aparte dichos a menudo en voz baja. Sonreí al recordarlo.

Apoyé la cabeza en el respaldo de la silla y cerré los ojos. Cuánto le echaba de menos. Cien veces al día, incluso ahora, tantos meses después, pensaba en él. ¿Sería siempre así?, me preguntaba, e imaginaba que sí. Paul siempre sería parte de mí. Esta semana hubiéramos celebrado nuestro primer aniversario, pero yo ya era una viuda.

Mis bienintencionados amigos me aseguraban que, con el tiempo, volvería a amar, pero yo no contaba con ello. Podía imaginar que algún día volvería a sentir alegría. Que, poco a poco, el dolor que llevaba encima, como una capa de mi propia piel, se desvanecería. Pero ¿volver a enamorarme? Dudaba sinceramente que fuera posible. Y respecto a si volvería a encontrar la felicidad, si volvería a sentir alegría... Eran cuestiones a las que solo el tiempo podría responder.

El fuego crepitaba suavemente y el calor me envolvió como un tierno abrazo. Sentada en silencio, pensaba en los últimos días y en mis dos primeros huéspedes.

En el sueño que tuve en mi primera noche en el hostal, Paul había aparecido ante mí para anunciarme que volvería a sentirme viva. Y ahora me daba cuenta de que tenía razón. Habían llegado mis dos primeros huéspedes, y era evidente que ambos acarreaban sus propias penas. Tal vez yo lo percibía porque a mí también me oprimía el dolor.

Pensé en Abby, sentada en su habitación, luchando por controlar sus emociones sobre algo que yo desconocía. Joshua también parecía nervioso, aunque no era de extrañar, dadas las circunstancias de su visita.

Con los ojos cerrados murmuré una plegaria para que Abby Kincaid encontrara lo que fuera que necesitaba durante su estancia en Cedar Cove, y Joshua Weaver también. Y, ya que estaba, recité una plegaria también por mí, para que la alegría que sentí una vez volviera.

—Jo Marie. —Abby pronunció mi nombre y me sacó de mi ensueño. Casi me había quedado dormida.

—¿Sí? —dije, volviendo la cabeza.

—Espero no haberte despertado.

—En absoluto, estaba soñando despierta —bromeé, dedicándole una sonrisa—. ¿Quieres sentarte conmigo?

Abby titubeó, pero acabó sentándose en la silla de madera junto a la mía. Pero se sentó cerca del borde, sin relajarse. Parecía recelosa, como si fuera a tener que huir en cualquier momento.

—Te..., te he visto desde la ventana de mi habitación... Parecías realmente en paz.

En paz. Supe enseguida que tenía razón. Me sentía en paz. Eso era algo nuevo para mí. Parecía imposible que desde mi profundo dolor pudiera encontrar la paz. Era un oxímoron, una contradicción aparente. Pero acababa de descubrir que no era así.

—No..., no me he traído pasta de dientes —explicó Abby, como quien cuenta una pequeña tragedia—. No sé cómo se me ha podido olvidar.

—Puedo prestarte la mía esta noche, porque ahora las tiendas están cerradas y no tengo de más para darte. Hay una farmacia en la calle Harbor que encontrarás abierta por la mañana.

—Oh. —Encogió los hombros, como si le hubiera dicho lo último que quería oír—. Gracias, iré por la mañana, pues.

—Te he dejado un pedazo de empanada de pollo, por si cambiabas de idea.

—No, gracias, ya te he dicho que... no tengo mucho apetito.

—Bueno, pues espero que sí tengas por la mañana. —Tenía grandes planes para mi primer desayuno oficial. Ya tenía el pastel salado preparado. La receta decía que había que dejarlo en la nevera toda la noche. Pensaba servirlo con fruta fresca, magdalenas caseras, beicon frito y zumo de naranja. También tenía cereales, por si a alguien le apetecían.

—¿A qué hora es el desayuno?

Se lo dije, y ella regresó a la casa en silencio; le dije que no tardaría en seguirla.

Y sin embargo, arrullada por las llamas de la chimenea, cómoda y en paz, no sé cuánto tiempo permanecí junto al fuego antes de ir a meterme en la cama. Saboreaba el calor pensando en la nueva vida en la que me estaba asentando.

Capítulo 5

Abby Kincaid tiró de la sábana y se cubrió el hombro. Cerró los ojos con fuerza, pero volvió a abrirlos rápidamente. Las sombras bailaban por la pared, burlándose de ella. Era lo que más miedo le daba de volver a Cedar Cove. Los demonios ya habían salido a jugar, dejándola sin aliento e insomne.

En el cielo había una luna llena y reluciente que aún hacía más difícil relajarse. Abby se incorporó y miró la cala por la ventana. La luz de la luna refulgía sobre la superficie del agua. En cualquier otro momento se hubiera rendido ante la belleza del paisaje. Pero esa noche, no. Esa noche, no.

Abby necesitaba dormir. Hacía días, no, semanas, que no dormía toda la noche sin interrupción. Tenía los ojos irritados, pero no lograba tranquilizar su mente. Ya antes de su regreso a Cedar Cove, no había dejado de preocuparse por la boda de su hermano. Hubiera dado cualquier cosa por encontrar una excusa para no ir. Pero ¿cómo iba a hacerlo? Era su hermano. Toda la familia había hecho planes para acudir. Tías y tíos... y primos, a muchos de los cuales hacía años que no veía.

¿Por qué, ¡ay!, por qué se había enamorado Roger de una mujer de Cedar Cove? Abby aún no conocía a su futura cuñada, aunque había hablado con Victoria por teléfono un par de veces. Parecía una chica perfectamente encantadora. Amable, bondadosa..., y si estaba al corriente de la tragedia que pendía sobre la vida de Abby como un nubarrón, había sido lo bastante educada como para no decir nada al respecto.

Aunque apenas se conocían, su futura cuñada le había pedido que participara en la boda, a lo que Abby había accedido, aunque con reservas. Sería la encargada de servir la tarta.

El único defecto que Abby encontraba en la novia de Roger era que hubiera elegido para casarse el último lugar sobre la Tierra en el que Abby quisiera poner los pies.

No llevaba ni veinticuatro horas en el pueblo y la tentación de hacer las maletas y volver a Florida era más fuerte que nunca. Que se hubiera visto obligada a llegar un día antes lo complicaba todo. De alguna manera, entre los nervios y la desgana, cometió un error al hacer su reserva: eligió el viernes como fecha de llegada, para poder estar presente en el ensayo de la cena. La boda sería el sábado por la tarde, y luego, por supuesto, vendría la fiesta. Reservó a propósito un alojamiento distinto al motel en el que se alojaba su familia, pues prefería mantenerse al margen del bullicio. Reservó el vuelo de vuelta a primera hora del domingo. Pensaba ir y volver tan rápido como fuera posible.

Visto y no visto.

No tuvo tanta suerte.

Cuando se dio cuenta de que había reservado un vuelo para el jueves en lugar del viernes ya era tarde, y cambiar las fechas le hubiera resultado demasiado caro. No quedaban plazas para el vuelo del viernes. Aunque no soportaba pensarlo, era más sensato llegar el jueves. Abby apretó los dientes y se resignó a llegar con un día de antelación. Justo lo que menos deseaba: veinticuatro horas de más en Cedar Cove.

No avisó a su hermano ni a sus padres de su cambio de planes. Sería mejor así, por si se topaba con algún conocido de entonces... De cuando Abby causó la muerte de su mejor amiga y tuvo que enfrentarse al juicio de todo Cedar Cove.

Durante más de diez años, Abby había evitado regresar a la ciudad en la que nació. Con el tiempo, incluso sus padres se mudaron. Claro que inventaron una excusa muy conveniente para que ella no se sintiera culpable. Pero Abby sabía la verdad, aun cuando sus padres eran demasiado generosos para admitirla. No hacía falta que confesaran. Sus padres ya no se sentían capaces de enfrentarse a sus amigos, ni a los White..., especialmente a los White.

Su padre anunció que iba a prejubilarse del astillero, el mayor generador de empleo del condado de Kitsap, y poco después se trasladaron a Arizona. Su hermano ya vivía en Seattle cuando sucedió el accidente, y trabajaba como ejecutivo en la empresa Seattle's Best Coffee. Con todas las novias que había tenido a lo largo de los años, ¿por qué, ¡ay!, por qué no podía haberse enamorado de una mujer de Seattle, o de Alaska..., o de Tombuctú? De cualquier sitio menos de Cedar Cove.

Bueno, ahora no tenía remedio. Abby estaba allí, le gustara o no. Triste y asustada, muy asustada. Un terapeuta con quien se había tratado años atrás le había sugerido que se enfrentara a sus miedos. Un buen consejo, suponía, ahora que los tenía delante. Llevaba mucho tiempo huyendo de ellos, y ahora ahí estaban esos recuerdos horrendos, pisándole los talones, volviendo a sumergirla en la pesadilla que llevaba quince años intentando olvidar.

Antes, todo era tan inocente y divertido... Abby y Angela fueron las mejores amigas durante los años de instituto; la madre de Abby las apodaba «El equipo A». Amigas para siempre. Angela era la mejor amiga que Abby jamás hubiera tenido. Las dos formaban parte del equipo de animadoras, jugaban en el equipo de fútbol, iban juntas a clase de teatro y eran inseparables. Eran algo más que mejores amigas. Angela era la única persona en todo el mundo con quien Abby podía compartirlo todo con la certeza de que nunca la juzgaría. Podían pasar horas hablando, y lo hacían a menudo. Y se reían muchísimo.

Después de graduarse, Abby fue a la Universidad de Washington, en Seattle, mientras que Angela se había matriculado en la Washington State University, en Pullman, la universidad rival, en la que su madre también había estudiado.

Aunque estaban en extremos opuestos del estado, hablaban a diario, y las dos se morían de ganas de verse en las vacaciones de Navidad. Abby tenía guardadas un montón de cosas que contar a su mejor amiga, pero por encima de todo quería confesar a Angela los progresos de su relación con Steve, el compañero de habitación de su hermano, con quien había empezado a salir hacía poco. Solo habían pasado un par de meses, pero Abby estaba segura de que aquello era amor, estaba absolutamente convencida. Amor verdadero. Al mirar atrás, Abby se daba cuenta de que entonces no sabía nada del amor... Ni del dolor.

A lo largo de los años, algunos amigos de Cedar Cove habían intentado mantener el contacto, pero Abby nunca respondió a sus cartas ni felicitaciones de Navidad. No sabía nada de Patty, Marie, Suzie, ni ninguna otra de sus buenas amigas desde que se marchó. ¿Cómo iba a poder volver a celebrar la Navidad? Abby siempre hacía lo posible por ignorar la fecha. Para ella era el peor momento del año, y no mejoraba con el paso del tiempo.

Durante una época se esforzó en comunicarse con la familia de Angela, pero ellos no querían ningún recordatorio de lo que le sucedió a su hija. No querían tener nada que ver con Abby. Aunque ella ansiaba desesperadamente saber de ellos, siempre le devolvían sus cartas sin abrir.

Cuando no pudo soportarlo más, preguntó a su madre por los White, pero Linda Kincaid le respondió con evasivas.

Al insistir, su madre confesó que la relación entre las dos familias se había vuelto difícil. Tensa.

Menos de seis meses después, el padre de Abby anunció que iba a prejubilarse y que iban a vender la casa familiar. Abby estaba convencida de que la jubilación de su padre y el repentino deseo de mudarse se debían a lo sucedido aquella aciaga noche de diciembre. Ambos lo negaron, pero Abby estaba segura de que sus padres querían protegerla de la verdad.

Fuera como fuera, ahora ya no importaba. Cuando sus padres se trasladaron a Arizona, Abby respiró aliviada. Por fin podía dejar atrás Cedar Cove. Los planes de jubilación de sus padres eran la excusa perfecta para olvidarse de todo aquello y seguir adelante.

Pero nunca había conseguido olvidar. ¿Cómo se iba a olvidar de Angela? ¿O relegarla a los confines de su mente, como si su vida no hubiera importado? Ella estaba al volante esa noche. Ella era la responsable. La culpa recaía exclusivamente sobre ella. Lo que tardó años en descubrir fue que esa noche perdió mucho más que a su mejor amiga. Junto con todo lo demás, Abby perdió el alma.

La adolescente despreocupada que había sido murió esa noche junto a su amiga. Toda su vida cambió; incluso su personalidad: antes del accidente era sociable, extrovertida y divertida. Pero ahora era mucho más discreta, seria y callada. Tenía citas, pero no muy a menudo. Le parecía una ofensa seguir con su vida como si nada cuando Angela estaba muerta. Y por lo que sabía de los White, ellos tampoco se recuperaron de la muerte de su única hija.

Abby se licenció y dejó la universidad, pero no volvió a ser la misma. Tenía pocos amigos; evitaba acercarse demasiado a nadie, puesto que siempre lo sentía como una traición a Angela. Vivía llena de reproches, o eso le dijo su terapeuta. Nada de lo que hiciera, bueno o malo, sería suficiente para liberarse de la culpa que arrastraba.

A lo largo de los años, el ser la responsable de la muerte de su mejor amiga se convirtió en una parte integral de su identidad, de la persona que estaba destinada a ser para siempre.

Después de licenciarse, aceptó un trabajo de gestión en la cadena de televenta QVC en Port St. Lucie, Florida. Florida estaba todo lo lejos de Cedar Cove que podía marcharse, tanto en el sentido físico como en el metafórico. Vivir en un lugar donde en invierno la temperatura no bajaba de los treinta grados, con humedad y cocodrilos, casi hacía posible creer que el pequeño pueblo costero rodeado de bosque en el noroeste del Pacífico no era más que un sueño.

Con sus padres viviendo en otro lugar y su único hermano en Seattle, nunca había tenido motivos para regresar a su pueblo. Hasta ahora.

La familia se alegraba muchísimo por Roger. Había salido con muchas chicas antes de conocer a Victoria. Su madre se puso loca de contento cuando la pareja anunció su compromiso. Linda y Tom ya se veían convertidos en abuelos.

Todo el mundo, Abby incluida, asumía que lo más probable era que ella nunca se casaría. En muchos aspectos, se sentía como si su vida hubiera quedado en suspenso después del accidente. Se había acostumbrado a vivir en una burbuja emocional.

Frotándose los ojos, miró la radio despertador de la mesilla por enésima vez. Pasaban de las seis, pero aún era de noche. Había dormido, si es que a eso podía llamársele dormir, un total de tres horas.

Encendió la lamparita que había junto a la cama y agarró el libro que se había traído. Sumergirse en una buena historia la distraería durante un rato, mantendría su mente ocupada hasta que llegara la hora de bajar a desayunar con Jo Marie y el otro huésped.

Después haría una incursión en la ciudad para encontrar la farmacia que Jo Marie le había indicado, esperando no toparse con ningún conocido. Y por la tarde se reuniría con sus padres y con su hermano para el ensayo de la boda.

Abby se alegraba sinceramente por su hermano, y decidió obligarse a sonreír, por él.

Capítulo 6

Josh no durmió bien. No era de extrañar, pues la horrible escena del reencuentro con Richard no dejaba de reproducirse en su cabeza como una película que no podía apagar. A pesar de todos sus esfuerzos, la reunión había ido incluso peor de lo que había imaginado. Parecía que Richard sentía aún más antipatía por él. Era comprensible. Tenía muchos motivos para tenerle ojeriza. Él estaba vivo, pero su hijo favorito —el que era carne de su carne— había muerto.

Cuando bajó de su habitación, el desayuno ya estaba servido. Jo Marie le saludó con un efusivo «Buenos días». Su natural jovialidad le pilló desprevenido. Con solo verla le mejoraba el humor. Aunque le había contado que él era su primer huésped desde que comprara el hotel, era evidente que tenía un talento innato para el negocio. En lo que a Josh respectaba, era la anfitriona perfecta, que se ocupaba de que estuviera bien atendido pero le permitía establecer los parámetros de la atención que deseaba.

Josh le devolvió el saludo y tomó asiento en la mesa del comedor. La estancia estaba bañada por la luz del sol, como si quisiera reflejar el entusiasmo de Jo Marie por el día que comenzaba, y era un cambio muy agradable respecto al día anterior. Su madre había sido un pájaro mañanero, recordó Josh. A veces lo despertaba para ir a la escuela cantando. Sonrió al acordarse. Su alegría solía irritarle. Siempre respondía escondiendo la cabeza bajo la almohada con un gruñido.

Richard era distinto entonces. Siempre con prisa para marcharse por la mañana, a menudo desayunaba de pie, dando un último sorbo apresurado a su café antes de salir corriendo por la puerta trasera. Pero sin importar la prisa que tuviera, siempre tenía tiempo para dar a Teresa un beso de despedida. A veces se besaban tan efusivamente que Josh tenía que apartar la mirada. Su padrastro era un hombre muy feliz en aquella época.

Al oír pasos a su espalda, Josh miró por encima del hombro. Jo Marie ya le había dicho que otro huésped se uniría a ellos. Aquella mujer parecía sentirse igual que él. Mantenía la mirada gacha, y respondió con una tibia sonrisa cuando Jo Marie le dedicó su alegre saludo matutino.

No se dio cuenta de la presencia de Josh hasta que se sentó a la mesa. La sorpresa le tiñó el rostro cuando alzó la vista.

—Buenos días —dijo él. Aunque no tenía muchas ganas de ponerse a hablar, no quería parecer grosero.

—Buenos días —replicó ella, con algo de reticencia.

—Josh Weaver, te presento a Abby Kincaid —dijo Jo Marie al volver a entrar en el comedor con una jarra de zumo de naranja.

Josh advirtió que su taza de café ya estaba llena. Un pastel salado descansaba en el centro de la mesa junto a un plato de beicon crujiente, un montón de tostadas acompañadas de una selección de mermeladas y confituras, y magdalenas caseras.

—¿Zumo de naranja? —le preguntó Jo Marie.

—Sí, por favor.

—Yo no, gracias —dijo Abby.

Josh descubrió que estaba muy hambriento. La noche anterior no había cenado, y comió tarde, con Michelle. Se pasaron casi tres horas en el Palacio de las Tortitas hablando de todo, de cualquier cosa menos de Richard. Su orgullo le impedía mostrar lo mucho que su padrastro le había disgustado.

Después de dejar a Michelle en casa de sus padres, Josh pasó un par de horas más dando vueltas, para familiarizarse con la ciudad y sus alrededores. Cedar Cove era el único hogar que había conocido en su vida, y le resultaba extraño estar de vuelta.

Michelle no había exagerado la situación de Richard. A Josh no le cabía duda alguna de que su padrastro se moría y, por extraño que pareciera, sentía su pérdida. Representaba el fin de una era, aunque no hubiera sido una época feliz. El fin de su oportunidad para hacer que las cosas acabaran, si no bien, al menos distintas de como estaban.

Tal vez su tristeza se debiera al hecho de que se quedaría solo en el mundo cuando Richard muriera. Aunque eso no tuviera mucho sentido, porque ya estaba solo. No se habían hablado en años.

Pero aun así sentía que estaba a punto de perder algo importante. Apenas recordaba a su padre biológico, un alcohólico que los había abandonado a él y a su madre cuando Josh tenía cinco años. Su madre murió trece años más tarde, y después, su hermanastro.

Josh se dio cuenta de que se había quedado embobado mirando por la ventana, ignorando a los demás. Se sirvió una generosa cucharada del plato de huevos que acababa de traer Jo Marie y atacó la comida con apetito.

Estaba todo delicioso. Se sirvió otra ración, algo muy raro en él. En cambio, Abby apenas tocó el desayuno, se limitaba a remover la comida en el plato cuando creía que alguien la miraba. Josh dudaba que hubiera comido más de un bocado, dos a lo sumo. Supuso que ella tampoco habría pasado muy buena noche.

Parecía que ambos habían llegado a Cedar Cove cargados de preocupaciones. Él no habló de la suya, y ella tampoco, cosa que a él le parecía lo mejor, aunque sí que mantuvieron una conversación educada.

—¿Vendréis a cenar alguno de los dos? —preguntó Jo Marie al entrar en el comedor para traer más café.

—No tengo planes para cenar —confirmó Josh—. Pero no cuentes conmigo.

—Yo estaré con mi familia —contestó Abby en tono de disculpa.

—No pasa nada —les aseguró Jo Marie, apoyando una mano en el alto respaldo de una silla de madera que Josh tenía detrás—. ¿Está todo a vuestro gusto?

Con el delicioso desayuno que había preparado, a Josh le costaba creer que aquella situación fuera nueva para ella.

—Es todo estupendo.

Abby no respondió; parecía perdida en sus propios pensamientos.

—Abby —insistió Jo Marie con dulzura—. ¿Necesitas algo?

Abby hizo un esfuerzo por sonreír, pero no lo consiguió.

—Está todo perfecto. Muchísimas gracias.

—No se merecen.

Jo Marie era como un abejorro revoloteando de flor en flor, zumbando por la habitación.

—Yo he pasado una noche espléndida —explicó, como si no pudiera contenerse un segundo más—. Me senté junto a la chimenea a disfrutar del silencio. No recuerdo haber pasado una noche tan pacífica en mucho tiempo.

A Josh le complació oír que alguien había estado bien. Dudaba que él pudiera conseguirlo mientras se encontrara en Cedar Cove. Nada le gustaría más que recoger las cosas que quería llevarse y marcharse esa misma mañana.

Salió del hotel poco después de desayunar. Había quedado con Michelle en casa de sus padres para probar suerte con Richard nuevamente. Josh apreciaba su compañía.

De camino a su antiguo vecindario, se dio cuenta de que, aunque había pasado una parte importante del día anterior con Michelle, no sabía mucho de ella. No se había dado cuenta en ese momento, pero era él quien había hablado durante la mayor parte del tiempo. Michelle había mostrado curiosidad por los años que había pasado lejos de Cedar Cove. Le preguntó por su paso por el ejército y le bombardeó con preguntas sobre su formación y los proyectos que le habían llevado por todo el país. Josh no recordaba la última vez que había mantenido una conversación de tres horas que no tuviera que ver con el trabajo. Al terminar, se sentía cercano a ella, más unido de lo que se había sentido a ninguna mujer en mucho tiempo. No estaba seguro de cómo interpretarlo, si es que había algo que interpretar, pero no podía dejar de darle vueltas.

Josh nunca se había casado, pero no fue una decisión premeditada. Había salido con muchas mujeres a lo largo de los años, y había mantenido tres relaciones serias. Pero, al final, todas quedaron en nada.

No sabía decir por qué, aparte del hecho de que él nunca permanecía mucho tiempo en el mismo sitio. Una relación rota resultaba comprensible, dos, algo cuestionable, pero ¿tres? Con eso quedaba todo dicho. Era evidente que el problema era él. Josh se suponía un candidato perfecto para someterse a terapia. Era indudable que tenía problemas sin resolver respecto al padre que lo había abandonado y la deprimente relación que mantenía con su padrastro.

Cuando llegó a casa de los Nelson, vio que había luz dentro. Pero no en casa de su padrastro. Alarmado, echó a correr hacia su deteriorada casa familiar, pero se detuvo en el último momento. Si irrumpía en la casa y solo encontraba a Richard apoltronado en su sillón, parecería un bobo. Mejor actuar según lo planeado. Entrar. Salir. Marcharse.

Michelle le abrió la puerta al oírle aproximarse por el camino de entrada. Sostenía una taza con las dos manos.

—¡Buenos días! —exclamó.

—Buenos días. —Aún le costaba acostumbrarse a que aquella mujer tan guapa fuera Michelle. La chica que recordaba era tímida y reservada, claramente incómoda en su propia piel. Tomaron el mismo autobús escolar durante años.

Michelle tenía amigos. Josh estaba seguro de ello, aunque no pudiera recordar quiénes eran. Lo que sí que recordaba eran los insultos que le dedicaban los otros chicos. Michelle los ignoraba, pero seguro que le hacían daño. Él intervino un par de veces, pero produjo un efecto indeseado. Empezaron a meterse con él también, insistiendo en que le gustaba Michelle.

—¿Te apetece un café? —ofreció ella.

—Claro. —No era el café lo que le interesaba, sino el demorar lo inevitable, otro enfrentamiento con su padrastro. Siguió a Michelle a la cocina y se sentó en la barra mientras ella le llenaba una taza.

—¿Cuánto hace que adelgazaste? —soltó. Tal vez no fuera la mejor forma de empezar una conversación, pero era una pregunta que no dejaba de hacerse.

Michelle se encogió de hombros como si la cosa no tuviera importancia. Josh no se dejó engañar, seguro de que habría sido un momento muy importante de su vida; no podía ser de otra manera.

—Hace ya años.

Consciente de cuánto había amado a Dylan secretamente, inquirió:

—¿Dylan llegó a verte... así? —No sabía cómo formular la pregunta, y esperó que ella no se ofendiera.

—Ya había perdido bastante peso cuando tuvo el accidente, pero dudo que se hubiera dado cuenta.

A Josh le costaba creerlo.

—Para entonces, Dylan ya no vivía en casa —aclaró ella—. No lo veía muy a menudo. Él salía con Brooke.

—¿Brooke Davies? —preguntó Josh. A Dylan le gustaba Brooke cuando iba al instituto. Era una chica algo salvaje, con el pelo rojo y un temperamento a juego. En lo que a Josh respectaba, Brooke no podía traer nada bueno. Debía de haber sacado lo peor de Dylan.

—¿Vivían juntos? —prosiguió.

Michelle asintió. Josh se dio cuenta de que era algo ingenuo por su parte suponer que Dylan siguió viviendo en casa. Aunque no se hablara de ello, sobre Josh pendió siempre la certidumbre de que se marcharía de casa tan pronto terminara el instituto, pero Dylan era otra historia, y Josh nunca se lo había planteado de otra manera.

Ocultando su reacción ante la noticia de que Dylan estuvo viviendo con Brooke, Josh dio un sorbo de café. Hablar de su hermanastro le afectaba, así que cambió de tema abruptamente.

—Ayer hablamos mucho de mí, pero ¿qué hay de ti? Tú tampoco estás casada, ¿verdad?

—Ahora no.

—¿Estuviste casada? —Eso también le sorprendió, aunque no debiera haberlo hecho. Una vez más, se había hecho suposiciones falsas. Al verla tan unida a su familia, ayudando en casa, supuso que..., vaya, que se había equivocado.

—Estuve casada un tiempo —explicó Michelle—. Fue un error del que me arrepentí casi de inmediato. Me casé con Jason a los veinte años, y para cuando cumplí los veintiuno ya estábamos divorciados. Él volvió a casarse, y se marchó de aquí.

—Lo siento —repuso Josh, sin saber qué decir. Aunque Michelle hablaba con ligereza del fracaso de su matrimonio, suponía que debía de haber dejado heridas profundas en su corazón.

—Sí, yo también —dijo ella, y se encogió de hombros.

Josh se dio cuenta de que Michelle no ponía excusas ni echaba la culpa a nadie, ni enumeraba los motivos de su divorcio como solían hacer algunas de las mujeres con las que había salido. Lo consideró una señal de madurez por su parte. Dio otro sorbo al café.

—Anoche, después de dejarte en casa, me di cuenta de que no te había preguntado nada sobre ti.

—¿Qué quieres saber? —le retó ella.

—Pues para empezar: ¿dónde vives?

—Tengo un apartamento junto al mar, en Manchester.

Debía de ser de nueva construcción. Josh no recordaba ningún bloque de pisos en esa zona.

—¿Te gusta tu trabajo? No debe de ser fácil ser trabajadora social cuando hay tanta gente necesitada.

—La verdad es que me encanta mi trabajo. Tengo la suerte de trabajar en el Departamento de Adopciones, y me encargo de encontrar hogares para los niños que lo necesitan. Me resulta gratificante a muchos niveles.

Josh titubeó, pues no quería que ella sintiera que la estaba sometiendo a un interrogatorio.

—Agradezco mucho tu ayuda con Richard. Quiero que lo sepas. Espero que hoy vaya mejor.

—Yo también lo espero. —Le dedicó una dulce sonrisa.

A Josh le costaba apartar los ojos. Era, realmente, una mujer muy guapa. Siempre lo había sido, por dentro y por fuera, pero él había estado demasiado ciego para verlo. Él y todo el mundo.

Michelle dejó su taza en el fregadero, algo incómoda ante su mirada.

El ambiente se había enrarecido, y Josh llenó el silencio:

—Y agradezco muchísimo que tú y tus padres hayáis estado pendientes de Richard. Siempre fuisteis buenos vecinos. —Recordaba que la madre de Michelle les traía comida cuando su propia madre estaba gravemente enferma.

Michelle bajó la mirada.

—Richard y mi madre se pelearon hace unos meses. Fue a llevarle comida y se lo encontró en el suelo, así que llamó a una ambulancia. Richard se puso furioso y la echó de la casa y le dijo que no volviera.

Qué hombre tan estúpido. Aquello era típico de él.

—¿Es tu padre quien ha estado yendo a verlo, entonces?

—No, yo soy la única a la que deja entrar.

Josh sacudió la cabeza y se esforzó en ocultar una sonrisa. Al parecer, su padrastro no le hacía ascos a una cara bonita.

—Creo que es por el flechazo que tuve con Dylan en el instituto. De alguna manera, parece que verme le ayuda a sobrellevar la pérdida. No sé por qué, pero parece que se alegra cuando voy a verlo.

—¿Brooke viene de vez en cuando?

Ella rio disimuladamente.

—Nunca. Ni siquiera vino al entierro de Dylan. Por lo que he oído, se pasa el día bebiendo, ahogando las penas en cerveza.

—¿Sigue por aquí?

—No lo sé —murmuró Michelle—. Y la verdad es que no me importa.

A Josh tampoco le importaba.

—Richard se ha vuelto mucho más difícil, ¿verdad?

Ella no se molestó en ocultar la verdad:

—Me temo que sí.

Aunque Richard no fuera a agradecérselo, se vio obligado a ofrecer:

—¿Hay algo que yo pueda hacer por él?

Michelle consideró la pregunta, mordisqueándose el labio inferior.

—Es que... no creo que quiera aceptar tu ayuda.

Eso era lo que Josh imaginaba. Aunque ya lo supusiera, oírla decir aquello le decepcionó. A pesar de su turbulenta historia, quería ayudar al viejo.

—¿Has hablado con su médico? —preguntó él.

—Brevemente. Le he intentado llamar un par de veces. Como te he dicho antes, Richard no debería vivir solo, pero él insiste en que si tiene que morirse, quiere hacerlo en su propia cama.

—Gracias por portarte tan bien con él. —Josh lo decía sinceramente.

—Lo hubiera hecho también por Dylan...

—Lo amabas, ¿verdad?

Ella titubeó.

—Tal vez lo quise una vez, pero no me has dejado terminar.

—Lo siento.

—Lo he hecho por Dylan... y por ti.

Capítulo 7

Estaba ocupada limpiando la cocina cuando llamaron al timbre. Dejé el trapo y fui a la puerta. En el umbral, dedicándome una gran sonrisa, había una mujer muy atractiva con el pelo mechado de gris. Llevaba un impermeable y un pañuelo en la cabeza, y sostenía una bandeja de magdalenas.

—Hola, soy Peggy Beldon. —Beldon, Beldon... El apellido me sonaba de algo—. Tal vez los Frelinger te comentaran que me pasaría por aquí. Sandy me llamó para pedirme que me pasara a hablar contigo sobre el hostal.

—¡Ah, claro! —Ya sabía dónde había oído ese nombre. Los Frelinger me dijeron que habían pedido a una amiga, también propietaria de un hostal, que se acercara para que yo pudiera hacerle cualquier pregunta que tuviera sobre el negocio. Tenían ganas de empezar su nueva vida, pero querían brindarme algo de apoyo. Agradecí ese gesto tan considerado.

—¡Entra, por favor! —exclamé, al abrirle puerta. Había vuelto a ponerse a llover, algo habitual en esa época del año.

—Te he traído unas magdalenas de arándanos recién hechas. Los arándanos son de mi jardín. Tuve que pelearme por ellos con los ciervos en verano, pero pude recoger suficientes como para congelarlos. —Se quitó el pañuelo y lo guardó en un bolsillo, y luego se quitó el impermeable—. Mi marido y yo somos los propietarios de El Tomillo y La Marea, en Cranberry Point.

—Bienvenida —dije.

—Quería telefonear antes de venir, pero me venía de paso, así que decidí pasar un momento. Mi marido se está haciendo una limpieza bucal, y el dentista está a la vuelta de la esquina. Espero no llegar en mal momento.

—En absoluto. En realidad, eres muy oportuna. Estaba por tomarme un descanso. —Me acompañó a la cocina y empecé a preparar la tetera—. Aún ando algo perdida.

Hasta ahora, había actuado por instinto, y me resultaba muy grato poder hablar con alguien más experimentado. Estaba segura de que me quedaban muchos gajes del oficio por aprender.

Mi madre fue una anfitriona maravillosa, y yo había heredado su habilidad para hacer que la gente se sintiera a gusto. Imaginé que regentar un hostal no podía ser muy diferente de tener invitados a dormir. ¿O sí?

Serví el té y saqué una bandeja para las magdalenas. Había preparado el desayuno para mis dos huéspedes, pero yo no había tenido tiempo para tomar nada más que un vaso de zumo de naranja. El desayuno era la comida que menos me gustaba del día, y con un café con leche o un zumo solía bastarme. Pero hacia las diez y media, la tripa había empezado a rugirme.

Peggy soplaba su taza de té, intentando enfriar el líquido humeante. Apoyó los codos en la encimera para acomodarse.

—Y bien, ¿qué tal los primeros días?

—De momento, todo va bien, pero llevo muy poco tiempo.

—Estupendo. Espero que no te importe si te hago algunas sugerencias.

—No, faltaría más. Tienes mucha experiencia. —Me recosté en la silla para saborear el jengibre y la menta de mi té, y tomé una magdalena de arándanos.

—¿Te has sacado ya la licencia de manipuladora de alimentos? —me preguntó Peggy.

Por más que me avergonzara admitirlo, todavía no lo había hecho.

—Aún no, pero pienso hacerlo pronto.

—Cuanto antes, mejor —insistió Peggy—. No se tarda tanto tiempo como quizá creas, y es muy fácil prepararte el examen por Internet.

Me alegré de oírlo. Estudiar las posibles opciones disponibles estaba en mi lista de cosas pendientes, pero aún no me había puesto a ello. Con tantas cosas que hacer, siempre acababa dejándolo para más tarde.

Me di cuenta de que Peggy podía aportarme mucho con su experiencia, y no quería fiarme únicamente de mi memoria.

—Perdona un segundo, quiero anotar todo esto.

—Sí, claro.

Salté de la silla y fui al despacho, de donde volví con una libreta y un bolígrafo.

Peggy esperó a que volviera a sentarme antes de continuar. Vi que se había servido una magdalena en mi ausencia. Di un mordisco a la mía; estaba deliciosa.

—Por lo que sé, no conoces la zona —dijo, mientras retiraba el molde de papel de la magdalena.

—Cedar Cove, no, pero el estrecho de Puget sí que lo conozco.

—Eso te será de ayuda.

—¿Ah, sí? —pregunté.

—Es importante que te familiarices con Cedar Cove. Bob y yo nos criamos aquí, y aunque vivimos fuera algunos años, creíamos que conocíamos bien el pueblo. Y resulta que no tanto como deberíamos. Tienes que verlo con los ojos de tus huéspedes.

Me lamí las migas de los dedos. El centro de la magdalena aún estaba caliente.

—No sé si te entiendo... ¿Con los ojos de mis huéspedes?

—Dedica algún tiempo a descubrir los negocios de por aquí, y los puntos más atractivos de la zona. Pásate por la Cámara de Comercio o, mejor aún, hazte miembro. También tenemos un centro de información turística. Tendrás que conocer los restaurantes del pueblo, y tal vez recopilar sus cartas. Para que tus huéspedes tengan alternativas cuando te pidan que les recomiendes un sitio. Bob y yo mandamos hacer unos planos para que los huéspedes puedan orientarse por el pueblo.

—Es una idea excelente. —Empuñé el bolígrafo y tomé nota.

—Y trata de averiguar todo lo que puedas sobre las actividades que se organicen —me aconsejó Peggy—. Nosotros descubrimos el verano pasado que a los huéspedes les encantan los Conciertos en la Cala. Son todos los jueves a las seis. Se contrata a grupos de música de muchos tipos, y se les paga mediante donaciones de los negocios locales. Te sorprendería el talento y la variedad de las actuaciones. La gente se trae sillas plegables, porque se llena. Y hay muchas familias que van con cestas de picnic.

—Suena muy divertido.

—Lo es, y es una muy buena manera de conocer a tus vecinos. Todos tenemos mucho trabajo, y tendemos a aislarnos. Como vivimos en la península, Bob y yo no tenemos vecinos cerca, y eso lo echo de menos.

Entonces, parecía que estar en el centro del pueblo era una ventaja para mí.

—Aún no he tenido ocasión de hablar con nadie.

—Ya lo harás —me aseguró Peggy—. Sandy y John eran una pareja estupenda, y todo el pueblo los apreciaba. Seguro que hicieron correr la voz de que tú ibas a sustituirlos. La gente tendrá ganas de conocerte.

»¿Por qué no organizas una velada de puertas abiertas? —propuso de repente. Se sentó más derecha—. Creo que deberías. Daría la oportunidad a los vecinos de conocerte, y a ti de conocerlos a ellos.

—Sí, parece una idea fantástica, pero antes quisiera encargarme de otras cosas.

—Por supuesto. ¿Puedo ayudarte en algo?

Tenía tantas ideas en la cabeza, tantas cosas que quería llevar a cabo, que la cabeza me daba vueltas.

—Pues, para empezar, he cambiado el nombre del hostal.

Ella asintió, como si le pareciera natural.

—Te supondrá algunos gastos adicionales, pero así lo harás más tuyo.

Me hacía cargo de que un cambio de nombre significaba encargar nuevos folletos, tarjetas y papel con membrete, y cosas así, pero nunca sentiría el hotel como mío hasta que le cambiara el nombre.

—He decidido llamarlo Hostal Rose Harbor.

—Hostal Rose Harbor —repitió Peggy con el ceño fruncido.

—¿No te gusta?

Peggy dejó la taza en el platito.

—No es eso, me parece un nombre muy bonito, pero Sandy nunca plantó rosales.

—Ya me había dado cuenta. Rose es mi apellido. He empezado una lista de propósitos, y me gustaría plantar una gran rosaleda, con una pérgola y un banco para que se sienten los huéspedes. Mis rosas favoritas son las variedades antiguas... Conozco a algunos criadores, y sus rosas tienen un aroma increíble. —Era consciente de que parloteaba sin cesar, dando mucha más información de lo necesario, pero no tenía freno.

—Necesitarás un letrero nuevo, y pueden salir caros, que lo sepas.

Ya había hecho algunas averiguaciones acerca de la fabricación de un letrero nuevo, y su elevado coste me había dejado pasmada.

—¿Has pensado en contratar a alguien para que se encargue del mantenimiento? —preguntó Peggy.

—Todavía no... —Sabía que tarde o temprano necesitaría a alguien, pero aún no había empezado a buscar.

—Te daré el contacto de alguien de confianza. Bob se encarga de la mayor parte de las reparaciones en El Tomillo y La Marea, así que solo necesitamos a Mark muy de vez en cuando. Mark también es ebanista. Estoy segura de que te haría una oferta muy competitiva para un cartel nuevo.

Empuñé el bolígrafo una vez más.

—Se llama Mark Taylor. Te caerá bien, pero... —titubeó.

—¿Pero...? —inquirí yo.

—A veces puede ser algo seco. Aunque solo ladra, nunca muerde. Llegó al pueblo hace unos años, pero nadie sabe mucho acerca de él. No ganará premios por su buen carácter, pero trabaja bien a precios razonables.

Bueno, pensé yo, después de todo, lo único que quería en un encargado de mantenimiento era que fuese habilidoso con las herramientas. Me daba igual que fuera buen conversador o no.

—Tengo su número almacenado en mis contactos. —Peggy rebuscó en su bolso hasta que encontró su teléfono móvil. Después de pulsar unos cuantos botones, me dio el número. Pues bien, llamaría a «Míster Buen Carácter» más tarde y concertaría una cita con él para que no fuera un perfecto desconocido si necesitaba llamarle por una emergencia.

Peggy siguió tomando su té, y yo la imité. Por fin se había enfriado, y di un sorbo de la reconfortante infusión.

—¿Hay algo más que deba saber? —pregunté.

Peggy repiqueteó con los dedos sobre la encimera mientras pensaba.

—¿Tienes un plan de marketing?

Lo tenía, y hablamos de mi estrategia durante un rato. Parecía darme el aprobado, y me sonreí al darme cuenta de que Peggy había asumido el rol de una hermana mayor, algo marimandona, pero bienintencionada.

—Pronto te darás cuenta de que el boca oreja es importante. Te sorprendería el daño que puede hacer un solo huésped insatisfecho. Conozco a un diseñador de webs estupendo, si lo necesitas. Pero no te gastes mucho dinero en eso si no es necesario, ¿de acuerdo?

—De acuerdo.

Peggy se relajó en la silla.

—Perdona, a veces me pongo muy insistente. Pregúntaselo a mi marido.

No me molestaba. Aquel era un asunto del que ya me había ocupado, y la verdad es que llevaba trabajando con un diseñador webs prácticamente desde el día que firmé los papeles. Estaba decidida a hacer que mi aventura saliera adelante, y no permitiría que Peggy me pusiera nerviosa.

—Hay asociaciones de hostales locales, estatales y nacionales. Hazte socia.

—¿Tú eres socia? —pregunté.

—Sí. Mi marido y yo somos miembros activos a nivel local y estatal. Te avisaré cuando vaya a celebrarse la próxima reunión; podemos ir juntas.

—Gracias, lo agradezco mucho.

—Es un placer —dijo Peggy—. Una última cosa.

—¿Sí?

—¿Qué tal se te dan los ordenadores?

—Muy bien.

—Bien. Familiarízate con los programas. Los vas a necesitar para la contabilidad y el registro. Bob descubrió un programa maravilloso para las reservas. Te pasaré el nombre.

—Estupendo. Eso sería ideal. —Pensé en el libro de reservas de los Frelinger, y me di cuenta de que no me iría mal pasarme al siglo XXI.

—También hay programas muy buenos para la gestión de propiedades.

Inspiré profundamente y renové mi propósito de no asustarme ante mi lista de quehaceres. Paso a paso.

Peggy se terminó el té y miró el reloj.

—Bob ya debe de haber acabado, será mejor que vuelva a la consulta del dentista. Ha sido un placer conocerte, Jo Marie.

—Igualmente. —Resistí el deseo de abrazarla. Aunque la visita había sido breve, me sentía como si Peggy y yo fuéramos amigas desde hacía años. Su forma de hacerse cargo de todo era reconfortante y me hacía sonreír—. Y gracias por las magdalenas.

—Ya te pasaré la receta, si quieres. —Agarró el impermeable y se dirigió a la puerta.

—Me encantaría —dije, y la seguí. Estaba convencida de que a mis huéspedes les encantarían esas sabrosas magdalenas. Aunque tal vez a Peggy no le hiciera gracia que compartiera su receta con mis propios huéspedes.

Como si me leyera la mente, Peggy sonrió:

—No te preocupes, le he dado la receta a todo el pueblo. El secreto, en mi opinión, son los arándanos caseros. Es uno de los motivos por los que no me canso de pelearme con los ciervos cada verano. Los ciervos pueden ser criaturas encantadoras, pero también pueden ser un fastidio.

Hacía más años que no veía un ciervo en carne y hueso de los que podía recordar. Desde mi adolescencia, por lo menos. Cuando los veía aparecer, al amanecer o al atardecer, me parecían criaturas mágicas. Me sorprendía que la gente que vivía fuera de la ciudad los considerara una plaga.

—Por cierto, tendrás que hacer algo para proteger los rosales, cuando los plantes en el jardín. Son una de las comidas favoritas de los ciervos.

—¿Los ciervos se adentran en el pueblo?

—Pues sí. Son más numerosos en las afueras, pero no es nada extraño que se paseen de jardín en jardín, devorando todo cuanto encuentran a su paso.

Entonces, encontraría la forma de proteger las rosas. El jardín era demasiado importante para mí como para ofrecérselo como merienda a los animales de la zona.

Peggy se puso el impermeable.

—Llama a Mark. Siempre tiene mucho trabajo, o sea que harías bien en comentarle lo del letrero para que esté al tanto. Hará un buen trabajo. Pero no te ofendas si te suelta un bufido.

—Está bien, no me ofenderé. —Le abrí la puerta principal.

Seguí a Peggy con la mirada mientras se dirigía a su coche. Nuestro encuentro había durado menos de media hora, pero me sentía como si me hubiera transmitido un año de información y consejos. Pensaba ponerlos todos en práctica tan rápido como pudiera.

Con energías renovadas tras la visita de Peggy, me metí de nuevo en casa y llamé por teléfono a Mark Taylor, el manitas que me había recomendado.

Respondió al cuarto tono, justo cuando estaba a punto de saltar el contestador.

—¿Sí, qué pasa? —dijo sin aliento, como si hubiera tenido que correr para llegar al teléfono a tiempo.

—Ah, hola —dije—. Me llamo Jo Marie Rose.

—¿Quién?

—Jo Marie Rose. Soy nueva en el pueblo —farfullé nerviosa—. Peggy Beldon me dio su teléfono.

—¿Qué quieres? —preguntó, con impaciencia mal disimulada.

—Bueno, es que resulta que necesito ayuda con algunas cosas.

—¿Cuántos años tienes?

—¿Perdón? —Desde luego, atrevimiento no le faltaba.

—Tu edad —repitió—. Es que suenas como una colegiala.

—Pues no lo soy, y además, ¿qué importa? —Tenía la sensación de que ese hombre no iba a caerme bien. Me resultaba demasiado brusco, pero, al fin y al cabo, Peggy ya me había avisado.

—Tu edad me indicará la prioridad que tengo que darte.

Cada vez me sentía más agitada.

—Creo que mi edad no es asunto suyo.

—Muy bien, pues no me lo digas.

—No tengo intención de hacerlo.

Le oí murmurar por lo bajo:

—¿Quieres que lo adivine?

—No, lo que quiero es un presupuesto para un letrero nuevo para la pensión que acabo de comprar a los Frelinger.

—¿Para cuándo lo quieres?

—¿El presupuesto o el letrero?

—Las dos cosas.

—Lo antes posible. —No estaba segura de si iba a poder entenderse con ese hombre—. ¿Ha trabajado alguna vez para los Frelinger?

—Muy a menudo.

—¿Cuándo podemos vernos?

—Te pondré en la lista. Ya había oído que los Frelinger habían encontrado un comprador.

No se me escapó que no me había dado la bienvenida. Qué hombre más desagradable.

—Me han dicho que no eres de por aquí —dijo.

—Y a mí me han dicho que usted tampoco —repliqué. Yo también podía jugar a ser antipática.

No se dio por aludido.

—Tal vez pueda pasarme hoy en algún momento.

—De acuerdo, pero llámeme antes. Tengo que hacer unos recados y tal vez no esté en casa. —No tenía intención de estar esperándolo toda la tarde.

Rio para sí, como si yo acabara de contar un chiste.

—¿Que llame antes? ¿Tengo pinta de ser de los que van llamando por teléfono?

La verdad era que no.

—Pues tendrá que arriesgarse.

—Eso haré.

Estuve tentada de despedirme con un comentario sarcástico como «Gracias por esta conversación tan agradable», pero me resistí. Sin embargo, tenía que admitir que sentía curiosidad por Mark Taylor.

Capítulo 8

Josh se quedó mirando a Michelle mientras se preguntaba qué había querido decir. ¿Que se había mostrado amistosa con Richard a causa de los sentimientos que sentía por Josh? No tenía sentido. Nunca tuvieron una relación estrecha. Aunque, por supuesto, se trataban con cordialidad cuando eran adolescentes. Josh ayudó a su padre a pintar el garaje un verano y ella le trajo un vaso de té helado y charlaron un rato, pero Josh nunca había pensado en ella como nada más que una amiga, en parte porque siempre supuso que era Dylan quien le interesaba. Pero ahora la veía de una forma diferente, y su propia ceguera le dejaba algo estupefacto.

Por el momento, decidió ignorar el comentario. Era mejor así. Menos complicado. Menos inquietante. No podía pensar en nada más que en vérselas con Richard. Cualquier otra cosa sería una distracción.

Michelle interrumpió sus pensamientos al preguntar:

—¿Estás preparado para enfrentarte al dragón? —Ella también parecía nerviosa por sus palabras.

Josh nunca se había visto como un matadragones, pero la comparación le gustó.

—Ahora o nunca.

Agarró su chaqueta y entró junto a Michelle en la casa de Richard. Advirtió que la casa estaba muy descuidada. Había que limpiar los canalones, y el tejado pedía a gritos una revisión de goteras. Y al revestimiento le hacía falta una mano de pintura.

Richard siempre había sido muy tiquismiquis con el mantenimiento de la casa y el jardín, era algo de lo que siempre se enorgulleció.

Michelle se limitó a llamar a la puerta en señal de cortesía antes de abrir y entrar sin esperar respuesta.

—¡Richard, soy yo! —exclamó al entrar.

—No viene ese contigo, ¿verdad? —respondió Richard. Con «ese», Richard debía de referirse a Josh.

—Aquí estoy —replicó Josh, intentando ser jovial.

Lo encontraron en el salón, sentado en su sillón con los pies en alto y las piernas cubiertas por una manta de lana. La que su madre tejió un año antes de morir. Josh recordaba lo mucho que le había costado que todas las trenzas quedaran del mismo lado. Qué curioso, las cosas que se habían grabado en su mente, como un clavo que sobresalía de una tabla y al que todo se enganchaba. Por un momento, Josh sintió una irreprimible sensación de pérdida. Tenía más de treinta años, pero echaba de menos a su madre. Se recompuso antes de que Richard o Michelle advirtieran su tristeza.

—Y ahora ¿qué queréis? —ladró Richard. Su voz era rasposa y débil, como si quisiera gritar pero no tuviera fuerzas ni aliento para hacerlo.

—Solo quiero un par de cosas de mi madre —repuso Josh en un tono de voz modulado y calmado.

—¿Qué cosas?

—Su camafeo, por ejemplo. —Su madre se lo ponía casi a diario. Le encantaba ese pequeño broche que había heredado de su madre.

Richard frunció el ceño y meneó la cabeza, como si no recordara ningún camafeo.

—No sé de qué hablas.

Josh estaba convencido de que su padrastro se habría deshecho de él para fastidiarle.

—Este camafeo —aclaró, y agarró una foto de Richard y su madre de la estantería—. Mira, el que lleva en la blusa. Lo tenía antes de casarse contigo, y me gustaría tenerlo de recuerdo.

Richard contempló la instantánea un largo rato antes de contestar:

—Enterré a tu madre con el broche. No se me ocurrió...

Josh frunció el ceño. Intentó recordar a su madre dentro del féretro, pero era incapaz de visualizar la ropa o las joyas que llevaba puestas.

—El director de la funeraria te lo daría —insistió—. Junto con su alianza.

Richard se quedó mirándolo fijamente, y negó lentamente con la cabeza.

—No..., no sé dónde está, y aunque lo supiera...

Josh no se quedó a oír nada más. No había pasado ni cinco minutos en esa casa y su mal genio estaba a punto de estallar. Richard y él no podían estar cerca sin producir una explosión de furia.

—¿Y ahora adónde vas? —lo llamó Richard.

Josh no respondió a su pregunta, y subió por la escalera a la que había sido su habitación. Oyó pasos a su espalda y supo que Michelle lo seguía. El regreso a Cedar Cove le estaba resultando mucho más difícil de lo que había esperado.

—¿Josh? —Michelle lo alcanzó justo antes de que entrara en su vieja habitación.

Inspiró profundamente para centrarse. Su estado de ánimo había pasado de la pena a la cólera tan deprisa que él era el primero en sorprenderse. Ese viaje era como montar en una montaña rusa de emociones. No estaba acostumbrado a lidiar con esos cambios de humor. El corazón le latía con fuerza bajo las costillas mientras luchaba consigo mismo.

—Perdóname, Michelle —dijo. Se dio la vuelta para mirarla y le puso las manos en los hombros—. No sé qué tiene Richard que me pone tan furioso. No quería estallar así.

—Es una situación delicada —respondió ella—. Lo entiendo.

Josh se llevó las manos a los bolsillos. Michelle tenía razón; lo era, y de qué manera.

—Si quieres, le pregunto si puedo buscar el camafeo de tu madre en su habitación.

Josh negó con la cabeza.

—Creo que lo mejor será esperar.

—Quieres decir...

No terminó la frase. No necesitaba decirlo en voz alta para que Josh comprendiera lo que quería decir.

—Sí —confirmó. Quería esperar a que Richard muriera para encontrar el camafeo, si es que aún andaba por allí. No tenía sentido agitar al viejo más de lo necesario.

—¿Cuál era tu habitación? —preguntó Michelle paseando la mirada por el estrecho pasillo. La habitación de Dylan estaba a la derecha, y la de Josh, a la izquierda. El cuarto de baño que compartían, al fondo del pasillo. El dormitorio principal, en el piso de abajo. Josh se preguntaba si Richard habría previsto al comprar la casa muchos años atrás que llegaría el día en que no tendría fuerzas para subir las escaleras. Porque no podía; de lo contrario, hubiera seguido a Josh al piso de arriba.

En lugar de responder a la pregunta de Michelle, Josh abrió la puerta de su dormitorio. La habitación estaba tal y como él la había dejado, un testimonio de sus años de instituto. La colcha de la cama era la misma que estaba puesta el día que se fue de casa; mejor dicho, el día que lo echaron.

La cómoda y el espejo también estaban tal y como él los recordaba. Se acercó a la cómoda para abrir el primer cajón, y frunció el ceño. En lugar de encontrar el cajón de arriba lleno de camisetas, donde él siempre las guardaba, dondequiera que viviese, encontró ropa interior y calcetines. Estaban guardados de cualquier manera, tal y como él los había dejado, solo que en un cajón diferente. Las camisetas estaban en el cajón inferior.

—¿Quieres llevarte esta ropa? —preguntó Michelle—. Hay cosas que parecen nuevas.

Josh meneó la cabeza.

—Prefiero donarlo todo a la beneficencia... Menos una cosa. —Se detuvo y sonrió a Michelle—. Quiero llevarme mi chaqueta del equipo de atletismo.

La había conseguido en su último año de instituto. Dylan era el atleta por el que suspiraban todas las chicas, pero Josh consiguió dejar su huella en la pista de atletismo. No era un gran corredor, pero sí lo suficiente como para entrar en el equipo.

—¿Dónde la guardabas? —preguntó Michelle, que también parecía emocionada.

Michelle solía esforzarse por asistir a todos los eventos deportivos del instituto, incluso las competiciones de atletismo. Animaba al equipo desde la banda, cosa que siempre era de agradecer. Josh había vuelto a casa en su coche alguna vez. Su madre ya estaba demasiado enferma como para acudir a las competiciones, y Richard... nunca se molestó en hacerlo. Incluso recoger a Josh al terminar parecía ser un incordio para él, y siempre se quejaba. Ahí quedaba el apoyo paterno.

Josh abrió el armario. Dentro colgaban un par de camisas, y unos pantalones de traje, los que se puso para el funeral de su madre. Y entonces vio la chaqueta.

—Ay, Josh. —Michelle se cubrió la boca con la mano.

Alguien había rajado las mangas con una cuchilla de afeitar, haciendo largos cortes en el cuero.

¿Alguien?

Josh redujo la lista de sospechosos a uno en menos de un segundo.

Richard.

Solo pudo hacerlo Richard. Por un instante, la cólera le nubló la vista. Esta vez no podía quedarse parado y dejarlo pasar. Le daba igual que Richard estuviera enfermo, aquel gesto era destructivo e inmaduro. Se disponía a salir de la habitación, pero Michelle lo agarró del brazo.

—¿Por qué? —gritó Josh—. ¿Qué le he hecho que le diera motivos para destruir la cosa de la que más orgulloso me sentí en el instituto?

—Josh, no sé qué decir...

—¿Por qué? —gritó de nuevo—. ¿Qué le he hecho para que me odie tanto?

Se sentó en un extremo de la cama. Michelle se sentó a su lado y le tomó una mano.

—Creo que lo hizo el día que le dijeron que Dylan había muerto —explicó.

—¿Y tú cómo lo sabes?

—No estoy segura. Es una suposición. Debió de sentir tanto dolor que tuvo que darle rienda suelta.

—¿Y pagarlo conmigo? Pero ¿por qué? Explícamelo si puedes, porque a mí me parece enfermizo.

—Porque tú estabas vivo y su hijo estaba muerto —empezó ella—. Tú solo estuviste aquí el día del funeral, pero yo lo vi después. Richard lo pasó fatal. Tan mal que mis padres me llamaron para pedirme que hablara con él. Richard estaba inconsolable; sentía un dolor tan grande que nadie parecía poder acercarse a él. Mi familia creyó que tal vez yo pudiera ayudarle. Debes saber que se pasó muchos días sin salir de casa. No comía ni se lavaba.

—Yo estaba vivo y su hijo estaba muerto.

—Sé que no tiene mucho sentido. —Michelle le apretó el brazo en señal de consuelo.

Josh quería enfrentarse a su padrastro, hacer que se arrepintiera de lo que había hecho; pero se obligó a calmarse.

—En otras palabras: castigarme por seguir con vida es algo que a Richard le parece razonable —dijo Josh.

Ella apoyó la cabeza en su hombro.

—Dejarte dominar por la ira no os ayudará a ninguno de los dos.

Josh sabía que tenía razón. Por difícil que fuera, tenía que intentar olvidarlo.

—En realidad, tampoco me sorprende mucho. Nunca me tuvo mucho aprecio. Yo era sobre todo una molestia que tuvo que aguantar en vida de mi madre.

—Pero tu madre lo quería, a pesar de sus defectos —murmuró Michelle.

—Es verdad. —Suspiró al darse cuenta de que Michelle estaba en lo cierto. Su madre estuvo felizmente casada con Richard. Su padre los abandonó cuando él tenía cinco años, y Teresa lo pasó mal siendo madre soltera, pero se las apañó lo mejor que pudo. Veía en Richard a un buen hombre. Con ella lo había sido, eso y mucho más.

Desafortunadamente, el padrastro de Josh nunca le tuvo mucho cariño. Josh tenía la sensación de que nunca se había esforzado mucho con él. Se casó con Teresa y halló en ella a una esposa y una madre para el hijo al que adoraba. Y resulta que Teresa traía su propio equipaje, en forma de un hijo a quien Richard se esforzó por no hacer el menor caso.

Josh no tardó mucho tiempo en descubrir las reglas del juego: Dylan era la niña de los ojos de su padre. Siempre Dylan, y nada que Josh hiciera estaría a la altura en opinión de Richard. Josh creció sin padre, ansiando un modelo masculino en su vida, y eso no hacía más que empeorar la situación. Aunque Dylan no sacaba muy buenas notas, era una estrella en los equipos de fútbol americano y baloncesto. Josh le ayudó a aprobar geometría, lo cual le valió el respeto de su hermanastro. Los dos chicos se llevaban bien.

Pero ese no era el caso con Richard y Josh. Se peleaban a menudo, y aunque Josh casi siempre llevaba las de perder, no podía evitar enfrentarse a su padrastro.

—Era bueno con mi madre —dijo, enfrascado en sus recuerdos.

—Es una situación que veo constantemente en el trabajo. Richard quería a tu madre, pero no sentía el menor afecto por ti.

A Josh se le escapó una risita a modo de respuesta.

—Es una forma de decirlo.

—¿Te..., te maltrató alguna vez? —preguntó. Siendo asistente social, debía de encontrarse con casos así a menudo. Sus circunstancias fueron malas, pero no hasta ese punto.

—Nunca a golpes.

—¿Verbalmente?

Josh apartó la mirada.

—Siempre que podía.

—¿Y tu madre no...?

—Se andaba con cuidado cuando ella estaba presente, y ella nunca oyó nada de lo que me decía. —Y Josh nunca se lo contó. Su madre era feliz, y Josh no quería estropearle la paz que había encontrado en su matrimonio con Richard Lambert.

Josh se levantó y abrió el cajón de la mesilla de noche. Ahí había guardado el anuario de su último año de instituto. Respiró aliviado: seguía ahí. Volvió a sentarse con el libro en su regazo y recorrió la cubierta con las manos, como si buscara desperfectos.

—¿También lo rompió? —dijo Michelle.

Por el tacto del anuario, Josh intuyó que algo pasaba. Al abrirlo, vio enseguida que habían arrancado varias páginas.

85

Su foto de graduación, para empezar, y algunas más. Josh supuso que Richard no se había sentado a hojear el libro metódicamente hasta encontrar lo que buscaba, sino que había arrancado páginas a ciegas en un ataque de furia y dolor. Parecía una locura, por lo violento del suceso, incluso después de tantos años. A Josh le desconcertaba saberse tan odiado por su padrastro, aunque no debiera sorprenderle.

—¿Qué vas a hacer? —preguntó Michelle con nerviosismo, como si temiera su respuesta.

—Nada.

—Es lo más sensato —le aseguró—. Eres un hombre mucho más juicioso y emocionalmente seguro de sí mismo que él.

A Richard nada le gustaría más que provocarle una reacción airada. Michelle tenía razón: tenía que dejarlo pasar. Si respondía con furia, no haría más que agravar el problema. Por difícil que le resultara, Josh se negaría a otorgar a su padrastro ese poder sobre él.

Michelle se puso en pie de un salto.

—No te preocupes —la tranquilizó—. No voy a decirle ni una palabra.

—Bien.

—Sabes que eso es justo lo que quiere, ¿verdad?

Ella asintió.

—Espera una reacción por tu parte.

—Pues no voy a darle esa satisfacción.

—Está arrepentido, que lo sepas.

—¿Richard? Lo dudo.

—En serio, creo que lo está. No quería que subieras, y aquí tienes el motivo. Se avergüenza de lo que hizo, pero no podía subir a esconder la chaqueta o el anuario.

A Josh le gustaría creer que su padrastro se arrepentía del arranque que le había conducido a destruir sus cosas, pero no estaba seguro de poder hacerlo.

—Lo lamenta —repitió Michelle—. Y si eres capaz de olvidarlo, hazlo.

Lo decía como si fuera muy fácil. Josh se paseó por la habitación como si la cólera le quemara y no pudiera contenerla.

—Es enfermizo, lo mires como lo mires. ¿Cómo pudo Richard hacer algo así? ¿Qué tipo de adulto haría esto?

No dio a Michelle la oportunidad de responder. Sentía que volvía a enfurecerse. Era difícil contener su enfado y mantener la cabeza fría.

—¿Por qué dices que se arrepiente de esto? —se enfrentó a ella.

Michelle seguía sentada en el borde del colchón, mirándolo con calma, mientras él daba rienda suelta a su indignación.

—¿Te has dado cuenta de que el anuario estaba guardado en el cajón donde tú lo dejaste?

—¿Y qué? —saltó él.

—Recogió las páginas que había arrancado.

—Mira qué bien. —Pero Josh sentía cómo su furia se desvanecía. Apreció aún más a Michelle por calmarlo. Resistió el impulso de tomarla entre sus brazos y abrazarla.

—Eso quiere decir que Richard volvió a tu habitación y lo recogió todo.

Tenía razón. No podía haberlo hecho nadie más. Richard vivía solo. Lentamente, su pulso volvió a su ritmo normal. Perder a Dylan fue un infierno para Richard. No podía imaginar qué otros estragos habría causado al saber que había perdido a su único hijo. Fueran cuales fueran, los había ocultado como buenamente pudo. Era indudable que había vaciado violentamente los cajones de la cómoda de Josh, pero todo había recuperado una apariencia de orden. Eso explicaría por qué sus calcetines estaban en el cajón de arriba y no en el segundo, donde él siempre los guardaba.

Y Josh había encontrado su chaqueta colgada en el armario, lo que quería decir que en algún momento Richard había vuelto a entrar en la habitación para devolverla a su percha.

—Probablemente no contaba con que yo fuera a encontrar esto hasta que... —No terminó la frase. El viejo se veía muerto y enterrado antes de que Josh descubriera los destrozos.

Michelle no parecía poder estarse quieta.

—Vayamos a algún sitio a hablar de todo esto —sugirió.

—¿Adónde quieres ir? —El tiempo que pensaba pasar en el pueblo era limitado, y quería arreglarlo todo para poder marcharse cuanto antes. No estaba de vacaciones.

—Tengo que salir de aquí... Solo unas horas. Creo que podrás llevarte las cosas que quieras de tu madre y despedirte, pero tenemos que tomárnoslo con calma.

—De acuerdo.

Al bajar, encontraron a Richard de pie en el pasillo, apoyado en una pared como si se estuviera preparando para un enfrentamiento con Josh.

—Volveremos luego —dijo Josh, rehuyendo su mirada.

Richard frunció el ceño, como si estuviera decepcionado, pero entonces asintió despacio y regresó a su sillón arrastrando los pies.

Una vez fuera de la casa, Michelle lo miró, con una expresión tan seria y profunda como la de Richard momentos antes.

—Eres mejor persona que yo —dijo.

Josh lo dudaba.

—Ven —susurró. Cuando ella se acercó, la envolvió con los brazos y la abrazó fuerte. Hubiera sido muy fácil besarla, pero no lo hizo. Solo quería embriagarse de su suavidad. Cerró los ojos y apoyó la barbilla en la coronilla de ella. No estaba muy seguro de lo que hacía, pero al niño sin padre que seguía siendo no le importaba. Ansiaba consuelo.

—Todo irá bien —dijo ella cuando la soltó.

—Lo sé. Gracias, Michelle. En serio. Gracias por todo.

Capítulo 9

Abby estuvo esperando en su habitación hasta casi las once, cuando reunió el valor suficiente para salir a comprar la pasta dentífrica y la laca que necesitaba. Quedarse en el hostal hasta que llegara la hora de encontrarse con su familia era una bobada. En algún momento tendría que abandonar el refugio de su habitación, y no tenía motivos para no hacerlo ahora. Además, Jo Marie necesitaba entrar para hacerle la cama y dejarle toallas limpias.

Al descender la escalera, Abby percibió el aroma de galletas recién horneadas. ¿De chocolate? El olor era celestial. Se detuvo en el umbral de la cocina y encontró a Jo Marie trasladando galletas de la bandeja de horno a una rejilla para que se enfriaran. Al levantar los ojos, ofreció una sonrisa reconfortante a Abby.

—¿Vas a salir?

—Pensaba ir a la farmacia que me dijiste.

—Buena idea. Está a pocas calles de aquí. Hay un paraguas junto a la puerta que puedes llevarte —le ofreció. Había amanecido soleado, pero ahora amenazaba lluvia. En Cedar Cove el tiempo era muy inestable, especialmente durante el invierno, recordó Abby.

—Gracias, pero no me importa mojarme. Además, es más humedad que lluvia de todas formas. —Abby se creía una experta en materia de precipitaciones cuando se trasladó a Florida; después de todo, el noroeste del Pacífico es conocido por su clima lluvioso. Pero se equivocaba.

Nunca en la vida había visto llover como en Florida. En una ocasión, se vio obligada a detenerse en el arcén porque los limpiaparabrisas de su coche no daban abasto.

Jo Marie disponía ahora cucharadas de masa de galletas sobre la bandeja de horno.

—Que vaya bien el paseo.

Abby se dirigió a la puerta y la cerró con cuidado, vacilante, a su espalda. Cruzó el porche y se detuvo. El corazón se le revolucionó como un motor de Fórmula 1. Aquello era absurdo. ¿Y qué, si alguien la reconocía? Habían pasado muchos años desde el accidente. Que ella no lo hubiera superado no significaba que al resto del mundo le pasara lo mismo.

Su miedo, ese terror, era absurdo. Ni siquiera podía explicar qué la asustaba tanto. Es cierto que el reencuentro con viejos amigos que también conocían a Angela podía ser algo tenso. Y siempre cabía la posibilidad de cruzarse con los padres de su amiga. Pero, en cualquier caso, sería mejor enfrentarse a ello ahora que durante la boda de su hermano.

Bajar los escalones del porche fue lo más difícil. Inspirando profundamente para reprimir un ataque de pánico, consiguió llegar hasta la acera. De momento, todo iba bien.

Con las manos bien metidas en los bolsillos de su abrigo, echó a andar. Aquello no estaba tan mal. La verdad es que incluso respiraba más tranquila. El viento del norte le dio frío, y se protegió encogiendo los hombros. Viviendo en Florida, no estaba acostumbrada a temperaturas por debajo de los cinco grados. En Florida, cualquier temperatura por debajo de los dieciocho ya se consideraba frío. Aún no se había acostumbrado, pero no tardaría. Sonrió. Para cuando se aclimatara, ya sería hora de volver a West Palm Beach. Había aguantado casi un día entero en Cedar Cove; solo le quedaban dos.

Por suerte, el camino hasta la farmacia de la calle Harbor era cuesta abajo. La calle era empinada, pero llevaba botas, y andaba con paso firme. El restaurante Wok and Roll seguía abierto, y eso la complació. A Angela y a Abby les encantaban las empanadillas al vapor que servían. El servicio era siempre algo lento, pero cada bocado hacía que la espera mereciera la pena.

Angela podía comerse las empanadillas con palillos, pero Abby no. La última vez que compartieron un plato, Angela le tomó el pelo por su falta de coordinación, moviendo los palillos con una habilidad que Abby envidiaba. Frustrada, se sintió capaz de partir sus propios palillos en dos. Acabó por pinchar la empanadilla con uno para metérsela en la boca mientras su mejor amiga la acusaba de hacer trampas. Sonrió al recordar la escena. Incluso ahora, después de tantos años, recordaba perfectamente aquellos momentos juntas.

La floristería de la calle Harbor también era la misma. Su madre era muy amiga de la propietaria. ¿Yvonne? ¿Yvette? Abby no recordaba su nombre.

La tienda de golosinas era nueva. El vestido que se había comprado para la boda le iba algo justo, así que Abby resistió la tentación de entrar. Pero se acercó a mirar el escaparate, y vio algo que la hizo sonreír.

Cacas de gaviota. Discos de chocolate blanco mechado de verde. Algo que solo se podía comprar en Cedar Cove. Una vez más, Abby se vio asaltada por sus recuerdos de Angela.

Cada primavera se celebraba en Cedar Cove el concurso anual de canto de gaviota, y un año Angela participó. Ganaba quien fuera capaz de atraer a más gaviotas con su graznido característico. Angela perdió frente a un chico de catorce años, pero aceptó la derrota con buen humor. Nunca tuvo mal perder, en nada. Lo pasaron muy bien ese día; rieron hasta que les dolió la tripa.

Siguiendo calle abajo, Abby descubrió la farmacia. Era pequeña y acogedora, típica, desde luego, de una ciudad pequeña. En realidad era una tienda en la que se vendía de todo; incluso contenía una estafeta de Correos y una licorería. Abby no recordaba si la tienda ya estaba allí en sus años de instituto. Entró, y no tardó mucho en encontrar lo que necesitaba. Llevó sus compras a la caja.

La cajera se quedó mirando a Abby, que la reconoció al instante: Patty, una amiga del instituto. Una de las amigas con quien cortó todo contacto después del accidente.

—¿Abby? —susurró Patty, como si no pudiera creer que fuera ella de verdad—. ¿Abby Kincaid?

Abby titubeó antes de asentir.

—Hola, Patty. —Sintió el impulso de dar media vuelta y echar a correr.

Patty debió de percibirlo, porque le acercó un brazo y dijo:

—No te vayas.

Abby se quedó petrificada mientras Patty salía de detrás del mostrador. Le brillaban los ojos, y su sonrisa era amplia y entusiasta.

—¡No me lo puedo creer! —exclamó—. Eres tú de verdad.

—En carne y hueso. —El comentario le salió en un tono sarcástico que no pretendía emplear.

—Madre mía, ¿dónde has estado todos estos años?

Abby se encogió de hombros, como si no fuera un gran misterio.

—Por ahí.

—¿Vives por aquí?

—No —contestó Abby, a regañadientes; se dio cuenta de que lo que esperaba eran reproches y acusaciones.

—¿Dónde?

Abby vaciló.

—Da igual —dijo Patty—. Ay, madre mía, cuánto me alegro de verte. —En un impulso, la abrazó. Abby permaneció rígida, con los brazos caídos a los lados, sin saber qué hacer ante ese efusivo recibimiento.

Patty y ella eran buenas amigas. Se conocieron en quinto de primaria, y siguieron juntas durante los siguientes siete cursos de colegio. Durante un par de años, sus familias fueron vecinas, y las niñas iban juntas a la escuela todas las mañanas. La familia de Patty se mudó, pero su amistad continuó en el instituto.

—¿Te has casado? —preguntó Patty.

—No —dijo. Y entonces, movida por la calidez de la sonrisa de Patty, preguntó—: ¿Y tú?

Ella asintió.

—Ahora me llamo Patty Jefferies.

—¿Trabajas en la farmacia?

—Soy la farmacéutica. Mi marido también. Ahora hay poco movimiento, así que echo una mano en la caja cuando puedo. Es difícil para una farmacia pequeña competir con las grandes cadenas, pero nos las apañamos.

—¿Tú y tu marido sois los propietarios de la tienda?

Patty sonrió.

—Pues sí, y gracias al apoyo de los vecinos, salimos adelante.

—Me alegro mucho —dijo sinceramente.

—Abby, me alegro muchísimo de verte. Cuéntame cosas.

Abby se puso nerviosa y levantó las manos en un gesto de impotencia.

—¿Como qué?

—No entiendo cómo puedes seguir soltera.

Abby meneó la cabeza.

—Soy demasiado quisquillosa, supongo, o eso es lo que dice mi madre. —Le vino a la cabeza Steve Hooks, el compañero de habitación de su hermano en la universidad. Después del accidente, también se había alejado de él.

—¿Cuánto tiempo te quedas? ¿Sabías que se han hecho especulaciones de todo tipo sobre tu paradero en las reuniones de antiguos alumnos? Como hace tanto tiempo que nadie te ve ni habla contigo... Alguien dijo haber oído que te habías metido en una comuna.

—¿Una qué?

—Una comuna —repitió Patty—. A mí me pareció una bobada, pero nunca se sabe. No pudimos localizarte para la reunión de los cinco años, ni la de los diez. Y mira que lo intentamos. Fue como buscar a Wally —bromeó.

La verdad era que Abby la había oído a la perfección. ¿Meterse en una comuna? Era una idea tan ridícula que creyó no haber entendido a Patty. ¿Cómo habrían podido imaginar que haría algo tan poco típico de ella? Bueno, en realidad era culpa suya; no les había dejado más posibilidades que la especulación.

No la localizaron porque Abby no quiso. Su hermano sabía perfectamente que no debía responder a preguntas sobre ella, y sus antiguos compañeros de clase no debían de saber adónde se habían trasladado sus padres.

Sus padres.

Por lo que Abby sabía, su madre y su padre cortaron el contacto con muchos amigos de Cedar Cove. Cuando Abby preguntaba por algún viejo amigo de la familia, siempre le respondían lo mismo:

—Bueno, cielo, es que la gente cambia. Es difícil mantener relaciones a distancia. Ahora tenemos nuevos amigos en Arizona.

Nuevos amigos, porque resultaba demasiado difícil enfrentarse a los viejos, pensó Abby con una punzada de dolor. Sus padres se habían esforzado en protegerla, pero ella sabía que pagaron un precio muy alto por el accidente.

—Cuánto me alegro de verte —decía Patty—. Todo el mundo se preguntaba dónde te metías. ¿Por qué no viniste a ninguna de las celebraciones?

Abby se quedó algo sorprendida. ¿Acaso no era evidente por qué?

—Es que sin ti era como si faltara algo. —Patty parecía perpleja, y algo dolida—. Claro que debió de ser difícil después del accidente, pero ¡es que desapareciste! Siempre fuiste tan alegre y divertida y simpática... Y qué pena que no te hayas casado. Pensaba que a estas alturas ya tendrías dos o tres niños.

Abby no tenía ganas de empezar a enumerar los motivos de su soltería.

Patty sonreía, contenta.

—¿Qué te trae por aquí?

—Mi hermano se casa. ¿Conoces a los Templeton?

Patty frunció el ceño mientras pensaba.

—Templeton... ¿Templeton? Creo que no. ¿Ella iba a nuestro curso?

—No..., es un par de años más joven.

—Entonces estaba en su segundo curso de instituto cuando nosotras nos graduamos, ¿verdad?

—Eso es —confirmó Abby. Victoria era cinco años menor que Roger, y tenía una carrera exitosa. Los dos vivían y trabajaban en Seattle.

—Me alegro de verte, Patty —dijo, deseando marcharse y regresar a la seguridad del hotel.

—¿Te apetece tomar un café? —propuso Patty—. Como te he dicho, ahora hay poca gente, y a Pete no le importará si me tomo un descanso. —Se puso de puntillas para otear la farmacia, al fondo de la tienda.

Abby titubeó.

—Esto...

—Por favor, di que sí. Me encantaría que me pusieras al día.

Abby no pudo negarse. Patty la tomó del brazo y la condujo a la rebotica. Había una mesita redonda de roble y dos sillas a juego, y una cafetera junto al fregadero. Antes de que Abby pudiera rehusar, Patty llenó dos tazas.

—Recién hecho —dijo, mientras traía las tazas a la mesa—. Lo preparé yo misma... ayer.

Abby estaba a punto de dar un sorbo, pero se detuvo con la taza en el aire.

—Es broma.

Patty siempre había sido una listilla, y le encantaba pasárselo bien. Abby nunca hubiera adivinado que acabaría siendo farmacéutica.

De repente, Patty hizo un aspaviento.

—Tengo una idea estupenda.

Abby se aferró a su taza con ambas manos. Casi no se atrevía a preguntar qué le rondaba por la cabeza a su antigua compañera de clase.

—Podríamos quedar todas para comer; Marie aún vive aquí, y algunas del grupito, también. Puedes, ¿verdad? Tienes que venir. Lo pasaremos tan bien...

—No puedo. —La respuesta de Abby fue automática.

—¿Por qué no? —Patty no iba a aceptar fácilmente un no por respuesta.

Porque no podía ser.

—Es que solo he venido un par de días, Patty. Ojalá...

—¿Cuándo te vas? —preguntó ella.

—El domingo a primera hora. —Tenía que llegar al aeropuerto y hacer el *check-in* dos horas antes del vuelo, lo que significaba que tendría que salir del hotel a las cinco y media.

—Pues tenemos el sábado. —Patty no iba a dejarse disuadir—. Y...

—La boda es el sábado —Abby la interrumpió.

—¿A qué hora?

—A las seis.

La sonrisa de Patty iluminaba la estancia.

—Es perfecto.

—¿Perfecto?

—Les diré a todas que has venido. Déjamelo a mí, yo lo organizo. Lo único que tienes que hacer es venir a comer.

—Patty...

—No aceptaré un no por respuesta.

—Pero es que la boda... —insistía Abby.

—Tendrás tiempo de sobra para prepararte. ¿Eres dama de honor?

—No.

—Aún mejor. Nos veremos a mediodía en el Palacio de las Tortitas. A todo el mundo le encanta el Palacio de las Tortitas.

—Ah...

—Tu madre también ha venido, ¿verdad?

—Sí..., claro.

—Perfecto. Pues tráetela, y yo traeré a la mía, si está disponible. Hace de voluntaria en mil sitios desde que perdimos a mi padre. Nuestras madres iban juntas a la Asociación de Madres y Padres de Alumnos, ¿te acuerdas?

Abby no se acordaba, pero no tuvo ocasión de decirlo porque Patty apenas la dejaba meter cucharada.

—Nos gusta hacerlo, ¿sabes? —siguió Patty como si nada.

—¿El qué?

—Al grupito del instituto. Nos vemos de vez en cuando para comer. Solo nos hace falta una excusa, y tú eres la mejor excusa posible. Ay, Abby, todo el mundo se alegrará un montón de verte.

Abby se preguntaba si aquello podía ser cierto. Angela también formaba parte de ese grupo, y Abby se la había arrebatado a todos. No podía creer que no albergaran resentimiento ni amargura hacia ella. Lo único que la tranquilizaba era que Patty hubiera incluido a su madre. Nadie le haría preguntas incómodas sobre Angela o el accidente con su madre delante. Ya era mayorcita para esconderse detrás de su madre, pero ella fue su protectora más feroz después de lo ocurrido, y era reconfortante saber que estaría ahí.

—Invitamos a las madres en otra ocasión hace seis meses... A decir verdad, fue la última vez que nos juntamos. Lo pasamos genial, y nuestras madres tienen tantas cosas en común como nosotras.

Abby se mordió el labio inferior. A su madre le gustaría aquella reunión. Ella también había sufrido tras el accidente. Abby no sabía si sería capaz de superar la tragedia, pero tal vez... Tal vez fuera posible.

Capítulo 10

La cólera que consumía a Josh un rato antes ahora parecía absurda. Sentado junto a la ventana de la cafetería Pot Belly, veía pasar el tráfico regular de la calle Harbor. Michelle estaba sentada frente a él; se alegraba de tenerla allí.

—¿Quieres hablar de todo esto? —le preguntó ella.

Josh levantó la vista y vio el sincero interés de Michelle.

—No hay nada que hacer, a estas alturas. Las cosas son como son.

Se marcharía del pueblo y volvería tras la muerte de Richard para poner sus asuntos en orden.

—Estás enfadado, y con razón, pero creo que no todo está perdido.

—No es una cuestión de vida o muerte, Michelle —dijo él, disimulando su indignación—. Ya se me ha pasado. Si no te importa, prefiero no hablar de ello.

—De acuerdo —dijo ella despacio, a regañadientes—. Es solo que creo que Richard y tú tenéis posibilidades de conectar de alguna manera. Se sufre mucho cuando alguien muere sin que pudieras despedirte o hacer las paces. Incluso cuando es alguien con quien tenías una mala relación.

—Me parece poco probable —replicó él, en un tono de voz tan alto que varias personas volvieron la cabeza para mirarle. Se arrepintió de inmediato de haber saltado. Michelle tenía razón. Pero no estaba preparado para hablar sobre nada que estuviera relacionado con su padrastro. Estaban pasando demasiadas cosas, y demasiado deprisa, como para que pudiera procesarlas. Lo mejor que podía hacer era marcharse.

—Quieres que perdone a Richard.

—A su debido tiempo. O, por lo menos, que dejes atrás tu ira, y el poder que ejerce sobre ti.

Josh no era consciente de haberlo dicho en voz alta, pero así fue, dada su respuesta. *Perdonar* era una palabra poderosa. Le gustaría pensar que tenía la grandeza de espíritu suficiente para pasar por alto lo que había hecho su padrastro, pero no estaba seguro. Tal vez un día sería capaz de abandonar el resentimiento que había almacenado contra Richard, pero ese día aún no había llegado.

Ella se quedó mirándolo un largo rato, como si quisiera decir más cosas. Michelle parecía considerar sus opciones, preguntándose si era el lugar y el momento adecuado.

—¿Qué pasa? —preguntó él—. Ella enarcó una ceja en una expresión enigmática—. Hay algo que quieres decirme, pero no sabes si deberías. Pues dilo, y ya está.

—No sé si ahora es el mejor momento. —Michelle dejó la carta a un lado y se inclinó levemente hacia él, pegándose al borde de la mesa.

—Claro que sí.

—Estoy preocupada por ti —dijo ella finalmente.

—¿Ah, sí? ¿Y cómo es eso? —Su comentario le pareció gracioso.

De nuevo, ella titubeó.

—Creo que sé lo que estás pensando. Quieres marcharte de Cedar Cove y volver cuando Richard muera.

Eso era justamente lo que estaba pensando. Josh se daba cuenta de que no le serviría de nada quedarse en el pueblo. Él y Richard nunca se llevarían bien, y, como Michelle había podido comprobar, no se tenían ningún respeto. Josh acababa de supervisar la construcción de un centro comercial en la que había tenido que enfrentarse a un problema detrás de otro. Estaba al borde del colapso, tanto físico como emocional, y no le apetecía pasar sus días libres de uñas con su padrastro. Estaba claro que Richard prefería mantenerle alejado de su vida, y Josh estaba más que dispuesto a cumplir los deseos de un hombre moribundo.

—Tengo razón, ¿verdad? —insistió ella.

Él respondió asintiendo con la cabeza.

—Lo he estado pensando.

—Pues no lo hagas —aconsejó ella.

—¿Puedes darme un buen motivo para quedarme?

—Puedo darte más de uno.

Él rio por lo bajo y fingió concentrarse en la carta.

—¿Has visto los platos del día en la pizarra de la entrada? —preguntó, cambiando de tema de repente.

—No. ¿Quieres que te diga lo que pienso, o prefieres seguir enterrando la cabeza como un avestruz?

Se había quedado sin hambre, así que dejó la carta sobre la mesa.

—¿Es que tengo elección?

—Por supuesto que sí.

Josh hubiera preferido olvidarse de su padrastro, pero era consciente de que no sería posible, especialmente si Michelle insistía tanto en hablar del tema.

Se cruzó de brazos y se acomodó en el asiento, preparado para escucharla. Ella no se hizo de rogar:

—Por más que ninguno de los dos quiera admitirlo, os necesitáis el uno al otro —dijo, sin más preámbulos.

A Josh por poco se le escapa una carcajada. No necesitaba a Richard, y su padrastro, desde luego, no lo necesitaba a él.

—Estarás de broma.

—Eres todo lo que le queda en el mundo...

—Pues ya ves lo que le importa —replicó. Daba lo mismo que Josh fuera el único pariente que le quedaba a Richard.

—Y Richard es el único familiar que te queda a ti también, y por más que no quieras admitirlo, estáis unidos. Richard se muere, y tiene miedo y está muy solo. Nunca te pediría que te quedaras con él, pero te necesita. Y tú le necesitas a él. Josh, es la única figura paterna que has conocido, y aunque vuestra relación fuera decepcionante, tienes que encontrar una forma de ponerle punto y final. Si te marchas ahora, temo que siempre te arrepientas.

Con cierta inseguridad, Josh consideró sus palabras.

—Y además... —añadió ella.

Él la miró.

—¿Sí?

—Los platos del día son crema de brócoli y un plato de gambas —dijo, leyendo la lista que colgaba de la barra, con su deslumbrante sonrisa.

De repente, a Josh le vino a la cabeza un recuerdo de su infancia. Debía de tener unos diez años; fue antes de que su madre conociera a Richard. Estaban los dos solos entonces, y su madre lo llevó al mercado del sábado en la playa. Había un barco atracado en el muelle que vendía gambas frescas del canal de Hood.

Su madre compró un kilo, se las llevaron a casa y las hirvieron con una mezcla de especias. Josh no recordaba haber vuelto a comer unas gambas tan deliciosas en toda su vida. Dieron cuenta del festín con croquetas de maíz caseras y ensalada de col. Teresa encontró música cajún en la radio, e inventaron un baile ridículo en el comedor. Era uno de los recuerdos más felices de su infancia..., una infancia muy escasa de recuerdos como ese.

—¿Josh?

Josh apartó la vista de la carta y advirtió de que Michelle lo observaba.

—Perdona, me he quedado ensimismado. —Se dio cuenta de que estaba llevando al extremo su costumbre de no compartir sus pensamientos, así que le describió el recuerdo. Una vez más, recordó lo mucho que su madre había querido a Richard.

—¿Qué recuerdos tienes de tu padre? —preguntó Michelle.

Supuso que lo estaba invitando a comparar a su padre biológico con su padrastro.

Josh se encogió de hombros.

—Solo tengo recuerdos muy vagos de él, yo era muy niño. Lo único que recuerdo con claridad es cómo en una ocasión le arrojó algo a mi madre y ella se puso a gritar, me agarró y se encerró en el baño.

Michelle meneó la cabeza y no dijo nada.

—No lo volví a ver después de eso. Bueno, no que yo recuerde.

Michelle se puso las manos en el regazo.

—¿Nunca lo has buscado?

Josh se recostó en su asiento y se cruzó de brazos.

—Lo hice cuando me licenciaron del ejército. Averigüé que murió cuando yo tenía diecisiete años. No mucho después de perder a mi madre..., seis meses, si no recuerdo mal. Vivía en Texas, y había vuelto a casarse.

Teresa nunca dijo una mala palabra sobre el padre de Josh. Ni una. No había necesidad. Lo poco que Josh recordaba de su padre lo decía todo.

La camarera se acercó a su mesa. Josh pidió las gambas y Michelle, la crema.

—No comes mucho —comentó él al marcharse la camarera.

Michelle titubeó.

—Es que estoy tan disgustada con Richard que podría zamparme media carta de una sentada. Pero he tenido que aprender a no comer por ansiedad.

Josh admiró su capacidad para distinguir el hambre real del hambre emocional. Se le ocurrió pensar que Michelle era mucho más consciente de sí misma que él.

—Me has dicho que Richard lo pasó muy mal cuando Dylan murió.

Michelle colocó su cuchara y su tenedor perfectamente alineados.

—No volvió a ser el mismo.

Eso era lo que Josh había imaginado.

—Le recordó lo de mi madre —susurró Josh, casi sin darse cuenta de que lo había dicho en voz alta.

—Te obligaba a cuidar del jardín, ¿recuerdas?

Josh rio entre dientes.

—¿Cómo voy a olvidarlo? ¿Sabes lo que me hace gracia? —Michelle iba a reírse, pero le daba igual—: Vivo en una casa de alquiler en San Diego, y mi jardín es el más bonito de la manzana. —No se había dado cuenta de que su pasión por la jardinería la había heredado de su padrastro, además de su madre. Si Richard se enteraba, seguro que se echaba a reír.

Les trajeron la comida, y durante un rato los distrajo de su conversación.

—La muerte de mi madre fue muy dura para él, pero perder a Dylan... creo que fue más de lo que podía soportar —dijo Josh, pinchando con el tenedor una gamba rebozada. La untó en salsa rosa antes de llevársela a la boca.

Michelle sostenía la cuchara sobre el plato de crema.

—Dylan no era tan maravilloso como todo el mundo creía.

—¿Cómo? —Josh alzó la vista. Alcanzó otra gamba mientras esperaba a que ella siguiera.

Pero no lo hizo.

Josh decidió no insistir. Si Michelle tenía algo que decir, lo haría en el momento apropiado, cuando estuviera preparada.

—Fuiste amable conmigo cuando más lo necesitaba, y quiero que sepas que nunca olvidé lo que hiciste —dijo Michelle.

—Te refieres a lo que pasó en el autobús. —El incidente y las burlas seguían frescos en su memoria.

—No, en el pasillo del instituto.

Josh se quedó en blanco. No recordaba haberse visto involucrado en nada que hubiera sucedido en el instituto relacionado con ella.

—No me digas que lo has olvidado.

—Refréscame la memoria.

Con una sonrisa, Michelle se recostó en la silla.

—¿Te suena de algo el nombre de Vance Willey?

Sí que le sonaba. Vance era un acosador. Un perdedor que se metía con los que eran más pequeños y más débiles que él.

—Opinaba que yo era demasiado fea para vivir, así que decidió humillarme y avergonzarme delante de medio instituto.

Muy típico de Vance.

—¿Qué sucedió?

Michelle enderezó los hombros.

—Te enfrentaste a él y le dijiste que me dejara en paz.

—¿Eso hice? —Josh seguía sin recordar el incidente.

—Le dijiste que si había alguien feo era él, y que era una pena, porque por fuera no se le notaba, sino que era feo por dentro. Le dejaste tieso —dijo ella con una sonrisa—. Le dijiste que solo se sentía poderoso maltratando a los demás.

—¿Yo dije eso?

—Cito textualmente. No se oía ni una mosca en el pasillo. Y entonces dijiste que te daba pena. Y todos contuvieron la respiración esperando la reacción de Vance.

—Se marchó sin decir palabra, ¿verdad? —susurró Josh mientras un vago recuerdo acudía a su mente.

—Eso es, y creo que él fue el primer sorprendido. Me crucé con él más tarde, ¿y sabes qué?

Josh no tenía ni idea.

—Vance me pidió perdón.

A Josh aquello le parecía increíble.

—Pues mira qué bien.

—Lo que dijiste me pareció la cosa más sabia que he oído nunca —confesó Michelle—. No saltaste a defenderme. No te peleaste con él. Le golpeaste con la verdad, y él se hizo atrás.

Josh tardó un momento en comprender lo que Michelle decía. Michelle tenía un motivo muy concreto para contarle aquello.

—Y ahora pretendes hacer lo mismo conmigo, más o menos, ¿verdad?

Ella dejó la cuchara a un lado.

—Josh, no cometas el error de darle la espalda a Richard. Si lo haces, será algo que ya nunca podrás resolver. Richard se comporta con crueldad, porque no quiere necesitarte, y admitir que te necesita le resulta muy difícil. Tienes que ser capaz de ver bajo la superficie de sus actos, y ser tan paciente como puedas con él.

Josh sabía que Michelle tenía razón cuando le pedía que se quedara, aunque sus instintos le decían que lo mejor era olvidarse del viejo y largarse.

—La verdad es que siento lástima por él —admitió Josh.

—¿Te quedarás? —preguntó ella.

Tras una pausa, asintió. No le gustaba nada, pero era consciente de que ella tenía razón.

Michelle alargó la mano y estrechó la suya, apretándole los dedos con fuerza.

—Gracias.

Era ella quien merecía su agradecimiento.

Cuando terminaron de comer, Josh pagó la cuenta y regresaron juntos a casa de Richard. Al entrar, exclamó:

—¡Hemos vuelto!

No hubo respuesta.

—¿Richard?

Josh encontró a su padrastro en el sillón, respirando con dificultad.

—¿Richard? —lo llamó de nuevo.

Su padrastro apenas podía respirar; parecía estar sufriendo una especie de ataque.

—¡Llama a una ambulancia! —gritó Josh.

Un instante más tarde, Michelle le aseguró que la ambulancia estaba de camino. Llegaría pronto.

Josh solo esperaba que llegara antes de que fuera demasiado tarde. Corrió al baño del dormitorio principal y abrió el armario de los medicamentos de par en par. Tardó un agónico minuto en encontrar lo que buscaba.

Aspirinas.

Con cuatro pastillas en la palma de la mano, regresó al salón y se las puso a Richard en la boca.

—Mastícalas, Richard —ordenó—. Mastica y traga. Tan rápido como puedas.

Llegó la ambulancia y se llevaron a Richard al hospital de Bremerton. Josh y Michelle la siguieron en la camioneta. Después de que Josh rellenara el papeleo, Michelle se quedó sentada a su lado en la sala de espera de urgencias. La tomó de la mano; necesitaba un ancla. Estuvieron casi una hora esperando antes de que se les acercara un médico. Por su tarjeta de identificación supieron que se trataba del doctor Abraham Wilhelm.

Josh se levantó para estar cara a cara con el médico.

—¿Cómo está? —preguntó.

La mirada de preocupación del doctor contaba más que sus palabras.

—Estable, por ahora. Aunque está tan débil que no le queda mucho tiempo. Me gustaría ingresarlo, pero él se niega.

—Cuando dice que no le queda mucho tiempo, ¿qué quiere decir exactamente?

—Quisiera poder ser más preciso, pero no puedo. Tiene el corazón muy mal.

—¿Ha tenido un infarto?

—Varios, a decir verdad.

—¿Y no se puede operar? —inquirió Josh.

El doctor Wilhelm meneó la cabeza.

—Su corazón no aguantaría una operación, está demasiado débil. Creo que ha llegado el momento de pasar a los cuidados paliativos.

—Cuidados paliativos —repitió Josh—. ¿Él está de acuerdo?

Al médico se le escapó lo que parecía una sonrisa, aunque Josh no estaba seguro de si lo había visto bien.

—Cuando he empezado a hablarle de cuidados paliativos al señor Lambert, me ha dicho que quería marcharse del hospital. Me ha dicho, literalmente: «Sáqueme de aquí. Haga lo que quiera, pero yo quiero irme. Aquí la gente se muere».

Josh rio un poco por lo bajo.

—Entiendo lo que quiere decir.

—El señor Lambert prefiere morir en su casa, y les recomiendo que cumplan sus deseos. Organizaré los cuidados paliativos a domicilio lo antes posible.

Josh asintió.

—Gracias.

El doctor Wilhelm le dio una palmadita en la espalda.

—Tiene mucho carácter.

—Tozudo como una mula —asintió Josh.

—¿Son familia?

—Soy su hijastro, el único pariente que le queda.

El doctor Wilhelm asintió.

—Pues entonces diría que el señor Lambert tiene mucha suerte de tenerle a usted.

Capítulo 11

Acababa de cambiar las toallas en la habitación de Abby Kincaid cuando llamaron al timbre. Bajé apresuradamente la escalera pensando que podría ser alguien que necesitara una habitación, cosa que estaría la mar de bien.

Al abrir la puerta encontré a un hombre muy alto y flaco. Llevaba un mono de trabajo sobre una gruesa camisa de franela naranja y marrón. Debía de medir metro noventa, o noventa y cinco, con lo cual me sacaba más de un palmo. Tenía los ojos de color castaño oscuro, y en cuando me vio, frunció el ceño.

—¿Puedo ayudarle? —dije, sin muchas ganas de dejarlo entrar hasta que supiera exactamente quién era y qué hacía en mi casa. Me hice todo lo alta que pude, que no era mucho, y lo miré fijamente, decidida a no encogerme bajo su mirada.

—Me has llamado tú.

Me relajé.

—¿Es usted Mark Taylor?

Asintió, y yo me hice a un lado. Pasó al recibidor y olisqueó con admiración.

—Tienes algo en el horno.

—Acabo de hacer galletas de chocolate. ¿Le apetecen?

—Qué pregunta más tonta... —Se interrumpió de repente y me lanzó una mirada de disculpa—. No recuerdo la última vez que comí galletas caseras. ¿No tendrás café para acompañar?

—Qué pregunta más tonta... —le tomé el pelo. No sabía qué esperar del manitas que Peggy Beldon me había recomendado. Parecía algo gruñón, un lobo solitario, por lo menos. Pero al verlo en persona, era exactamente tal y como uno se imagina a un manitas.

Y, para mi sorpresa, me cayó bien. No empezamos con buen pie; mi conversación telefónica con él me había dejado algo desconcertada. Pero a pesar de mis reservas, me alegraba de haber decidido darle una oportunidad. Tenía los ojos oscuros, pero la mirada honesta, y aunque no parecía Míster Simpatía, sí me resultaba, en una palabra, interesante.

Tenía el pelo rubio oscuro, y lo llevaba algo largo. Me di cuenta de que le molestaba porque el flequillo le caía en los ojos y se lo apartó con impaciencia un par de veces.

—¿Café solo? —pregunté mientras me seguía a la cocina.

—Sí, por favor.

Puse dos tazas sobre la mesa de la cocina, y un plato repleto de galletas.

Mark se sentó y agarró una galleta mientras yo iba al despacho a por los bocetos del letrero que había dibujado.

Mark se puso en pie cuando yo regresé. Su gesto me sorprendió. No estaba acostumbrada a que los hombres se comportaran de forma caballerosa, tan pasada de moda. Tal vez solo pretendiera causarme una buena impresión para que le diera trabajo. Pero el gesto contradecía extrañamente su talante hosco.

Cuando yo tomé asiento, él me imitó.

—¿Qué es lo que necesitas?

—Quiero un letrero nuevo para el hostal.

—Ningún problema. Me gusta la carpintería. Enséñame lo que tienes pensado.

Tenía un par de dibujos. Quería que estuviera clavado en el suelo en el camino de entrada, para que los huéspedes supieran que habían llegado a su destino tan pronto como entraran en la calle. Lo quería pintado de blanco, a juego con la casa, con letras rojas, y un dibujo de rosas del mismo color a ambos lados de HOSTAL ROSE HARBOR.

Mark inspeccionó los dibujos y me hizo algunas preguntas.

—¿Lo quieres a... metro y medio de altura?

—Sí, creo que eso sería lo ideal... Y que se lea desde la calle.

Él asintió.

—¿Cuánto me costaría?

Me dio una cifra que me pareció más que razonable. El presupuesto de Mark era la mitad del que me habían dado antes de comprar el hostal.

—¿Y para cuándo lo tendrías?

Mark se terminó la galleta, se sacudió las migas de las manos y se sacó un cuadernillo negro del bolsillo de su mono de trabajo. Se lamió un dedo para pasar algunas páginas.

Aparté la mirada para ocultar mi hilaridad. Antes de que tuviéramos *smartphones,* conocí a hombres que utilizaban agendas como aquella para almacenar números de teléfono de mujeres, y no encargos. Me pregunté si Mark tendría alguna relación amorosa.

—Podría tenerlo para final de mes —me dijo Mark, después de consultar algunas páginas. Al parecer, ya tenía muchos encargos acumulados para las próximas semanas.

—¿Tanto tiempo? —No me gustaba nada tener que esperar tres semanas antes de poder rebautizar el hostal oficialmente. Pero me temía que las propuestas más caras que había consultado tardarían aún más tiempo.

—Veré qué puedo hacer para terminarlo antes —ofreció.

—Te lo agradecería mucho. Una pregunta: ¿mi edad me hizo subir o bajar en tu lista?

Sonrió.

—Entonces, ¿quieres encargarme el letrero?

—Sí, por favor —dije, cerrando el trato. Peggy tenía muy buena opinión de Mark y de su trabajo. Era un hombre del pueblo, y le gustaba colaborar con los negocios locales. Era una buena idea. Yo quería echar raíces en esta comunidad, ya que tenía la intención de quedarme mucho tiempo.

Mark se sacó un lápiz desgastado del bolsillo de la camisa y anotó mi nombre en su agenda.

—Haré un buen trabajo. Garantizado.

Pero el letrero de la entrada no era lo único que yo tenía en mente:

—¿Conoces a alguien que pueda ocuparse del jardín? —pregunté. Cuando él se echó hacia atrás, yo me incliné hacia delante, apoyando los codos sobre la mesa.

—Puedo hacerlo yo.

Sin embargo, no parecía muy entusiasmado con la idea.

—¿Estás seguro? —Su lenguaje corporal contradecía sus palabras.

—Si hay algo que prefiera no hacer, te lo diré, ¿de acuerdo?

—Está bien —repuse yo—. Aunque tal vez puedas recomendarme a otra persona.

—Primero, dime qué es lo que necesitas que haga. —Dio cuenta de otra galleta, y fue a por la tercera.

—Una rosaleda —expliqué—. Me gustaría plantar un gran jardín de rosales preciosos. —Le tendí mi cuaderno de ideas y lo abrí por la página correspondiente. No soy una artista, pero tenía la sensación de que había conseguido ilustrar lo que quería hacer. Mi proyecto requeriría retirar una gran parte del césped. Quería un arco en la entrada del jardín, y un caminito empedrado que recorriera los rosales. Además, quería instalar bancos flanqueando el camino y, si no era muy complicado, también un cenador. Tampoco quería hacerlo de inmediato, podía esperar a estar algo más instalada. Un cenador sería ideal para las ocasiones especiales, incluso para bodas.

Mark examinó mis bocetos durante unos instantes.

—Menudo jardín.

—Ya lo sé. Es un gran proyecto.

Asintió.

—Tiene sentido que quieras plantar una rosaleda, si le has puesto Hostal Rose Harbor al negocio.

Mostré mi asentimiento, pero no le hablé de Paul.

—Entonces, ¿te interesa el trabajo?

Frunció el ceño.

—No sé mucho de rosales.

La verdad era que yo tampoco, pero tenía intención de aprender cuanto pudiera.

—Los rosales los compraré y plantaré yo misma. Quiero tener tantas variedades antiguas como pueda.

—¿Rosas antiguas? Nunca había oído hablar de ellas.

—Son semillas viejas, de antes de que los criadores empezaran a cruzarlas. Suelen tener una flor más pequeña, pero su aroma es especialmente intenso. También quiero algunos rosales híbridos. Pensé que sería bonito, cuando el jardín esté terminado, poder poner ramos de rosas frescas en los cuartos de huéspedes.

—Muy bonito; un toque muy agradable. La bienvenida a Cedar Cove y al hostal.

—Entonces, ¿qué te parece? El jardín, quiero decir.

—También quería que me hiciera un presupuesto. Era un proyecto grande que llevaría mucho tiempo, y me saldría caro.

—Puedes contar conmigo.

—Estupendo —respiré aliviada—. Pues hazme un presupuesto y lo estudiaré.

—Tal vez busque a alguien para que venga a quitar el césped y a preparar la tierra. Y si tú misma te encargas de plantar los rosales, bajará el precio.

—Quisiera poner un emparrado en forma de arco en la entrada del jardín —dije, señalando mi boceto—. O quizá más de uno…, pero primero tengo que saber el precio. —Sería muy fácil pasarse con este proyecto, y yo quería mantener el gasto tan ajustado como pudiera.

—No pasa nada; puedo construir tantos como quieras.

—¿Y bancos? ¿También podrías construirlos tú, o me saldría más económico comprarlos prefabricados?

Reflexionó su respuesta:

—Si lo que quieres es ahorrarte dinero, cómpralos, pero te diré que si decides encargármelos a mí, puedo garantizar que serán más sólidos y duraderos que cualquier cosa prefabricada que puedas encontrar.

Como con lo demás, mi decisión dependía del precio.

—Añádelos al presupuesto, y decidiré después.

Asintió mientras iba a servirse otra galleta. Pero el plato estaba vacío. Se había zampado seis galletas, una detrás de otra, casi sin parar. Y no eran pequeñas, precisamente. No quería que me dejara sin galletas, así que no me ofrecí a rellenar el plato. Debía de ser uno de esos afortunados con un metabolismo rapidísimo que podían comer todo lo que quisieran y seguir flacos como un palo.

Dio un sorbo a su café y me estudió mientras se llevaba la taza a los labios.

—Eres más joven de lo que pensaba.

—Qué curioso, yo estaba pensando lo mismo de ti.

Se encogió de hombros.

—Hay mucha gente que se imagina que soy un viejo jubilado que saca algo de dinero extra con esto. La verdad es que me ocupa todo el tiempo. Tengo más encargos de los que puedo aceptar.

—¿En qué trabajabas antes? —Había imaginado que tal vez trabajaba para una de esas tiendas enormes de bricolaje. Por lo que me había dicho Peggy Beldon, Mark tenía conocimientos suficientes de electricidad,

115

fontanería y carpintería como para construirse su propia casa, como al parecer había hecho.

—En nada.

—¿Nunca has tenido un trabajo? —Me parecía difícil de creer.

—Estuve en el ejército.

Aquello me pilló desprevenida.

—Pero si eso es un trabajo. —Siempre he sentido un gran respeto por los hombres y mujeres del ejército y el servicio que prestan a nuestro país, incluso antes de conocer a Paul.

—Se puede decir que estar en el ejército es un trabajo, pero es mucho más que eso. Tuve algunos problemas cuando me licenciaron, así que preferí hacerme autónomo.

—Gracias por el servicio que prestaste a nuestro país —le dije. Fueran cuales fueran los problemas que había tenido, estaba claro que no quería hablar de ellos. A mí me parecía bien. Todos tenemos problemas. Yo tenía los míos, desde luego, y parecía que mis dos huéspedes también.

Apartó la mirada, como si le incomodara mi comentario.

—Y tú, ¿qué te cuentas? —me preguntó.

Me encogí de hombros.

—Nada del otro mundo. Heredé algo de dinero y pensé en cambiar de vida. Abrir un hostal me seducía, así que me decidí a hacerlo.

—¿Sin tener ninguna experiencia en el sector?

—Ninguna. —Tenía que admitir que sonaba un poco ingenua—. Pero aprendo deprisa, y he estado leyendo todo lo que he encontrado sobre gestión de hoteles.

—Entonces, ¿ya has hablado con Grace?

—¿Grace? No, lo siento, ni siquiera la conozco. ¿Quién es Grace?

—Grace Harding, la directora de la biblioteca. Tendrías que ir a verla y presentarte. Le hice algunos trabajos cuando desapareció su marido. Gran parte de los encargos que recibo me vienen de viudas y mujeres solteras.

—¿Su marido desapareció?

—Hace años ya. Volvió a casarse. Harding es el apellido de su segundo marido. Son buena gente; Grace y Cliff te caerán bien.

—Gracias. —Me propuse visitar la biblioteca lo antes posible.

—Y puede que también te interese conocer a la mejor amiga de Grace. Olivia Griffin. Su marido es el director del periódico.

No sabía si podría recordar tantos nombres.

—¿Y dónde trabaja Olivia?

—En el juzgado. Es juez en el juzgado de lo familiar. ¿Has comido ya en el Palacio de las Tortitas?

—No. —Había estado demasiado ocupada probando las recetas que esperaba servir a mis huéspedes, así que aún no había probado ninguno de los restaurantes del pueblo.

—Pide la tarta de coco y merengue cuando vayas.

—Así lo haré.

—La mejor del pueblo.

—Está bien saberlo. —La verdad era que la tarta de coco y merengue me gustaba mucho.

El manitas dio otro sorbo a su café.

—Tendré el presupuesto la semana que viene.

—Estupendo.

—Y si decides contratarme, tendrás que decirme para cuándo lo quieres para que pueda anotarlo en la agenda.

—Marzo —repliqué —, o tal vez abril, después de la última helada.

Mark se levantó, recogió su taza y la dejó en el fregadero.

—Haré números lo antes posible.

117

Lo acompañé al recibidor.

—Debo decir que he probado montones de galletas de chocolate en la vida, y las tuyas son de las mejores.

Me ruboricé ante el cumplido.

—Gracias.

Se marchó por el camino de entrada. El aparcamiento estaba vacío, lo que significaba que había venido a pie. Entonces recordé que Peggy me había dicho que vivía a pocas calles de distancia. Era un hombre peculiar, eso saltaba a la vista. Y si tuviera que adivinar su edad, diría que tendría cuarenta y tantos. Y no podía dejar de pensar que ocultaba mucho más de lo que mostraba.

El tiempo lo diría.

Capítulo 12

Abby comprobó el reloj para asegurarse de que llegaba puntual. Su hermano le había pedido que se reuniera con él y su prometida en una cafetería, una que había abierto después de que ella se marchara. Habían cambiado muchas cosas a lo largo de los años. La cafetería estaba dentro de un centro comercial que ocupaba lo que no era más que un solar vacío la última vez que estuvo en Cedar Cove.

Abby aparcó enfrente y no tardó en reconocer a su hermano dentro de la cafetería. Tenía un aspecto maravilloso; feliz y algo nervioso, caminaba por la tienda, esperándolas a ella y a Victoria.

Cuando la vio, Roger abrió la puerta corriendo y se le acercó con los brazos abiertos.

—Abby. —La abrazó fuerte—. Estás... estupenda. Me alegro mucho de que hayas venido.

—Yo también. —Y lo decía sinceramente. El rato que había pasado con Patty Morris, no, Jefferies, había ido sorprendentemente bien, y el encuentro con su antigua compañera de clase le había levantado el ánimo. Tal vez, solo tal vez, pudiera olvidarse del accidente, al menos ese fin de semana. La boda debía ser una ocasión alegre. No podía, más bien no quería, permitir que sus miedos la dominaran a cada momento. ¿Y si alguien mencionaba a Angela, o el accidente? Si lo hacían, Abby se enfrentaría a ello como una adulta en lugar de salir corriendo o esconderse.

—Victoria llegará enseguida —explicó Roger—. Ya me ha dicho qué café quiere que le pida.

—Tengo muchas ganas de conocer a este dechado de virtudes que le ha robado el corazón a mi hermano.

—Ella también tiene muchas ganas de conocerte. —Los hermanos entraron en la cafetería para resguardarse del frío. La cola para pedir era larga. A Abby siempre la sorprendía lo populares que parecían ser esa clase de locales en el noroeste del Pacífico. En Florida no había ni una sola cafetería de ese estilo que no fuera un Starbucks, mientras que en Cedar Cove había una prácticamente en cada esquina. En esa región el café era un asunto muy serio.

—¿Cuándo has llegado? —preguntó Roger mientras se ponían en la cola.

—Hace un rato —respondió con vaguedad. Roger se sentiría mal si se enteraba de que llevaba casi veinticuatro horas en el pueblo y no le había dicho nada.

Su hermano se sacó la cartera del bolsillo cuando faltaba poco para su turno.

—¿Qué quieres? —le preguntó.

Como raras veces tomaba algo que no fuera café solo, Abby no sabía muy bien qué pedir. En la carta que colgaba de la pared se enumeraban varias clases de bebidas, y le parecía todo algo confuso.

—Un café con leche, creo. —Aunque ya se había tomado tres tazas esa mañana.

—¿Y si pruebas algo nuevo? —sugirió él.

Abby inspeccionó la carta. Había docenas de sabores para elegir. Docenas.

—Pídeme lo mismo que a Victoria —concluyó, temiendo estar ralentizando la cola con su titubeo.

—Buena idea. —La camarera esperaba su pedido—: Tres chai *lattes* de vainilla con un *shot* de *espresso* y *mocha twist* con caramelo y sin nata montada.

120

La camarera agarró tres vasos de papel en los que anotó rápidamente el pedido, y luego sus dedos fueron volando a las teclas de la máquina registradora. Por el precio de las bebidas hubieran podido comer los tres en otro establecimiento.

Roger pagó, y se desplazaron hasta el punto de entrega de las bebidas. El gorgoteo del espumador de leche llenaba el pequeño espacio. Después de recoger los cafés, Roger encontró una mesa junto a la ventana.

Abby probó su té chai con vainilla y café y tuvo que admitir que estaba rico. Debía de tener las mismas calorías que un bocadillo, pero le vendrían bien, no tenía pensado comer.

—¿Qué tal está? —preguntó Roger, fijándose en su expresión.

—No está mal —concedió.

Su hermano acababa de sentarse, pero volvió a levantarse de un salto.

—Ha llegado Victoria. —Se le iluminaron los ojos mientras fijaba la vista en el aparcamiento.

Abby volvió la cabeza y vio a su futura cuñada saliendo del coche. Había aparcado junto al coche de alquiler de Abby. En persona, Victoria era tan guapa como en las fotos, o incluso más. Tenía el pelo oscuro como Roger, le llegaba por los hombros y se lo había apartado detrás de las orejas. Era menuda y esbelta y llevaba un jersey rosa pálido y unos pantalones blancos bajo un largo abrigo gris de lana que llevaba desabrochado. Abby dio otro sorbo a su bebida y se levantó para conocer a la mujer que le había echado el guante a su hermano.

Roger saludó a su prometida con un ligero beso en los labios, y rodeándole la cintura con el brazo, la condujo hasta Abby.

—Victoria, te presento a mi hermana Abby. Abby, mi futura esposa Victoria. —Su mirada irradiaba amor y orgullo.

—Encantada de conocerte —dijo Victoria—. Roger me ha hablado mucho de ti.

Abby se encogió, temiendo al instante que Roger le hubiera contado lo del accidente. Pues claro que se lo habría contado. Victoria iba a ser su mujer, se enteraría, si no es que estaba ya al corriente. Abby tenía la sensación de que su vida entera se había partido en dos esa noche aciaga.

Antes del accidente.

Después del accidente.

Y dentro de ese abismo, había un montón de «Y si...». Ahí dentro, Abby guardaba sus remordimientos, la culpa y el dolor, impidiendo que afloraran sus sentimientos.

Tardó un poco en darse cuenta de que Roger y Victoria aguardaban su respuesta.

—Yo también me alegro mucho de conocerte —consiguió farfullar al fin.

Roger apartó una silla para Victoria.

—¿Lo has arreglado todo con los del *catering?*

Victoria suspiró profundamente y asintió mientras se sentaba y se quitaba el abrigo.

—Menos mal que mi madre guardó el recibo.

—¿Qué ha pasado? —se interesó Abby.

—Nada grave, solo hay que ultimar detalles para mañana. —Victoria tomó a Roger de la mano—. Mi madre lleva semanas con la organización de la boda...

—Meses —la interrumpió Roger.

—Es la más organizada de la familia, y esa suerte que tenemos.

—¿Y qué hay del ensayo de la cena esta noche? —preguntó Abby. Como sus padres vivían en otro estado, hubiera sido muy difícil para su propia madre organizar un evento tan grande. Abby no recordaba que su madre se lo hubiera mencionado.

—No te preocupes, me he encargado yo. —Roger parecía bastante satisfecho con su hazaña.

—¡Tú! —exclamó Abby echándose a reír.

—Fue facilísimo. Reservé la sala de banquetes del restaurante El Faro, y...

—Espera —dijo Abby, deteniéndolo con un gesto—. Mamá me contó que El Faro fue destruido en un incendio.

—Así es —respondió Victoria, tomando la palabra—. Pero lo reconstruyeron.

—Ahora tiene otros dueños —añadió Roger—. Tienen un reservado en el que cabemos todos los integrantes del cortejo nupcial, más un grupo de familiares.

—Yo le ayudé a elegir el menú —susurró Victoria—. De ser por Roger, hubiéramos cenado pizza y cerveza.

—Hacen una pizza buenísima —replicó el hermano de Abby.

—¿Pizza? No hubieras sido capaz —bromeó Abby—. No lo dices en serio.

—Totalmente en serio —repuso Victoria con una sonrisa.

A Abby le gustaba la cháchara entre su hermano y su prometida. Era evidente que estaban muy enamorados, y que eran perfectos el uno para el otro.

—¿Has pasado ya por la calle Harbor? —le preguntó Victoria tras dar un sorbo a su café.

—Sí, bueno..., por un tramo, ¿por qué?

—¿Has visto el salón de té victoriano?

—Esto... —Abby no se acordaba—. Creo que no. ¿Es nuevo?

—Mucho. Abrieron el año pasado. Los antiguos propietarios de El Faro vendieron el restaurante y abrieron el salón de té. Se ha convertido en uno de los sitios más populares del pueblo para desayunar y comer. Tendrías que pasarte antes de marcharte, aunque sea para verlo.

—Lo haré —prometió Abby.

—¿Dónde te alojas? —preguntó Victoria a continuación, sosteniendo el café con las dos manos.

—En el Hostal Rose Harbor.

Victoria frunció el ceño.

—No me suena.

—Antes era el hostal de los Frelinger.

—¿El hotel de Sandy y John? ¿Lo han vendido? —Victoria parecía sorprendida—. Bueno, me alegro por ellos. Recuerdo que mamá me dijo que estaba en venta, pero eso fue hace meses. ¿Sigue igual de bonito?

—Es increíble, y la nueva propietaria es encantadora. —Y atenta, y considerada, pero Abby no quería que pareciera que le estaba haciendo la pelota, ni dar a entender que llevaba en el hostal el tiempo suficiente como para conocer bien a Jo Marie.

—No sabes lo mucho que nos alegramos de tenerte aquí —dijo Victoria, estrechando la mano de Roger—. Significa muchísimo para nosotros.

—No iba a perderme la boda de mi hermano mayor. —Abby nunca admitiría lo mucho que le había costado decidirse. Fue por sus padres, que la presionaron hasta que aceptó. La culpabilidad era una emoción a la que respondía con facilidad, por triste que fuera admitirlo.

—¿Cuándo llegarán mamá y papá? —preguntó entonces Abby. Ya lo sabía, pero tenía ganas de cambiar de tema. Sería muy incómodo si Victoria empezaba a hacerle preguntas a las que no tenía ganas de responder. Como por qué había tardado tanto en confirmar que se encargaría de servir la tarta nupcial. O por qué había esperado para reservar su vuelo hasta que casi fue demasiado tarde.

Roger miró el reloj.

—Su vuelo ha aterrizado hace diez minutos.

—¿Habrán llegado puntuales?

Roger se sacó el teléfono del bolsillo y tecleó. Tras un par de minutos, anunció:

—Con puntualidad británica.

—¿Cuándo van a llegar, más o menos?

—El tiempo que tarden en recoger el coche de alquiler y llegar a su hotel, dos horas, por lo menos. Mamá dijo que llamarían si veían que iban a llegar más tarde de las cinco —aclaró Roger.

—Mamá propuso que nos encontráramos en la iglesia justo antes de cenar —añadió Abby.

—Eso me dijeron a mí también.

Victoria suspiró como si estuviera agotada.

—Será mejor que me vaya. Mi madre está al borde del colapso. Tengo que encontrarme con ella en la floristería dentro de —echó un vistazo a su muñeca— diez minutos.

—Debéis de tener muchas cosas que hacer justo antes de la boda —dijo Abby—. Muchas gracias por hacer un hueco para verme.

—Tenía muchísimas ganas de conocerte. Será maravilloso tener otra hermana. —Se puso en pie y agarró su vaso para llevarse el café.

Roger también se levantó, y Abby lo imitó.

Las dos mujeres se dieron un corto abrazo, y luego Roger acompañó a Victoria al coche. Hablaron durante un par de minutos fuera antes de que él volviera a entrar.

—Ay, Roger, es estupenda.

—Ya lo sé. —Siguió al coche de Victoria con la mirada mientras salía del aparcamiento.

Se relajó y miró a Abby.

—¿Estás bien? —preguntó.

—Sí, claro, ¿por qué no iba a estarlo? —En silencio, rezó porque no sacara a colación el accidente. Aunque fuera solo por una vez, quería fingir que nunca había sucedido.

—Es que hace muchos años que no venías por aquí.

Abby se sentó derecha.

—No adivinarás a quién me he encontrado esta mañana —dijo, con una voz forzadamente entusiasta. No le dio tiempo a Roger para aventurar una respuesta—: a Patty Morris.

Roger frunció el ceño y meneó la cabeza.

—¿A quién?

—Patty Morris. Íbamos juntas a clase. Era amiga mía.

Él se quedó muy quieto, como si temiera lo que ella pudiera decir a continuación.

—Patty se casó con Pete Jefferies. Quizá él sí te suene.

Roger negó con la cabeza.

—Ella y su marido son farmacéuticos. Son los dueños de la farmacia de la calle Harbor. No traje pasta de dientes, así que fui a comprar y me topé con Patty. —Omitió lo desconcertante que había sido ver a su vieja amiga, pero Roger se dio cuenta con solo mirarla.

—Pues qué bien, ¿no? —Era típico de su hermano mayor preocuparse por ella. Sabía que se había pasado años evitando a mucha gente.

—Ha sido estupendo.

—Me alegro.

—Patty y Pete tienen gemelos. Un niño y una niña. Tienen seis años y ya van a primero.

Roger parecía distraído, pero asintió.

—Quiere que coma con ella mañana.

Él volvió a prestarle atención y frunció el ceño.

—¿Y a ti te parece bien?

—Pues sí —dijo ella con ligereza—. Al parecer, varias de mis viejas amigas aún viven por aquí. Patty me juró que la matarían si no les contaba que estoy en el pueblo. Nos encontraremos todas en el Palacio de las Tortitas.

La mirada de Roger seguía muy seria.

—¿Con tus amigas del instituto?

Abby asintió.

—También quieren que vaya mamá.

Roger se removió en el asiento con incomodidad.

—¿Y crees que es buena idea? Quiero decir, me parece estupendo que te veas con tus amigas, pero es justo antes de la boda, ¿sabes lo que quiero decir?

Lo que le preocupaba, comprendió Abby, era que sucediera algo durante la comida que la trastornara.

—Todo irá bien. Patty parecía muy contenta de verme. Dice que me echaron de menos en las reuniones de antiguos alumnos..., que la gente pregunta por mí. —Cosa que, en realidad, era natural teniendo en cuenta las circunstancias.

Roger asintió mientras daba un sorbo al café.

—Me alegro, Abby. Ya va siendo hora de dejar atrás el pasado.

El pasado. Se refería al accidente. A la muerte de Angela. A la culpa que arrastraba.

—Me alegro de que la boda te haya obligado a volver a Cedar Cove, y creo que tal vez esta comida con Patty y las demás te ayude a encontrar la paz que necesitas.

Abby agachó la cabeza e intentó tragar saliva, aunque tenía un grueso nudo en la garganta. Las conversaciones íntimas con su hermano eran poco frecuentes, y significaba mucho para ella que le diera ánimos.

—Gracias —susurró.

—Y que mamá te acompañe me parece una buena idea.

—A mí también me lo parece... Fue idea de Patty. Para serte sincera, estoy un poco preocupada.

—Todo irá muy bien —afirmó Roger—. Pásatelo bien con tus amigas. Disfruta, Abby. Te lo mereces. Tienes muchos amigos. Siempre los has tenido.

Las lágrimas le nublaron la vista cuando miró a su hermano y le sonrió. En el pasado tuvo muchos amigos. Tal vez en el futuro volviera a tenerlos.

Capítulo 13

—Dejadme morir en paz —insistía Richard cuando Josh y Michelle se lo llevaron a casa del hospital.

Josh ignoró el comentario mientras daba la vuelta al coche para abrir la puerta del copiloto y ayudar a su padrastro a entrar en casa. Michelle saltó del asiento trasero y corrió a abrir la puerta.

Por más que le disgustara, Richard tenía que apoyarse en Josh para poder andar. Arrastraba los pies, y para cuando llegaron al tercer escalón del porche, le costaba respirar. Josh caminaba a su lado, sujetándole por la cintura. Michelle les abrió la puerta para que entraran.

No hacía falta decir lo difícil que le resultaba a Richard aceptar ayuda de Josh. Necesitaba un caminador, pero se negaba a usar uno. Parecía reservar sus energías para lanzar improperios a todos los que tuviera cerca.

Ayudó a Richard a instalarse en su butaca favorita. El anciano se dejó caer en el sillón y expulsó aire con fuerza, como si hubiera gastado toda la energía que le quedaba para llegar hasta allí. Sin hacer caso de Josh, tanteó en busca del mando a distancia automáticamente y puso un canal de noticias.

—¿Necesitas que te traiga algo? —preguntó Josh, dando un paso atrás.

Richard se limitó a menear la cabeza.

Cuando entró en la cocina, vio que Michelle había puesto la tetera al fuego.

—¿Te queda alguna duda de que Richard te necesita? —murmuró entre dientes.

No respondió; era evidente. Dudaba que Michelle hubiera sido capaz de ayudar a Richard a subir los peldaños del porche sola. Además, cuidar de su padrastro no era responsabilidad de ella. Quería recordarle que tampoco lo era de él, que a Richard no le debía nada. Si Josh le daba la espalda y se marchaba de allí, el viejo se lo tendría merecido. Pero por más que le tentara la idea, no podía hacerlo. No porque Richard mereciera su ayuda, eso estaba claro. Pero Josh sabía que su madre habría querido que se quedara, y fue por ella que dijo:

—No te preocupes, me quedaré en Cedar Cove tanto tiempo como pueda.

—Gracias —susurró ella, dándole un apretón cariñoso en el brazo.

Él le puso las manos en los hombros, agradecido por su sabiduría y sus ánimos.

—No me había dado cuenta de lo difíciles que debieron ser las cosas para ti en esta casa —dijo ella.

Era cierto; los años que Josh había pasado con Richard no habían sido una fiesta, no le costaba admitirlo. La tensión, especialmente después de la muerte de su madre, había llegado a extremos incendiarios en algunas ocasiones. Por suerte, Dylan actuaba como amortiguador; de lo contrario, hubiera sido una situación imposible. Pero ahora su madre y Dylan ya no estaban, y solo tenía a Michelle para evitar que la situación estallara.

Y, al mismo tiempo, tenía que admitir que no era del todo inocente en su relación con Richard. Cuando era adolescente, disfrutaba sacándole de quicio. Richard hizo evidente su antipatía por él, y en lugar de esforzarse por mejorar la relación, Josh hacía cuanto podía por provocarle. Si era el día en el que había que sacar la basura y le tocaba a él, Josh dejaba el cubo a propósito en mitad de la salida del garaje para que Richard tuviera que salir del coche y moverlo antes de irse a trabajar.

Si era su turno de fregar los platos después de la cena, se limitaba a hacer solo eso, nada más. No guardaba la leche en la nevera ni despejaba la encimera. Si quedaban sobras y sabía que Richard pensaba llevárselas al trabajo al día siguiente, se aseguraba de que acabaran en la basura. Como Richard había dejado muy claro que no pensaba nada bueno de Josh, él no vio ningún motivo para hacerle favores.

—Yo también tuve algo de culpa —musitó.

El hervidor de agua empezó a silbar, y Michelle se apartó, algo reacia, para quitarla del fuego. Ya tenía preparada una tetera de cerámica, en la que vertió el agua hirviendo. Josh la reconoció: había sido de su madre, antes de casarse con Richard. Aunque no sabía de dónde había salido. Tal vez fuera un regalo de su primera boda, o una herencia familiar. Josh no tenía intención de preguntar por miedo de que Richard la destruyera a propósito. Había aprendido a esperar cosas de ese tipo, y le entristecía admitirlo.

Michelle sacó tres tazas del armario mientras el té reposaba.

Como esa tarde esperaban la visita de un voluntario de asistencia domiciliaria, Josh regresó al salón y empezó a recoger los periódicos que estaban esparcidos por la alfombra. Ahuecó los cojines y los colocó en los extremos del sofá.

—¿Qué buscas? —ladró Richard. Agarró el mando a distancia y bajó el volumen.

—No busco nada. Quiero adecentar esto un poco antes de que llegue el voluntario del hospital.

—Algo querrás.

Josh lanzó una mala mirada a su padrastro.

—Estaba ordenando. Nada más.

—No me lo creo. Quieres robarme. Al menos espera a que me muera.

Josh apretó los puños y respondió:

—Piensa lo que quieras, pero no quiero ni necesito nada de ti. —La furia que sentía le hizo apretar los dientes. Unos segundos antes, había estado dispuesto a admitir su parte de responsabilidad en la animosidad entre ellos dos. Pero bastaba un comentario de Richard para que su cólera aflorara como por acto reflejo. Antes de decir algo de lo que se arrepintiera, prefirió salir de la habitación.

La personalidad tóxica de su padrastro le hacía sentirse como si volviera a ser un adolescente, resuelto a enfrentarse al viejo, a encontrar maneras de devolverle el daño que le causaba con tanta facilidad.

Ensimismado, se sorprendió al encontrar a Michelle en el recibidor. Ella le tocó el brazo.

—¿Estás bien?

En lugar de explicarse, se limitó a asentir.

—Perfectamente. —Miró por encima del hombro y vio a su padrastro con una taza de té entre las manos, concentrado en el televisor—. ¿Quiere algo de comer? —le preguntó a Michelle.

—Se lo he preguntado, pero dice que no tiene hambre.

A pesar de todo, aquello arrancó una sonrisa a Josh. Típico de Richard, ponerse en huelga de hambre para fastidiarle.

—No puedes estar con el estómago vacío —dijo Josh al volver a entrar en el salón, interrumpiendo a propósito el noticiario—. Te calentaré un poco de sopa —siguió, para poner a prueba su teoría.

—No quiero sopa. Ya os lo he dicho, quiero morirme en paz, así que ¿por qué no nos haces un favor a los dos y te vuelves por donde has venido? —Todo un discurso para un hombre que se suponía que estaba agonizando.

—Así lo haré... A su debido tiempo.

Richard optó por ignorarlo.

Aquella era otra arma en el arsenal de su padrastro, recordó Josh. Cuando Richard descubrió que no había nada que pudiera decir o hacer que afectara tanto a Josh como el silencio, este se convirtió en su método de tortura favorito. Fingía que Josh no estaba en la misma habitación, o hacía como si no estuviera en casa. A Josh le volvía loco. En menos de una hora llegaba a estar dispuesto a hacer lo que fuera para provocar una reacción en su padrastro, aunque significara destruir algo que supiera que le gustaba, como su revista favorita o la guía de la televisión. Cualquier cosa que le obligara a reconocer su existencia.

—Eso ya no funcionará conmigo. Me he hecho mayor —le dijo—. Puedes ignorarme hasta que se acabe el mundo. Mira, en realidad, hasta te lo agradecería.

Richard ni siquiera parpadeó; seguía con la vista fija en el presentador de las noticias.

Sin hacer caso del anciano, Josh fue en busca de algo de sopa y sacó una lata del armario. Recordaba la disposición de la cocina como si solo hiciera un día que se había marchado. Rebuscó en los armarios hasta que encontró un cazo, y lo puso sobre el fogón que Michelle había usado para calentar el agua para el té. Por desgracia, el armario donde su madre guardaba las galletas saladas estaba vacío. No pasaba nada. Richard tendría que conformarse sin ellas.

Vertió la sopa en el cazo y añadió agua caliente, para después dejarla al fuego. Cuando entendió lo que se proponía, Michelle pasó al salón. Josh vio cómo se ponía a despejar la mesita que Richard tenía junto al sillón.

—¡Qué haces! —exclamó Richard, agarrando el mando a distancia de la bandeja.

—Hago un poco de sitio para traerte un plato de sopa.

—Ya te he dicho que no tengo hambre.

—Algo tendrás que comer —insistió ella.

Richard entrecerró los ojos.

—Estás de su parte, ¿verdad?

Michelle le tomó la mano y la estrechó entre las suyas.

—No es cuestión de ponerse de parte de nadie.

—O eres amiga mía, o de él —insistió él—. No puedes ser amiga de los dos a la vez. Tendrás que elegir. —Incluso desde donde estaba, Josh se dio cuenta de que aquel era un momento emotivo para Richard. Incluso parecía tener los ojos empañados de lágrimas—. Yo... sé lo que sentías por Dylan. Tú también le gustabas, ¿sabes? Creo que si no hubiera muerto se habría dado cuenta de lo preciosa que eres.

—Señor Lambert...

—Tienes que elegir, ¿lo entiendes? O él o yo.

Michelle se enderezó.

—Ya le he dicho...

Josh se acercó, dando primero un paso, y después otro, pues no estaba dispuesto a que Michelle lo pasara mal en su lugar. Richard la necesitaba, por más que le costara admitirlo. Michelle era el único nexo que le quedaba con Dylan; era la única persona que aún le recordaba y que a la vez formaba parte de la vida de Richard. Josh no permitiría que se estropeara ese vínculo. Alzó la mano para detenerla. En un par de días, Josh se marcharía de las vidas de los dos. No valía la pena arriesgarse a echarlo a perder.

Michelle pareció leerle la mente:

—Me lo pensaré, ¿de acuerdo? —le dijo a Richard.

El viejo frunció el ceño; era más que evidente que la respuesta le había disgustado. Echó la cabeza hacia atrás y cerró los ojos para ignorarla.

Una vez calentada la sopa, Josh la sirvió en un plato hondo y la llevó al salón. Casi esperaba que Richard tirara el plato de la bandeja de un manotazo.

—Tengo que ir a hacer un recado —anunció Josh, y se puso la chaqueta. Sentía la necesidad urgente de escapar de la casa. El ambiente era opresivo.

Estaba llegando a la puerta cuando Michelle le salió al encuentro, con su abrigo y bolso en la mano.

—Voy contigo.

Josh titubeó, pues no sabía si podían dejar solo a Richard.

—¿Seguro que es lo mejor?

—Es que quiero ir —insistió ella, mirándole a los ojos.

Josh cedió y salieron juntos por la puerta principal. Aunque el termostato de la casa estaba a una temperatura muy alta, Josh tenía un frío atroz. Estar con Richard era como estar cerca de residuos tóxicos. No podía estar a su lado sin que le afectara negativamente.

—¿Adónde vas? —preguntó Michelle, apresurándose para andar al mismo paso que él. Josh se arrepintió de haber aceptado que lo acompañara. Necesitaba estar solo. Ella se sentó en el asiento del copiloto de la camioneta y cerró la puerta, como si quisiera dejar claro que no iba a cambiar de opinión.

—Richard necesita un caminador. —Era una excusa muy conveniente para salir de casa. Una excusa válida, pero también conveniente. Pasara lo que pasara, Josh se marcharía en unos días, y aunque se portaba maravillosamente con Richard, Michelle no podría visitarlo a diario. Viendo lo débil que estaba, por más que se esforzara en disimularlo, Josh quería comprarle un caminador.

Se dirigieron en silencio a la farmacia, donde Josh esperaba encontrar lo que necesitaba.

—Lo que Richard ha dicho de Dylan... —Michelle titubeó—. Es verdad que me enamoré de él. Estuve loca por él todos los años de instituto.

—Todas las chicas del instituto estaban medio enamoradas de Dylan, y con razón. Era un deportista estrella, y un chico simpático con todos.

—No es verdad —replicó Michelle quedamente.

Lo dijo en voz baja, pero llamó su atención como si lo hubiera dicho a gritos. Apartó los ojos de la carretera por un momento para mirarla.

—¿Cómo dices?

—No era todas esas cosas que dices.

—¿Ah, no? —Así es como Josh recordaba a Dylan.

—Le he guardado el secreto durante años, Josh, pero a ti te lo voy a contar.

Se detuvo en un semáforo en rojo.

—¿Contarme el qué?

—El último año de instituto, Dylan tenía problemas en clase de lengua. Nos mandaron un trabajo.

—Me acuerdo. Yo hice el mío sobre Jim Ryun, el primer estudiante de instituto en conseguir correr una milla en cuatro minutos. —Aquel trabajo le requirió documentarse muchísimo. Pero como era un tema que le interesaba, disfrutó mucho. Le pusieron muy buena nota, pero nunca se lo contó a su padrastro.

—Si Dylan no aprobaba el trabajo, no le dejarían seguir jugando al baloncesto la temporada siguiente.

Dylan era popular por los motivos anteriormente enumerados, pero sus notas siempre dejaron mucho que desear. Detestaba los estudios. Josh recordaba que su hermanastro empezó el instituto sin saberse las tablas de multiplicar. Su ortografía era terrible, y casi nunca hacía los deberes. Conseguía pasar de curso por los pelos.

Teresa empleaba muchas horas ayudando a Dylan con los deberes, pero de poco sirvió. Y cuando cayó enferma, sus sesiones después de la cena pronto cayeron en el olvido.

—Yo le hice el trabajo —murmuró ella.

—¿En serio?

—Hicimos un trato. Como yo sabía que nadie querría ser mi pareja en el baile...

135

—Michelle, eso no es verdad...

Ella lo interrumpió con una risa aguda.

—No te engañes. Yo era la más gorda de la clase.

—¿Dylan prometió que te llevaría al baile?

—No —dijo ella meneando la cabeza para dar énfasis a sus palabras—. Yo era consciente de que nadie creería que Dylan pudiera pedirle a alguien como yo que fuera su pareja en el baile de fin de curso, pero yo me moría de ganas de ir. Yo y mis amigas decidimos ir todas juntas. Lo único que quería de Dylan, lo que le pedí a cambio de hacerle el trabajo, era que me pidiera que bailara con él. Solo una canción. Él me dijo que sí y yo le hice el trabajo, con suficientes faltas de ortografía como para que la señora Chenard creyera que lo había escrito él.

»Dylan lo entregó, y luego me ignoró por completo en el baile. En serio, ¿tanto le hubiera costado bailar conmigo una sola vez? —concluyó ella.

—¿No quiso? —Por supuesto que Dylan no era un santo, pero a Josh le costaba creer que hubiera faltado a la palabra que dio a Michelle.

—Luego hablé con él, y me dijo que se le había olvidado.

La excusa sonaba patética, en opinión de Josh. Aun así, se sintió obligado a defender a su hermanastro:

—Debió de haber un malentendido.

—No. Más tarde me enteré de que Dylan había presumido ante sus amigos de haberme manipulado para que le hiciera el trabajo con la mera promesa de un baile. Y luego les dijo que no se vio capaz. Decía que no sabía si los brazos le llegarían para rodear a Dumbo.

Por cómo se apagó la voz de Michelle, Josh supo que aquello aún le dolía. Parecía que su hermanastro había disfrutado humillándola.

—Lo siento mucho —susurró Josh.

—No tienes que disculparte, Josh. Tú no tuviste nada que ver. —Consiguió dedicarle una sonrisa forzada—.

Lo único que me consoló fue que le pusieron un notable en lugar de un sobresaliente por todas las faltas de ortografía.

Josh también sonrió, y le dio un suave apretón en la mano.

—Te lo digo para que te des cuenta de que Dylan no era el santo al que tú y tu padrastro recordáis. Tenía muchas cualidades maravillosas, pero también podía ser desalmado y cruel.

Josh sabía que eso era verdad. Dylan era el hijo de Richard, después de todo.

Capítulo 14

Como mis huéspedes estarían fuera toda la tarde, decidí salir a hacer un par de recados. Quería pasar por la panadería del pueblo para probar sus bollos. Al principio estaba decidida a hacerlos yo, pero me conocía lo suficiente como para darme cuenta de que no siempre me sería posible. Me encantaba hacer panes y repostería, pero habría días en los que me sería imposible.

Seguía lloviznando, pero, acostumbrada a ese clima después de haber vivido muchos años en Seattle, ni me inmuté. Me puse el impermeable, la bufanda y los guantes, cerré la puerta con llave y eché a andar colina abajo. El cielo empezaba a oscurecerse, aunque acababan de dar las dos de la tarde. La playa estaba cubierta de niebla, y Bremerton y el astillero, al otro lado de la bahía, ni se veían.

El camino era empinado, pero imaginé que el paseo me ayudaría a quemar las calorías que ingeriría probando los dulces. Que vigilara mi peso era otro consejo de Peggy. Para el propietario de un hostal es muy fácil acostumbrarse a probar lo que cocina, me dijo. En su primer año al frente de El Tomillo y la Marea con Bob, me confesó Peggy, engordó cinco kilos.

Mi determinación flaqueó en cuanto entré en la panadería. Debían de acabar de sacar el pan del horno, porque su aroma llenaba la tienda. Ese olor es más cautivador que el perfume francés. Paul aseguraba haber decidido que se casaría conmigo la primera vez que le preparé una hogaza de pan casero. No tengo un pelo de tonta. Sé cómo llegarle al corazón a un hombre, y él ya me había conquistado a mí, así que usé mis habilidades culinarias para seducirle.

—¿Puedo ayudarle? —me preguntó una chica joven cuando me acerqué al mostrador.

No había tenido tiempo de inspeccionar la oferta. La vitrina estaba repleta de delicias. Los mostachones parecían deliciosos, grandes como la palma de mi mano y doraditos, como a mí me gustan. Las galletas de mantequilla de cacahuete eran de mis preferidas, y a Paul también le encantaban.

—Me llevaré una docena de galletas —dije, antes de poder pensármelo dos veces—. Un surtido, ¿de acuerdo?

—Por supuesto. —La dependienta se puso visiblemente contenta—. Hoy tenemos ocho tipos distintos.

—Pues ponme dos docenas, para que quede bien repartido —dije, haciendo caso omiso del consejo de Peggy.

Di un repaso a las tartas expuestas en la vitrina. Eran enormes. La de coco tendría por lo menos cinco o seis capas, parecía una tarta de boda. Y lo mismo podía decirse de la tarta de zanahoria, decorada con nueces troceadas y diminutas zanahorias de azúcar dispuestas en forma de corona. La tarta de chocolate estaba primorosamente adornada con un lazo blanco, como si fuera un regalo que compartir y disfrutar. Antes de que se me hiciera la boca agua, me acerqué a la siguiente vitrina.

—¿Alguna cosa más? —dijo la chica, atenta a mi recorrido.

—Esto... —titubeé, y entonces meneé la cabeza, algo a regañadientes. Me llevaría las galletas al hostal y las pondría en una bandeja para mis huéspedes, por si volvían hambrientos por la tarde. Sandy Frelinger me había recomendado que ofreciera siempre algo para merendar. Las galletas que yo había preparado parecían pelotitas de golf, comparadas con esas orondas maravillas.

La campanilla de la puerta tintineó cuando otra persona entró en la tienda.

—Hoy tenemos una oferta —explicó la dependienta—. Al comprar un bizcocho o una tarta, se puede comprar otro a mitad de precio.

—Madre mía, es una oferta irresistible. —Y entonces recordé mi intención original—: ¿Dónde tienes la bollería? —pregunté.

—Lo siento, se nos ha acabado todo antes de las diez de la mañana. Casi siempre pasa. Si quiere bollos para el desayuno, tendrá que venir pronto, o encargarlos el día anterior.

—De acuerdo. Entonces, tal vez debería encargarlos para mañana.

—¿Una docena? —preguntó la dependienta con una sonrisa.

—Solo seis, por ahora. De momento solo tengo dos huéspedes, así que con eso debería bastar. ¿A qué hora abrís?

—A las siete. También preparamos un café muy rico.

Me había fijado en la cafetera *espresso* al entrar en la tienda.

—Disculpe —dijo la otra clienta a mi espalda—, ¿eres Jo Marie Rose?

—Sí. —Me sorprendía que la gente del pueblo me reconociera.

—Has comprado el hostal de los Frelinger, ¿verdad?

Me llevé otra agradable sorpresa.

—Así es.

Me tendió la mano.

—Me llamo Corrie McAfee; soy muy amiga de Peggy Beldon. Me comentó que iría a hablar contigo. Bienvenida a Cedar Cove.

—Peggy ha venido a verme esta mañana. —Me reconfortaba ver lo amable que era todo el mundo.

—Mi marido y yo vivíamos en Seattle antes de mudarnos aquí hace ya años. Peggy me dijo que tú también eres de allí.

Asentí. Corrie me cayó bien enseguida.

—¿Tienes tiempo para tomar un café?

Miré el reloj. No tenía prisa por volver a casa. Sabía que Abby Kincaid tenía que ir a una cena de ensayo para la boda de su hermano. Josh no me había comunicado sus planes, pero sí me dijo que estaría fuera toda la tarde.

—Me encantaría —respondí. La panadería tenía una pequeña área de degustación con mesitas redondas.

—Estupendo. Invito yo.

—Pues yo pongo las galletas —sugerí.

Corrie asintió con entusiasmo.

—Es una oferta que no puedo rechazar.

Cuando terminé de encargar los bollos y lo pagué todo, elegí una mesa junto a la ventana. Corrie pidió los cafés y se sentó conmigo.

Abrí la caja rosa que contenía las galletas y dejé que eligiera. Igual que yo, se decidió por un mostachón.

—Siento debilidad por ellos.

—Yo también —confesé.

Las dos dimos el primer bocado a la vez. El mostachón era tan delicioso como prometía su aspecto. Ambas nos tomamos un momento para saborearlo.

Corrie habló primero:

—Roy y yo ya consideramos Cedar Cove nuestro hogar, a pesar de los muchos años que pasamos en Seattle. Nuestro hijo y su mujer viven aquí con nuestra nieta. Y nuestra hija vive en Dakota del Norte con su familia.

Envidié a Corrie por su marido y su gran familia.

—Yo soy viuda y, por desgracia, no tengo hijos. —Y no parecía que fuera a tenerlos. Aceptar eso fue uno de los aspectos más difíciles de perder a Paul.

—Cuando pueda, te presentaré a mi marido —dijo Corrie, prosiguiendo la conversación—. Roy es un policía jubilado, y de vez en cuando trabaja como detective privado.

—Estaré encantada de conocerle.

—Si tienes algún problema, cosa que dudo mucho, no dudes en acudir a Roy o a mí.

—Muchas gracias —repliqué, conmovida una vez más por la cálida acogida que el pueblo me dispensaba.

Hablamos un rato más y nos terminamos el café y los mostachones. Le conté a Corrie que Peggy me había recomendado que me familiarizara con la ciudad. Me daba cuenta de que era un consejo muy bueno, y le hice muchas preguntas sobre las tiendas del pueblo.

Corrie y yo nos marchamos al mismo tiempo. Mi nueva amiga iba camino de la biblioteca, e, igual que Mark, me sugirió que pasara a presentarme a Grace Harding. Tomé nota mental de acercarme a la biblioteca tan pronto como pudiera.

Subí resoplando la empinada cuesta hasta el hostal. Llegué arriba sin resuello, y con los gemelos doloridos. Había quemado el mostachón, eso seguro. Me detuve para recuperar el aliento. Me hacía falta incorporar algo de ejercicio a mi rutina diaria.

Estaba a pocos pasos de la puerta cuando me di cuenta de que había un coche en el aparcamiento reservado a los huéspedes. Como no esperaba a nadie, había pasado más tiempo fuera de casa del que planeé en un principio.

Me apresuré en acercarme al coche. Había un hombre sentado dentro que debía de estar esperando mi regreso. Di unos golpecitos en la ventana, y él se volvió para mirarme, esbozando al instante una amplia sonrisa.

Me resultaba vagamente familiar, pero no sabía de qué. Me aparté para dejarle espacio para abrir la puerta del coche y salir.

—Jo Marie, cuánto me alegro de verte.

Me devané los sesos intentando recordar de qué conocía a ese hombre. Pero no tenía ni idea.

—¿Lleva mucho rato esperando? —pregunté. Me había llamado por mi nombre, así que estaba claro que no se trataba de un huésped cuya reserva hubiera pasado por alto.

—He llegado hace solo unos minutos —me aseguró. Me siguió hasta la casa, parloteando mientras caminaba—. A ver si para esta lluvia de una vez. Un día tras otro, es deprimente —dijo con afabilidad, aunque el tono alegre de su voz contradecía sus palabras.

—Estaba en la panadería —me expliqué yo, mientras lo guiaba al interior de la casa. Dejé las galletas y me detuve para colgar el abrigo y la bufanda. Él se quitó el suyo y lo dejó junto al mío.

Aquel hombre seguía sin sonarme de nada, pero cuanto más hablaba, más me convencía de que lo conocía. Y entonces caí en la cuenta: Spenser Wood, compañero de unidad de Paul cuando estuvo destacado en Fort Lewis.

—¡Has vuelto! —exclamé, mucho más tranquila ahora que lo había reconocido. Si no recordaba mal, estuvo en Afganistán con Paul.

—Sí. Un amigo de la unidad me dijo que te habías mudado aquí. Quería pasarme a decirte en persona que siento mucho lo de Paul. Era un buen hombre.

—Gracias. —Noté un nudo en la garganta, pero él no se dio cuenta, por suerte—. Tengo café, si te apetece.

—Sí, por favor, sería estupendo.

Me siguió a la cocina, andando con las manos a la espalda mientras contemplaba la estancia con concentración.

143

—Qué sitio más bonito.

—Me enamoró en cuanto lo vi —confesé.

—A Paul también le habría encantado.

Mostré mi asentimiento moviendo la cabeza. Hacía días que no hablaba con nadie que hubiera conocido a Paul. Se me hacía raro que Spenser pronunciara su nombre, aunque no me había sentido así hablando de él con nadie más.

—Estuviste en Afganistán con Paul, ¿verdad? —pregunté mientras lo conducía frente al fuego del salón. La chimenea era de gas, así que tan pronto como pulsé el interruptor, las llamas prendieron sobre los troncos.

Spenser se sentó en el sofá, y yo en la butaca. Dejó su taza sobre la mesita de madera antes de que yo pudiera ofrecerle un posavasos.

—Ya sabes que Paul y yo éramos muy amigos —dijo Spenser, dando a entender su propio sufrimiento ante su pérdida.

Solo me venía a la memoria haber visto a Spenser en una ocasión. No recordaba que Paul me hubiera hablado de él en sus correos electrónicos ni en toda nuestra correspondencia. Durante su destacamento, Paul y yo hablábamos por teléfono móvil de vez en cuando. Pero por más que me esforzaba, no podía evocar ni una sola mención a Spenser.

—Os estoy muy agradecida a los amigos de Paul —repuse yo, respondiendo con una vaguedad.

Spenser agarraba la taza con las dos manos.

—Para mí era como un hermano... El hermano que nunca tuve. Teníamos una relación muy estrecha, especialmente cuando llegamos a Afganistán.

Yo agaché la mirada, evitando el contacto visual. No sabía decir por qué, pero aquella conversación me incomodaba. No acababa de entender adónde quería llegar.

—Hablaba mucho de ti —continuó—. Estaba loco por ti.

—Yo amaba profundamente a mi marido.

—Y él a ti te quería más que a nada.

El nudo que tenía en la garganta se hizo más grande, y empecé a juguetear con la taza de café. Siguió un silencio incómodo, y acabé por levantar la vista. Spencer se había acercado al borde del sofá, y ahora se inclinaba hacia mí.

—Te preguntarás por qué he venido. No me gusta presentarme así... Me da vergüenza, a decir verdad. Por desgracia, tengo algunos problemas económicos y...

Me quedé mirándolo. ¿Sería posible que Spenser se hubiera presentado a pedirme un préstamo?

Hizo unos ademanes tibios con las manos.

—Sé que, como esposa de Paul, te corresponde a ti su seguro de vida. El ejército cuida de los suyos, y...

—¿Y por qué crees que eso te incumbe?

—Como Paul y yo estábamos tan unidos, esperaba que pudieras echarme una mano.

Me quedé tan estupefacta que no me salían las palabras.

—Siento aparecer tan de repente, pero es que necesito algo de ayuda económica. Sería un pequeño préstamo, y te lo devolvería enseguida. Nunca me hubiera atrevido a venir de no ser porque Paul y yo éramos como hermanos..., como familia.

Atónita, intenté imaginar cómo hubiera querido Paul que resolviera la situación.

Pero antes de que pudiera decir nada, Spenser añadió:

—Si Paul estuviera vivo, sé que me prestaría el dinero sin dudarlo. Como ya he dicho, estábamos muy unidos.

—Spenser —dije, tan suavemente como pude—, no soy un banco.

Asintió, aceptando, al parecer, mi decisión.

—Lo comprendo, pero igualmente tenía que preguntártelo. Paul y yo nos echamos una mano, económicamente hablando, muchas veces. Le presté dinero en más de una ocasión... y él a mí. No querría que pensaras que he venido a aprovecharme de ti. Yo haría lo mismo por Paul sin pensarlo... Y ahora que él ya no está, yo estaría más que dispuesto a ayudarte si estuvieras en mi lugar.

No supe cómo responder. No me constaba que Paul hubiera pedido dinero prestado a sus amigos, y la afirmación de Spenser me resultaba sorprendente. Titubeé, dudando qué hacer.

—Sé lo que significa pasar apuros económicos —le dije, mostrándome empática.

—¿Has vivido una situación así?

Asentí, recordando lo difícil que fue cuando tuve que arreglármelas sola por primera vez.

—Yo también he pasado por esto. —Después de obtener mi primera tarjeta de crédito, a pesar de las advertencias de mi familia, cargué en la cuenta más de lo que podía permitirme. Y cuando llegó la factura, me quedé estupefacta al ver lo mucho que había gastado en solo un mes.

La cosa fue a más hasta que finalmente entré en razón y destruí la tarjeta. Durante algún tiempo, pasé muchas penalidades para pagar los intereses de mi deuda, y aún más para pagar la deuda en sí. Y entonces me recortaron la jornada laboral, y todo lo que ganaba iba a parar al alquiler, la comida y las facturas. No podía dormir tranquila. No hacía más que pensar en ello. Era una sensación horrible el sentir que no podría pagar esa factura. No quería volver a pasar por lo mismo.

—Entonces, piénsatelo... Si has estado en mi situación, seguro que entiendes lo humillante que es.

—Yo...

No pude terminar de hablar.

La puerta principal se abrió de repente y Mark Taylor entró sin ceremonias. Se detuvo en el recibidor y nos observó un instante. Su mirada se ensombreció cuando posó los ojos en Spenser.

Spenser se levantó.

Los dos hombres se enfrentaron.

—Tenemos que hablar —dijo Mark con hosquedad, y añadió—: Fuera. Ya.

Spenser me miró pidiendo explicaciones, pero yo no tenía ninguna.

—Esto..., Mark... —empecé.

No me hizo ningún caso.

—Ya —repitió en un tono que no dejaba lugar a réplica.

Spenser se encogió de hombros y salió. Mark fue detrás, y agarró el abrigo de Spenser del colgador al pasar por delante.

Me levanté para mirar por la ventana. No los veía, pero me llegaba el murmullo de sus voces alteradas. Por más que me esforzaba, no podía entender lo que decían.

Tras unos pocos minutos, oí pasos, seguidos un instante después por el rugido del motor de un coche.

Spenser se marchaba. Sin despedirse.

Oí el crujido de la gravilla cuando dio marcha atrás hasta la calle, y vi cómo se alejaba.

Abrí la puerta a toda prisa para enfrentarme a Mark y entender por qué se había presentado como una osa furibunda protegiendo a sus oseznos.

Pero él también se había marchado, y solo alcancé a vislumbrar su silueta de espaldas, alejándose con rapidez.

Capítulo 15

Aunque estaba muy nerviosa antes de conocer a la prometida de Roger, Victoria había sido tan sincera y amable, y estaba tan enamorada de Roger, que Abby no pudo evitar que le cayera bien. Su hermano era muy afortunado por haber encontrado a alguien con quien quisiera compartir el resto de su vida.

La tarde avanzaba, y Abby quería cambiarse de ropa antes del ensayo y la cena que lo seguiría. Antes de que Roger se marchara, él le contó que su primo Lonny haría de padrino, y que sus padres se hospedaban en el mismo hotel que los padres de Abby. A cada nuevo detalle, Abby era más consciente de lo mucho que se había distanciado de su familia. Le costaba creer que hubiera estado tan ensimismada en sus propios miedos acerca de la boda que ni se le hubiera ocurrido preguntar quién sería el padrino.

Al enfilar el camino de entrada del hostal, Abby apreció una vez más lo bonito que era el lugar. El edificio era espectacular, con sus vistas a la cala. Pero fue algo más que su belleza lo que la atrajo hasta allí. Cada vez que regresaba, se sentía como si volviera a casa. Estar en el hostal parecía ejercer un efecto positivo sobre ella. Era como si al franquear la puerta y quitarse el abrigo se sacudiera de encima todo el peso del pasado.

Al entrar en el recibidor, Jo Marie le salió al encuentro desde la cocina.

—¡Hola! No sabía cuándo volverías —dijo—. ¿Has pasado una buena tarde? ¿A qué hora es el ensayo?

—Sí, muy buena. —Y era cierto. Abby se lo había pasado bien. El encuentro con Patty fue inesperado. Y la reacción de su vieja amiga había contribuido enormemente a mejorar su estado de ánimo y su confianza en sí misma. Empezaba a sospechar que volver al pueblo había sido buena idea. Por más que temía asistir a la boda, ahora sentía una nueva esperanza: tal vez sobreponerse al accidente fuera posible.

Al levantar la vista, Abby se dio cuenta de que Jo Marie la estaba mirando.

—Perdona, ¿decías? Me he distraído un instante.

—No te preocupes. Yo también ando un poco ausente —replicó Jo Marie, y meneó la cabeza—. Tendrás que disculparme. Acaba de pasarme una cosa muy extraña. Un... viejo conocido ha venido a verme, y al poco se presentó otra persona a quien apenas conozco. Salieron los dos afuera, y antes de que pudiera reaccionar, se marcharon. No me consta que se conocieran de antes, y... no sé qué pensar.

Abby apreció el cambio de tema.

—Qué cosa más rara, ¿no?

—Rarísima —dijo Jo Marie, sacudiendo la cabeza como si el suceso la hubiera dejado completamente perpleja. Manteniendo su expresión algo turbada, Jo Marie regresó a la cocina.

Sin más dilación, Abby subió a su cuarto. Para fortalecer la confianza en sí misma, se había comprado dos vestidos nuevos: uno para el ensayo y otro para la boda. Esa noche se pondría un traje de chaqueta rosa y blanco. Le costó más de lo que le hubiera gustado, pero la dependienta elogió con tanto entusiasmo lo bien que le quedaba que Abby acabó sucumbiendo.

Ahora, frente a su familia y amigos, tenía más necesidad que nunca de estar a gusto consigo misma. Y prepararse mentalmente para ello era igual de importante o más que su aspecto.

Se cambió de ropa rápidamente, se retocó el peinado y el maquillaje, y entonces se sentó en el borde de la cama con las manos en el regazo, luchando por calmar su corazón martilleante. Ya empezaba todo. En una hora estaría con sus padres, saludando a familiares a los que no había visto en años.

Tras unos minutos, Abby se sintió todo lo preparada que podría estar. Como talismán, se roció con su perfume preferido y salió, divertida por la idea de que unas gotas de perfume caro pudieran salvarla.

—¡Pásatelo muy bien! —exclamó Jo Marie al verla salir.

—Gracias. —La respuesta de Abby fue automática, pero se preguntaba si le sería posible disfrutar de la celebración. Ya tenía los nervios de punta, y sentía cómo los músculos de los hombros se le empezaban a tensar.

Abby llegó al lugar que Roger le había indicado, aunque ya sabía dónde se encontraba la iglesia católica. Era la misma a la que acudían cuando vivían allí. El edificio, sin embargo, era nuevo. Una gran cruz dominaba la fachada de la iglesia, centrada sobre la doble puerta de entrada.

El aparcamiento estaba casi vacío. Estacionó cerca de la puerta, y oyó risas y una charla animada procedentes del interior del templo. Reconoció la voz de Victoria y dedujo que todos los miembros del cortejo nupcial debían de haberse reunido en una habitación adjunta al vestíbulo. Abby sabía que Tamara, la hermana menor de Victoria, sería su dama de honor principal, y que algunas de sus amigas íntimas serían el resto de las damas.

Tan pronto como Abby entró, Victoria se apartó del grupo para saludarla. Rodeándole la cintura con el brazo, la acercó a los demás.

—Os presento a Abby Kincaid, la hermana de Roger.

La recibió un cálido coro de bienvenidas, y le llovieron preguntas de inmediato.

—¿Cómo era Roger de niño? —preguntó Tamara—. Es que Victoria y yo nos peleábamos muchísimo. ¿Tú y Roger os llevabais bien?

Abby sonrió, recordando lo mucho que había agradecido poder conocer a chicos gracias a su hermano.

—Sí, a nuestra manera... Roger me hacía de celestina. —Pensó enseguida en Steve, el compañero de habitación de su hermano en la universidad. Igual que Patty y sus otras amistades, había intentado ponerse en contacto con ella tras la muerte de Angela, pero ella ignoró sus intentos, igual que los de todo el mundo—. Roger y yo nos peleábamos mucho cuando éramos niños, pero la cosa mejoró al crecer.

—Claro, porque él quería que tú le presentaras a chicas —bromeó su futura cuñada—. Hoy por ti, mañana por mí.

Abby ladeó la cabeza y sonrió de nuevo. Victoria no iba desencaminada.

—Absolutamente cierto.

Abby encontró una silla en un rincón y se sentó. Se sentía más cómoda observando desde los márgenes que siendo el centro de atención. Contemplar a Victoria y a sus amigas resultaba muy entretenido. Abby no conocía a ninguna de esas mujeres, pero le gustaba la atención que prestaban a Victoria, tomándole el pelo y riéndose con ella. Se dejó contagiar por la alegría y también empezó a reír.

Sus padres aparecerían en cualquier momento. A esas horas ya debían de haber tenido tiempo suficiente para instalarse en el hotel y cambiarse de ropa.

Abby se preguntó fugazmente si su padre aún tendría el mismo traje cruzado que se había puesto en todas las ocasiones formales que ella recordaba. Un solo traje, aseguraba él, era todo cuanto necesitaría siempre. La madre de Abby insistía sin parar para que se comprara otro, pero Tom Kincaid nunca se dejó convencer de que fuera necesario.

Transcurridos unos minutos, Abby se excusó y dejó a Victoria y a sus damas de honor. Sin un destino concreto en mente, deambuló por el interior de la iglesia, atraída por el templo.

De pie en el pasillo central, miró a su alrededor para examinar las reformas que se habían hecho. La estatua de la Virgen María con el niño Jesús en brazos ya no estaba. Tampoco la de Jesús en la cruz con sangre goteando de sus manos claveteadas, aunque un gran crucifijo dominaba la nave desde detrás del altar. Las estaciones del Vía Crucis también parecían más modernas que las que ella recordaba. Habían cambiado muchas cosas durante sus años de ausencia.

El altar también lucía un aspecto completamente distinto. Su otrora ornada superficie de mármol se había sustituido por una de madera.

Abby intentó recordar cuándo había asistido a misa por última vez, y no pudo. Después del accidente, se había alejado de la iglesia, y de Dios.

Se sentó en un banco al fondo de la nave para empaparse del silencio tranquilizador. Cerró los ojos. El agotamiento que había sentido por la mañana había desaparecido, y en su lugar sentía expectación.

Expectación, y no miedo.

Aquel descubrimiento la sorprendió, y una vez más le sobrevino la esperanza, una diminuta semilla de optimismo, de... bienestar. La tensión que sentía en los hombros se aflojaba gradualmente.

Pensó en decir las plegarias que memorizara en su infancia, pero no estaba segura de poder recordarlas todas. Rezar, hablarle a Dios, le parecía algo extraño, incómodo. No estaba segura de qué decir ni de cómo decirlo. Ni siquiera estaba segura de ser capaz de hablar.

Cuando se enteró de que Angela no había sobrevivido al accidente, Abby maldijo a Dios. Si alguien tenía que morir, hubiera debido ser ella. Ella era quien conducía... Ella era la responsable. Estaba atenazada por la ira. Una ira divina. Una ira justificada. Dios le había fallado. Y a Angela, también. No era justo que su amiga hubiera muerto y que dos familias quedaran destrozadas.

Era curioso cómo el tiempo se llevaba el dolor, desgastándolo con los años, como el agua que gradualmente redondea las rocas. Era cierto lo que decían sobre que el tiempo lo cura todo, pensó Abby. Ese pequeño paso, su regreso a Cedar Cove, le había requerido mucho coraje, aunque fuera la boda lo que la había obligado a darlo. Era como si Dios le estuviera diciendo que debía aprovechar la visita para poner su vida en orden.

Al abrirse la puerta de la iglesia, Abby se volvió y vio a su madre asomando la cabeza.

—Mamá —susurró. De niña le habían inculcado que no debe hablarse en voz alta dentro de una iglesia.

—Abby. —Su madre entró y la recibió con los brazos abiertos.

Las dos mujeres se abrazaron con fuerza, como si creyeran que no volverían a verse nunca.

—No te encontraba y no sabía dónde mirar —susurró su madre—. Victoria no sabía dónde te habías metido... La iglesia es el último lugar donde se me hubiera ocurrido buscarte.

—Si he entrado hace solo unos minutos... —repuso Abby, divertida por la reacción de su madre. Pero al echar un vistazo a su reloj se dio cuenta de que llevaba ahí más tiempo del que creía. Casi media hora.

—Pero bueno, mírate —susurró su madre, inclinándose hacia atrás para verla mejor—. Cariño, estás estupenda.

—Gracias. —La dependienta de la tienda tenía razón. El rosa y el blanco del traje resaltaban sus ojos y su pelo oscuros.

—Me alegro tantísimo de verte... —añadió su madre con los ojos empañados en lágrimas.

—Tampoco ha pasado tanto tiempo.

—Dos años —la contradijo su madre—. Dos años muy largos.

¿De verdad? A Abby le parecía imposible que los meses hubieran pasado tan deprisa. Le parecía que hacía apenas unas semanas de la visita de sus padres a Florida.

—Desde las Navidades de hace dos años.

—Pero ahora estoy aquí —replicó Abby.

Su madre la abrazó de nuevo.

—Significa tanto para Roger y para mí que hayas venido... Sé..., sé lo difícil que es esto para ti.

—Ahora estoy mejor, mamá, mucho mejor —explicó—. Me he encontrado a Patty.

—¿Patty Morris?

—Ahora se llama Patty Jefferies y es farmacéutica.

—Ay, qué maravilla. Y qué sorpresa. Recuerdo a Patty estudiando biología contigo; decía que no entendía nada. ¿Y ahora es farmacéutica?

Abby asintió.

—Ella y su marido, Pete, son los propietarios de la farmacia.

—Es estupendo. —Su madre esbozó una amplia sonrisa de aprobación—. ¿Quién lo iba a decir?

—Parecía muy contenta de verme.

—Pues claro que se alegra. Fuisteis muy amigas en el colegio.

—Ay, mamá —dijo Abby, disimulando el júbilo que sentía. Su madre siempre había sido su piedra de toque, su ancla. ¿Por qué se había mantenido alejada de ella tanto tiempo?

—¿Y cómo está Patty? —preguntó su madre.

—Está estupenda, y tiene gemelos.

—¡Gemelos! De verdad, Abby, si tú o Roger no me convertís en abuela pronto, no sé lo que voy a hacer.

Necesito nietos que malcriar. —Su risa se apagó y se puso seria—. ¿Estás saliendo con alguien? —En cuestión de segundos, Linda tenía a Abby acorralada con su mirada, tan penetrante como un láser.

—¡Mamá! No estoy saliendo con nadie, y aunque lo estuviera, no te lo diría.

Linda meneó la cabeza como si le hubieran dado un disgusto.

—Cómo sois los jóvenes —se lamentó—. Cuando tu padre y yo teníamos tu edad, ya teníamos dos hijos y una hipoteca. ¿Cuándo vas a encontrar a un buen chico para sentar cabeza?

Buena pregunta. De haber sabido la respuesta, a Abby no le hubiera importado compartirla con todo el mundo.

—Escúchame, mamá. Te he contado lo de Patty por una razón.

—¿Ah, sí?

—Patty va a organizar una comida con algunas de mis viejas amigas que aún viven por aquí, y me ha pedido que vengas tú también.

—¿Yo?

—Sí, tú. Su madre vendrá también. —Abby enumeró algunos de los nombres que Patty había mencionado.

—Yo estaba en la asociación de padres con Kathy Wilson —recordó su madre—. La madre de Kelly Wilson.

—Ya sé quién es Kelly —dijo Abby aguantándose la risa.

Su madre la abrazó una vez más.

—Sabía que esta boda uniría a la familia. Lo sabía.

Abby no sabía si estaba del todo de acuerdo, pero era un comienzo.

Capítulo 16

—Dice mucho de ti que hagas esto por Richard —observó Michelle mientras metían el caminador que Josh había comprado en la farmacia del pueblo en el maletero.

—Sabiendo lo cabezota que es, lo más probable es que se niegue a usarlo. —Sería muy típico de su padrastro—. Pero merece la pena intentarlo. No quiero que camine sin ayuda. Podría caerse.

—Eso mismo llevo diciéndole yo desde hace semanas.

Cuando volvieron a la casa, Josh encontró a Richard profundamente dormido en su sillón. No se despertó, y Josh lo interpretó como una señal de que la visita al hospital había agotado al anciano. Le sorprendió observar que, al parecer, Richard había comido algo de sopa. Al menos había hecho un esfuerzo. Parecía un buen presagio para el caminador. Quizá, solo por esta vez, Richard estaría dispuesto a aceptar ese pequeño regalo. No era una muestra de afecto, sino de respeto por su madre.

Josh dejó el caminador dentro de su caja, en la cocina. Michelle entró con él. Había que montarlo, aunque no parecía muy complicado.

—Voy a por un destornillador —propuso Michelle.

Josh dudaba que fuera a hacerle falta, pero ella salió a buscarlo. En su ausencia, sacó las piezas de la caja. No había tenido ocasión de procesar lo que ella le había contado sobre Dylan. En todo el tiempo que había pasado con su hermanastro, Josh no recordaba que Dylan

156

hubiera sido jamás cruel a propósito. Le gustaban las bromas, eso sí, recordó Josh. Las payasadas le divertían sobremanera, así que tenía que admitir que tampoco era imposible.

A Josh le había dolido enterarse de que Dylan había hecho daño a Michelle. Lamentaba que hubiera sucedido. Al contarle a Josh lo que pasó en el baile, Michelle transmitía el dolor que había sentido en ese momento. Lo que le pilló completamente desprevenido fue la apremiante necesidad de estrecharla entre sus brazos y consolarla que le había embargado, el deseo de inclinarse hacia ella para besarla y decirle lo poco que le gustaba lo sucedido. De haber podido, hubiera hecho retroceder el tiempo para llevarla al baile él mismo.

Que Michelle se ausentara unos minutos le dio un respiro que necesitaba desesperadamente. La tensión física entre los dos había aumentado después de su relato. Él se daba perfecta cuenta, y estaba bastante seguro de que Michelle también, pero no valía la pena perder el sueño por ello. Una relación entre los dos sería imposible. Por su trabajo, Josh viajaba por todo el país. Aunque tenía casa en San Diego, apenas pasaba por allí. Y, en cambio, la vida de Michelle estaba enraizada en Cedar Cove. Y cuando él se marchara del pueblo, sería para siempre. No tenía ninguna intención de volver.

Cuando Michelle regresó con el destornillador, Josh ya había terminado de montar el andador.

—¿Ya está?

Josh sonrió.

—Ha sido muy fácil.

—Eso será para ti —bromeó ella.

—Veo que has encontrado un destornillador.

—He ido a buscarlo al garaje de mi casa. —Lo sostuvo para que Josh lo examinara—. Había muchísimos. He elegido este porque diría que es el que mi padre más usa.

—Entonces, más vale que lo devuelvas a su sitio antes de que lo eche de menos.

—Sí, bien pensado. —Salió de nuevo y regresó unos minutos después.

A Josh se le ocurrió que ahora que Richard estaba dormido sería un buen momento para buscar las cosas que quería llevarse.

—¿Adónde vas? —preguntó Michelle.

Josh titubeó, pensando si debía decírselo.

—A la habitación de Richard.

Ella frunció el ceño, como si no estuviera del todo de acuerdo.

—¿Por qué?

—Hay algo que quiero encontrar...

Ella dudaba.

—Iré contigo.

—¿Tienes miedo de que estropee algo muy preciado para vengarme de lo que hizo con mis cosas?

—No te creo capaz de eso.

Lo tenía en tan buen concepto que lo abrumaba.

—Yo no estaría tan seguro. —Y entonces, convencido de que sería incapaz de controlar su genio si encontraba cualquier otra de sus cosas destrozada por Richard, tendió una mano a Michelle para invitarla a ir con él.

El dormitorio principal se encontraba en el pasillo junto a la cocina. La puerta estaba entreabierta. Chirrió cuando Josh la abrió del todo. Titubeó un instante y miró atrás, temiendo que el sonido hubiera despertado a su padrastro. No podía verlo desde donde estaba. Supuso que si el viejo estuviera despierto, haría algo para detenerle.

La habitación estaba tal y como Josh la recordaba. La cama seguía en el mismo sitio, pero estaba deshecha. Su madre siempre insistió mucho en que él y Dylan se hicieran la cama todas las mañanas. Ver el lecho en el que ella había dormido con las sábanas y las mantas revueltas resultaba desagradable. Sintió el extraño deseo de estirarla un poco.

Rodeó la cama hasta el lado de su madre y abrió el cajón de su mesilla de noche. Vacío. La desilusión se apoderó de él, y encogió los hombros.

—¿Está ahí lo que buscas? —preguntó Michelle.

Él meneó la cabeza.

—No hay nada.

—¿Qué buscas? —susurró ella—. Tal vez pueda ayudarte.

—No hace falta que hables en voz baja —la tranquilizó Josh—. Si Richard pudiera oírnos, ya nos habría pegado un grito.

—¿Qué buscas? —insistió ella, impidiéndole evitar la pregunta.

Tras un titubeo, se lo contó.

—La Biblia de mi madre. Los últimos días antes de morir no se despegaba de ella. No tengo nada suyo, y me gustaría llevarme la Biblia.

—Una Biblia —repitió ella. Michelle barrió la habitación con la mirada—. ¿Dónde crees que podría haberla guardado?

Si Josh lo supiera, ya la habría encontrado.

—No tengo ni idea.

—Mira en el estante de arriba del armario —sugirió Michelle.

Josh lo abrió y lo encontró lleno a rebosar de ropa, mantas, y un montón de... cachivaches. Si Richard había metido la Biblia ahí dentro, les llevaría todo el día encontrarla.

Desanimado, sacudió la cabeza.

—También podrías pedírsela —sugirió Michelle.

Josh se volvió para mirarla. Estaba claro que no había aprendido nada de su chaqueta y anuario destrozados.

—¿De verdad crees que me la daría?

—¿Y por qué no? Era la Biblia de tu madre. Tienes todo el derecho del mundo a pedírsela.

—¿No lo entiendes? —dijo Josh, a punto de perder la paciencia—. Si Richard se entera de que quiero la Biblia, hará todo cuanto esté en su mano para que no pueda llevármela. Antes que dármela, la destrozaría.

Michelle abrió la boca como si fuera a llevarle la contraria, pero enseguida volvió a cerrarla, dándole la razón.

—Tienes razón —murmuró. Se le acercó y le abrazó por la cintura, apoyando una mejilla en su pecho. Giró la cabeza para verle la cara y sus miradas se encontraron. Por un momento, se quedaron así, congelados. Josh casi no se atrevía a respirar, y estaba bastante seguro de que a Michelle le pasaba lo mismo. El aire que circulaba entre ellos parecía cargado de tensión y de deseo. Deseo de consuelo. De consolar.

Deseo, a secas.

Tras unos instantes que pasaron como años, Josh cerró los ojos y llevó su boca hasta la de ella, incapaz de resistirse más. El beso empezó con suavidad, pero poco a poco se convirtió en otra cosa, en algo más. Algo más profundo. Josh enterró los dedos en el pelo de Michelle, abrazándola con más fuerza mientras apretaba la boca contra la de ella, deseando reclamarla tanto como pudiera, dando y recibiendo.

Cuando el beso terminó, los dos jadeaban, sin aliento.

Josh quería decir algo, pero era incapaz de hilvanar las palabras en su cabeza. Lo único en lo que podía pensar era en que aquello era lo último que quería que pasara, pero, al mismo tiempo, lo confortado que se sentía con Michelle entre sus brazos. Aquellos pensamientos contradictorios se anulaban el uno a otro, y él se quedó sin habla, apabullado.

Ella se metió las manos en los bolsillos traseros de los vaqueros.

—Ay, madre —susurró, y entonces se apartó un poco. Se tomó un momento para recomponerse y volvió a enfrentarse a él.

—Tal vez debería ser yo quien le preguntara por la Biblia —dijo, prosiguiendo la conversación como si no hubiera pasado nada. Como si no se hubieran besado. Como si no hubiera algo apremiante entre ellos.

—Michelle...

Ella alzó la mano para detenerlo.

—Tranquilo, que no se lo soltaré así, sin más.

Pues muy bien. Si ella quería fingir que no había pasado nada, mejor para él; mucho más fácil. Y si tenía un plan para hacerse con la Biblia de su madre, Josh era todo oídos.

—Vale, ¿qué vas a hacer?

—Seré muy discreta. Le preguntaré si quiere que le traiga una Biblia. Sabe que se está muriendo, y quizá le apetezca tener una a mano.

—¿Y si no le apetece?

—Pues... no sé. Aún no lo he pensado. Cada cosa a su tiempo, Josh. No es la primera vez que me encuentro con una situación así. Encontraremos la Biblia de tu madre sea como sea.

Josh apreciaba sus esfuerzos, pero no estaba dispuesto a abandonar la búsqueda.

—Quizá ya haya sentido necesidad de leer la Biblia —dijo, rodeando la cama hasta la mesilla de noche de Richard. Al abrir el cajón, encontró algo de calderilla y un par de novelas de bolsillo.

Ni rastro de la Biblia.

Se acercó a la cómoda a continuación, convencido de que Richard habría escondido la Biblia a propósito para provocarlo. El primer cajón estaba lleno de ropa, a todas luces sucia. El segundo tampoco dio resultado.

Michelle lo detuvo poniéndole una mano en el hombro.

—Josh, déjame que lo intente —susurró.

Por más que quisiera creerla, tenía sus dudas. Richard había dejado muy claro que quería que Michelle eligiera. O se ponía de su lado y en contra de Josh, o nunca más podría poner los pies en su casa.

Las dudas debían de leérsele en la cara, porque Michelle acarició su rostro, hasta posar su mano en el mentón.

—Josh.

La forma en que murmuró su nombre —el tono suplicante de su voz— le hizo detenerse. La miró a los ojos.

Y entonces, como si quisiera demostrar sus intenciones, ella se puso de puntillas y le besó otra vez. Josh aún no se había recuperado del primer beso. Quería reflexionar un poco sobre todo aquello antes de que pasara otra cosa.

Y ahora estaba pasando otra cosa, y se vio atrapado en un torrente emocional tan fuerte que temió caer redondo. Reunió todo el autocontrol que pudo para interrumpir el beso.

—Creo que esto no es una buena idea.

—¿El qué? —preguntó ella, taladrándole con la mirada—. ¿Que nos besemos?

Asintió.

—De acuerdo. —Michelle empezó a apartarse, pero Josh vio la decepción y la pena reflejadas en sus ojos.

—Espera... —La agarró por el hombro y volvió a estrecharla entre sus brazos. Si su primer beso había sido apasionado, este fue tan incendiario que casi saltaron chispas. Sintió un deseo tan poderoso e intenso que tuvo miedo de aplastar a Michelle entre sus brazos.

Afortunadamente, antes de que las cosas pudieran ir demasiado lejos, el timbre los interrumpió.

Se apartaron como adolescentes avergonzados pillados con las manos en la masa. Josh dirigió una mirada culpable a la puerta entornada.

—¿Quién será? —preguntó Michelle.

Josh ya lo sabía.

—Atención domiciliaria.

—Sí, es verdad —respondió ella—. Había olvidado que iban a venir.

Josh se recompuso y salió del dormitorio en primer lugar. Michelle no tardó en seguirlo.

Al abrir la puerta se encontraron con una mujer de aspecto muy profesional que les sonreía.

—Hola, me llamo Ginger Cochran. Vengo del hospital.

—Entre, por favor —dijo Josh.

Tan pronto como estuvo dentro, cerró la puerta para impedir el paso al frío. Richard había despertado, constató Josh, y parpadeaba con rapidez intentando enfocar la vista.

—¿Quién eres? —preguntó Richard.

—Me llamo Ginger. Le estaba contando a su...

—Hijastro —la interrumpió Josh. No habían tenido tiempo de presentarse—. Y esta es Michelle Nelson, la vecina de Richard. Ella y sus padres han estado cuidando de él durante los últimos meses.

—Ya sé a qué has venido, pero te diré ya mismo que has venido para nada —le dijo Richard a Ginger, ignorando a Josh y a Michelle —. Puedes irte.

—Pero, señor Lambert... —protestó Michelle.

—Te he dicho que te vayas —repitió, con energía inusitada—. No te quiero aquí. —Apuntó a Josh con un dedo tembloroso—. Y llévate a este contigo. Quiere robarme... No va ni a esperar a que me muera. Ya ha empezado a hurgar en mis cosas.

—Señor Lambert —dijo Michelle con calma—. Eso no es cierto.

—¿Creéis que no me he dado cuenta de que acabáis de salir de mi habitación?

Josh rio con amargura y meneó la cabeza lentamente.

—No he venido a ponerle nervioso —dijo Ginger Cochran mientras agarraba su bolso—. He venido para ayudarle a estar lo más cómodo posible. Si quiere que me vaya, me iré.

—Muy bien. Pues vete.

—Señor Lambert... —Michelle protestó de nuevo.

—Ya os lo he dicho antes, quiero morirme en paz. Mi casa parece una estación de tren con tanta gente yendo y viniendo. Fuera de aquí. Todos. Dejadme tranquilo. ¿Qué más tengo que hacer para morirme en paz?

—Lo siento —le susurró Michelle a Ginger mientras salían. Josh se quedó rezagado mientras Michelle acompañaba a la trabajadora del hospital hasta la puerta.

Richard entornó los ojos y señaló el andador.

—¿De dónde ha salido eso? —preguntó. Josh lo había colocado junto a su sillón.

—No tengo ni idea —replicó Josh.

—No estaba aquí cuando he vuelto del hospital.

—Yo no me he fijado. Quizá sea un regalo de Navidad... Aunque algo atrasado. Ya sabes que el correo va muy lento en esta época del año.

Algo que parecía una sonrisa parpadeó fugazmente en el rostro de Richard, pero se desvaneció tan deprisa que Josh no estaba seguro de haberlo visto bien. Su padrastro cerró los ojos de nuevo, como intentando evadirse.

Viejo bobo y testarudo, pensó Josh. Ambos eran más cabezotas de lo que les convenía.

Capítulo 17

Aquel había sido, con diferencia, uno de los días más extraños de mi vida. Spenser, un hombre al que apenas recordaba, se había presentado en mi casa sin avisar. No se me había ocurrido preguntarle cómo me había encontrado; otra pregunta sin respuesta.

Y eso era solo el principio. Mark, un hombre al que acababa de conocer, se había presentado en mi casa como un toro embravecido para llevarse a Spenser fuera, y ambos se marcharon sin decir palabra. Aquello era muy extraño, muy raro. Muy sorprendente.

Estaba decidida a aclarar lo sucedido, y la única persona que podía darme explicaciones era Mark. Encontré la tarjeta que me había dado y fui al teléfono. Sostuve el auricular en el aire unos momentos mientras pensaba qué quería decirle, y luego marqué su número.

Para mi desilusión, oí el tono de llamada cuatro veces, y entonces saltó el contestador. Oí el mensaje grabado y esperé el pitido, que parecía no llegar nunca.

—Mark, soy Jo Marie, ¿puedes llamarme, por favor? —titubeé un instante antes de colgar, con la esperanza de que Mark contestara al teléfono. La curiosidad por su extraño comportamiento me irritaba como una picadura de mosquito. No podía dejar de pensar en lo que había sucedido.

Por suerte, no tuve que esperar mucho. No habían pasado ni diez minutos cuando sonó el teléfono.

—Hostal Rose Harbor —respondí.

—Soy Mark. Siento no haberte contestado antes, estaba trabajando con la motosierra.

Decidí en ese mismo instante que no quería tener esa conversación telefónicamente. Mark me había dejado muy claro que no le gustaba nada hablar por teléfono. Quería verle la cara cuando habláramos. Por teléfono le sería muy fácil darme largas, y yo tenía la sensación de que no tenía muchas ganas de explicarse. De lo contrario, no se habría largado sin decir nada como había hecho.

—¿Puedo pasar a verte esta tarde? —pregunté.

—¿Aquí?

—A tu taller, sí.

—Mi taller está en mi casa, y no me gustan mucho las visitas. —Parecía algo indeciso.

—¿Preferirías acercarte tú al hostal otra vez? —no me pude resistir a añadir esas últimas palabras.

—No. Estoy ocupado.

—Entonces iré yo.

Mark resopló ruidosamente, y cuando habló detecté algo de sarcasmo en su voz.

—No tengo tiempo para café y galletas.

—No pienso quedarme mucho rato... Solo quiero hablar contigo unos minutos.

Al darse cuenta de que no iba a darme por vencida, cedió.

—Muy bien... Pues ven.

Estaba acostumbrada a invitaciones más entusiastas, pero tendría que conformarme con eso. En su tarjeta de visita su dirección era un apartado de Correos.

—Necesito tu dirección.

—Ah, claro. —Me la dió—. Está a un par de calles del hostal. Podrías venir en coche, pero te recomiendo que vengas a pie, no suele haber sitio para aparcar.

—¿Ah, no? ¿Cómo es eso? —Cedar Cove no era precisamente una bulliciosa metrópolis. Había oído que el aparcamiento era escaso junto al paseo marítimo, pero no en las zonas residenciales, por lo que había visto.

—Vivo al lado del juzgado.

—Solo te molestaré unos minutos —prometí.

—Lo que tú digas.

Aquello me irritó, pero me mordí la lengua. No era difícil ofenderse por sus modales bruscos, pero intenté que no se me notara.

Colgué el teléfono, agarré abrigo, bufanda y guantes y en un par de minutos estaba en la calle.

Guardándome el papelito con la dirección de Mark en el bolsillo del abrigo, eché a andar colina arriba hacia los juzgados. La cuesta era empinada, y no tardé mucho en empezar a resoplar. Agaché la cabeza y encorvé los hombros. Me detuve cuando un coche pasó raudo a mi lado. Era igual que el de Spenser. Parecía ir a demasiada velocidad, como si tuviera prisa por marcharse del pueblo. Iba en dirección opuesta al hostal, hacia la calle Tremont, que conducía a la autopista. No estaba segura de que se tratara del compañero de Paul, pero intuí que podía ser. En ese caso, se había quedado un rato más por el pueblo, aunque yo no podía imaginar por qué.

Spenser me había asegurado que él y Paul eran como hermanos. No sabía si creerlo, aunque, para ser francos, no era del todo imposible. Pero me daba la sensación de que, si realmente estuvieron tan unidos como Spenser decía, Paul hubiera hablado de él más a menudo. Mi marido me había contado cosas sobre varios de los hombres a su mando, pero no de Spenser, al menos, no desde que lo destinaron a Afganistán.

Y yo me habría acordado. Había leído tantas veces todas las cartas y correos electrónicos —que imprimí en papel— que me había escrito, que prácticamente los había memorizado palabra por palabra. Esos mensajes eran mi conexión con Paul, el último vínculo tangible que me unía a él.

Sospechaba que Spenser había exagerado su relación como estratagema para conseguir que le prestara dinero. Pero si creía que podría manipularme para que le hiciera un préstamo, se equivocaba. Además, me había gastado casi todo el dinero que recibí como beneficiaria del seguro de vida de Paul en el hostal. Por suerte, tenía una cuenta de ahorro nada desdeñable para casos de necesidad, con dinero que había ahorrado de mi sueldo durante muchos años.

Al llegar a la casa de Mark, me sorprendió lo bien mantenida que estaba, incluido el jardín. Parecía una construcción de los años cincuenta, y unos amplios escalones de cemento conducían al porche frontal. Las columnas que lo sostenían parecían hechas con piedras de río.

A lo lejos se oía el zumbido de una motosierra. Tal vez Mark tuviera el taller en el sótano de la casa. Subí la escalera del porche y pensé que tendría que esperar a que hubiera una pausa en el ruido para llamar al timbre. Pero al acercarme a la puerta, descubrí una nota: SI VIENES A VENDER ALGO, NO ESTOY EN CASA. Y, debajo, decía: SI VIENES POR TRABAJO, DA LA VUELTA A LA CASA Y ENTRA POR EL TALLER.

Obedecí las instrucciones y tomé el caminito de piedra que rodeaba la casa. Al doblar la esquina, vi una pequeña caseta anexa. Tal vez antaño fuera un garaje, aunque no había ningún camino que llevara hasta él.

La puerta de la caseta estaba abierta, y Mark estaba dentro, dándome la espalda mientras manipulaba una sierra de mesa. Pensando que no sería muy buena idea distraerle, esperé a que apagara la herramienta. El ruido era casi ensordecedor. Mark pareció percibir mi presencia, porque se quitó las gafas protectoras antes incluso de volverse para mirarme.

—Ya veo que me has encontrado —murmuró con el ceño fruncido.

168

—He seguido el ruido —dije, y me sentí totalmente fuera de lugar—. Soy consciente de que estás ocupado y lo siento, pero no tardaré mucho.

No mostró acuerdo ni desacuerdo. Se limitó a recoger el panel de madera de contrachapado que había recortado y lo llevó a la mesa de trabajo.

Sin darme por vencida, lo seguí.

—¿Desde cuándo conoces a Spenser? —Había presentado a los dos hombres, o lo había intentado, al menos, antes de que Mark me interrumpiera.

—No le había visto en mi vida —masculló, echando mano de un cepillo. Lo pasó por la madera un par de veces antes de dejarlo a un lado.

Me costaba disimular mi sorpresa. Aquello no tenía ningún sentido. Bueno, tendría que probar otro método.

—¿Por qué has venido al hostal? —pregunté.

Él se encogió de hombros.

—Eso no es una respuesta. Para algo vendrías. —Teniendo en cuenta lo ocupado que parecía estar, debía de haber tenido un buen motivo para acercarse a mi casa.

—Por nada.

—Por nada —repetí yo, aún más perpleja.

—Bueno, si tantas ganas tienes de saberlo, me había puesto a trabajar y me ha venido una sensación rara que no me dejaba en paz.

—¿Sobre mí?

—Sí. Y me ha dado mala espina.

Eso ya me lo imaginaba.

—¿Qué tipo de sensación?

Se detuvo, y entonces se volvió para mirarme a la cara. Tenía una expresión muy seria.

—Si pudiera explicarlo, lo haría. Pero no puedo. Era una sensación persistente... que no dejaba de decirme que necesitabas ayuda.

Me quedé tan perpleja como Mark parecía estarlo.

—¿Que te necesitaba? Pero si apenas nos conocemos.

—Pues eso es lo raro, ¿no crees? —saltó, aunque pareció arrepentirse al instante de su estallido—. Estaba trabajando, y de repente apareciste en mi cabeza. Me pasa algunas veces cuando me hacen un encargo. Me viene una idea y dejo lo que estoy haciendo para anotarla.

—¿Una idea sobre mí?

—Sobre el encargo. Me has pedido que diseñe un letrero para tu hotel, ¿verdad?

—Sí, y tengo muchas ganas de que lo hagas. Pero la sensación de la que hablas no tenía nada que ver con el letrero, ¿no es así? —Su postura y lenguaje corporal me decían que no quería responder a la pregunta.

—No..., no dejaba de pensar que tenías algún problema.

—¿Un problema?

—Mira, no soy un caballero andante que va por ahí rescatando damiselas en apuros. Intenté no hacer caso, pero cuanto más me esforzaba, más fuerte se volvía la sensación, hasta llegar a un punto en que o iba al hostal, o me daba cabezazos contra la pared.

—No estaba en peligro —insistí yo.

—Tal vez no, pero fuera quien fuera ese tipo, sus intenciones no eran nada buenas.

—Y tú, ¿cómo lo sabes? —Mark tal vez creería que yo intentaba defender a Spenser, pero no era el caso. Mark no había escuchado nuestra conversación ni podía conocer los motivos de Spenser para venir a verme. No podía saber que un amigo de Paul había acudido a mí para pedirme un préstamo.

—Lo sé, y punto. Supongo que has venido porque quieres que me disculpe.

Estuve a punto de corregirle. Había venido en busca de explicaciones, nada más, pero él siguió hablando sin darme la ocasión de intervenir.

—Bueno, vale. Te debo una disculpa —admitió a regañadientes—. Me he comportado con grosería e impaciencia, pero la verdad es que estaba furioso.

—¿Furioso por qué?

Gesticuló con las manos como si estuviera dando forma a una pizza.

—Eso es lo raro. No lo sé. Pero en cuanto vi a tu... amigo, tuve que contenerme para no pegarle un puñetazo. Hacía mucho tiempo que no me sentía así. No soy un bravucón, no busco peleas, pero tampoco las rehúyo.

Su respuesta me dejó aún más confusa.

—¿Estás seguro de que no lo habías visto nunca?

—Segurísimo al cien por cien.

Rodeé dos caballetes colocados en medio del taller.

—¿Qué le has dicho?

Mark no me respondió de inmediato y, cuando lo hizo, una profunda arruga le surcaba la frente.

—Me preguntó qué relación tenía contigo.

Me tensé. Spenser no tenía ningún derecho a hacer preguntas como esa.

—¿Y qué le dijiste?

—Que no era asunto suyo.

—Muy bien.

—Y él me dijo que la vuestra era una conversación privada, y que me agradecería que me largara. —Mark agarró el cepillo de nuevo—. Y ahora, si me disculpas...

—Tengo un par de preguntas más.

Me lanzó una mala mirada y suspiró.

—Venga.

—¿Qué fue lo que hizo que Spenser se marchara?

—Yo. Le dije que te dejara tranquila, y le aconsejé que no volviera nunca. —Suspiró—. Puede que me excediera. Si has venido a que te pida perdón, pues vale, lo siento. Pero si ese tipo es un buen amigo tuyo, creo que necesitas amigos mejores.

Me enojé.

—No es amigo mío. —Y, a decir verdad, cada vez estaba más segura de que tampoco era amigo de Paul, por más que Spenser asegurara lo contrario.

—Entonces, aquí no ha pasado nada. —Mark empezó a trabajar con el cepillo, como si me invitara a marcharme.

—Nada, pero...

—Y ahora ¿qué? —dijo Mark, dejando el cepillo de nuevo sobre la mesa. Era evidente que mis preguntas le exasperaban, pero me daba igual. No estaba dispuesta a olvidarme de aquel asunto, aún no.

—He visto a Spenser hace un par de minutos. —Mark enderezó la espalda, como si se hubiera puesto en estado de alerta. Entornó los ojos y empezó a acercarse a la puerta—. Iba en su coche. No estoy del todo segura de que fuera él, pero era el mismo coche, del mismo color...

—Era él.

No le pregunté cómo podía estar tan seguro.

Mark dejó el cepillo a un lado y me miró de frente, con una expresión cada vez más sombría.

—¿Sabes adónde ha ido después de marcharse del hostal?

Meneé la cabeza. La verdad, no tenía ni idea, y, desde luego, no me gustaba nada la mirada acusadora que Mark me estaba lanzando.

—¿No sabes en qué dirección?

—Se fue por... —No recordaba el nombre de la calle. *Tree* no sé qué—. La que da a la principal, colina arriba.

Mark se relajó.

—¿Hacia la rampa de la autopista?

—Iba a toda velocidad, a decir verdad.

—Tal vez le pongan una multa. —Mark masculló y, por primera vez desde mi llegada, detecté una sonrisa en su rostro.

Pero mi curiosidad no estaba satisfecha. La verdad, las respuestas de Mark no hacían más que aumentar mis

172

preguntas. Pero ya había abusado lo suficiente de su hospitalidad.

—Te he dicho que no iba a quedarme mucho rato, y lo decía en serio. Gracias.

Él se encogió de hombros y regresó a su mesa de trabajo. Seleccionó otra lámina de contrachapado y la llevó a la sierra.

Lo observé unos instantes más, y cuando encendió la sierra, que empezó a escupir serrín en un arco perfecto, di media vuelta. Estaba a un par de metros de la puerta cuando la sierra enmudeció.

—Jo Marie —me llamó Mark.

—¿Sí? —Giré sobre mis talones para mirarle.

Con el ceño fruncido, se rascó la cabeza.

—¿Puedo preguntarte algo?

Yo acababa de freírlo a preguntas, así que no me parecía justo negarme.

—Claro. Dime.

—¿Puedes decirme quién es Paul?

Capítulo 18

—Tenemos que ir con los demás, va a empezar el ensayo —dijo la madre de Abby, rodeando a su hija por los hombros con el brazo—. Ay, qué contenta estoy. —Reía con ligereza, y emanaba alegría a borbotones, como las burbujas en una botella de champán—. Ni te imaginas cuánto hace que tu padre y yo esperamos este día.

—Acabo de conocer a Victoria, y ya la quiero.

—A tu padre y a mí nos pasa lo mismo. Es perfecta para Roger, perfecta.

Salieron de la iglesia, y Abby vio a su padre enseguida. Él la descubrió al mismo tiempo y se le acercó corriendo, con los brazos abiertos y una gran sonrisa.

—Abby, cariño.

Su madre la soltó, y en un par de segundos Abby se vio envuelta en un gran abrazo de oso.

—Cuánto me alegro de que estés aquí —murmuró su padre con la cara enterrada en su pelo.

—Ni me acuerdo de la última vez que juntamos a toda la familia —añadió su madre.

—Yo solo diré que ha pasado demasiado tiempo —afirmó su padre.

Abby sabía que la culpa era suya. Había pasado años evitando a su familia, inventando excusas para no ir a ver a sus padres. Pero aun así, siempre que los veía se sentía envuelta por su amor. Protegida. Ninguno de los dos hablaría del doloroso tema de la muerte de Angela, pero si alguna otra persona lo hacía, Abby estaba convencida de que sus padres iban a intervenir. Y esa seguridad hacía que sintiera un profundo alivio.

El padre Murphy, el anciano cura que llevaría a cabo la ceremonia nupcial, apareció en el vestíbulo. Roger, Lonny —el padrino— y los tres acompañantes del novio entraron detrás de él. Abby echó un vistazo a los acompañantes sin mucho interés. Era posible que se los hubieran presentado en alguna ocasión. Muy en el fondo, albergaba la esperanza de que Steve viniera a la boda. Le debía una disculpa al viejo compañero de habitación de su hermano por cómo le había tratado después del accidente. Era posible que Roger y Steve ya no fueran muy amigos, porque no había ni rastro de Steve. Más tarde, decidió Abby, preguntaría por él a su hermano. Seguro que Steve ya estaba casado.

Victoria y el resto del cortejo nupcial se unieron al grupo. Seguían con su animada cháchara, y Abby volvió a sonreír. No se separaba de su madre, pero pronto se dio cuenta de que toda la atención recaía en Roger y Victoria, como tenía que ser.

Poco a poco, Abby se dejó llevar por la alegría de la ocasión. Estaba muy contenta de formar parte de ese momento. Fue un error y una bobada por su parte temer el regreso a Cedar Cove.

Como no desempeñaba ningún papel en la ceremonia, Abby se escabulló al último banco y esperó mientras el padre Murphy daba indicaciones a los participantes.

Mientras el cura hablaba con Roger y Victoria, la madre de Abby se sentó a su lado.

—No creerás lo que ha hecho tu padre —le susurró al oído.

Linda Kincaid parecía una adolescente contando chismes del instituto.

—¿Qué ha hecho papá? —preguntó Abby.

—Se ha comprado un traje nuevo para la boda.

—¿Papá?

Su madre se tapó la boca con la mano.

—Le dije que tenía que probarse el traje viejo. Ya conoces a tu padre. Aseguraba que le iba perfectamente y que no iba a gastar dinero innecesariamente.

—Típico de papá.

—Bueno, pues se probó el traje para demostrarme que tenía razón, y resulta que le iba estrecho de hombros.

—¿Papá ha engordado? —Aquello sorprendió a Abby; su padre no parecía haber engordado un solo gramo. Era una de esas personas afortunadas cuyo peso nunca cambiaba. Por desgracia, ella no había heredado su metabolismo.

—Tiene la espalda un poco más ancha —admitió su madre—. Últimamente juega mucho al golf, y creo que ha ganado algo de músculo de tanto darle a la pelotita.

—Ya me ha parecido que le veía algo más corpulento.

Linda soltó una risita.

—No te olvides de decírselo. Va a jugar dos o tres veces por semana.

—¿Papá?

—Sí, y le encanta. Dice que nunca había estado tan en forma.

—También está más bronceado.

La madre de Abby la tomó por el codo.

—Nos encanta esto de estar jubilados.

—Ya lo veo.

—Y me encantaría que vinieras a vernos más a menudo —dijo Linda con un suspiro.

Era una petición habitual.

—¿No os arrepentís de haberos marchado de Washington? —dijo Abby, desviando la conversación.

—¿Arrepentirnos de tomar la jubilación anticipada? —repitió Linda, como si la pregunta fuera absurda—. Cariño, es una de las decisiones más inteligentes que hemos tomado en la vida.

—Pero dejasteis aquí a muchos amigos.

—Hemos hecho amigos nuevos. Cielos, ahora tenemos tantas amistades que raramente paramos por casa por la noche. Tu padre hasta está pensando en hacerse miembro del club de campo.

—¿Papá? —A Abby le parecía difícil de creer. Su padre había sido un trabajador del astillero. El golf, los actos sociales, ropa nueva, ir de compras... No era así como se comportaba el padre que Abby recordaba.

—¿Y sabes otra cosa?

—¿Es que hay más? —bromeó Abby.

Linda asintió con entusiasmo.

—Tu padre quiere que yo también juegue al golf.

—¿Vas a hacerlo?

—Pues, no lo sé... Ese tipo de cosas no se me dan muy bien.

—Podrías intentarlo, mamá. —Abby sabía que a su madre le gustaba el *patchwork,* y que formaba parte de un club de lectura. Y era una cocinera excelente. Pero nunca había sido especialmente atlética. Con una pequeña excepción: cuando vivían en Cedar Cove, Linda acudía regularmente a clases de aeróbic.

—¿De verdad crees que el golf se me daría bien?

—No lo sabrás hasta que no lo pruebes.

Linda tomó el consejo en consideración y asintió lentamente.

—Tienes razón. Debería apuntarme a clases. Tu padre incluso se ofreció a regalarme los palos.

Abby sonrió. Sus padres parecían realmente felices. Aunque su marcha de Cedar Cove se hubiera visto motivada por las críticas o las especulaciones, era evidente que el cambio había sido positivo.

—Ay... Ay, Dios mío, me he enfrascado tanto en contar lo de tu padre y el golf que me he olvidado de lo mejor.

—Cuéntame —dijo Abby en tono jocoso.

—Acompañé a tu padre a comprarse un traje nuevo y... —Miró a su alrededor, como si temiera que Tom se encontrara en las inmediaciones y pudiera oírla. Bajó la voz hasta susurrar—: se compró dos.

—¿Dos? —Abby nunca en la vida había visto a su padre entrar en unos grandes almacenes.

Su madre se cubrió la boca con la mano una vez más, como si quisiera aguantarse la risa.

—Y una americana.

Abby también tenía ganas de reírse.

—Mamá, eso es estupendo.

—Huy, me toca. —Su madre se levantó del banco y Abby la contempló mientras se acercaba al padre Murphy—. Soy yo. Soy la madre del novio.

Mientras sus padres estaban ocupados con el ensayo, Abby observó la escena. Roger esperaba en el altar mientras Victoria avanzaba por el pasillo del brazo de su padre. Padre e hija no dejaron de reír y bromear durante todo el recorrido.

Unos años después del accidente, cuando sus amigas del instituto empezaron a casarse, a Abby le habían pedido en dos ocasiones que fuera dama de honor. Se negó ambas veces porque hubiera significado regresar a Cedar Cove. Viviendo en Florida, era fácil poner excusas. Envió generosos regalos de boda, y ahí quedó la cosa. Siguieron las felicitaciones de Navidad y los anuncios de embarazos. Abby también hizo caso omiso, prefería dar la espalda a su antigua vida y concentrarse en la nueva. Una vida en la que nadie sabía nada de Angela o el accidente. Una vida sin culpa, ni murmuraciones, ni lástima.

En Florida se había acomodado. Llevaba una vida sencilla, libre del peso del pasado. Había desaparecido la despreocupada adolescente que salió una noche con su mejor amiga durante las vacaciones de Navidad. En un solo instante, toda su vida cambió en un tramo helado de la carretera. De repente, se convirtió en una joven reservada que se aferraba a sus recuerdos.

Abby se quedó casi hipnotizada por el ensayo, y hasta se sorprendió varias veces con una sonrisa en los labios. Esa alegría sin límites le era desconocida. Se había convertido en un lujo excepcional para alguien que no merecía estar contenta. ¿Cómo iba a ser feliz? ¿Cómo podía reír cuando su mejor amiga estaba muerta y enterrada? Especialmente cuando lo estaba por su culpa.

—¿Te importa si me siento contigo?

Abby salió de su ensimismamiento y dirigió su atención al hombre que acababa de sentarse a su lado.

—Ah... No, claro.

—Me llamo Scott —dijo, y le tendió la mano.

—Abby Kincaid.

Aquello pareció sorprenderle, aunque era imposible saber por qué.

—Eres la hermana de Roger, ¿verdad?

—Sí.

—¿La que vive en Florida?

Ella sonrió y se relajó.

—Solo tiene una hermana.

—Eso me han dicho.

—¿Eres pariente de Victoria? —preguntó ella.

—No. Soy uno de los padrinos. Conocí a tu hermano en Seattle, al terminar la universidad. Jugamos en el mismo equipo de baloncesto.

La mirada de Abby fue de Scott al altar.

—¿No deberías estar ahí con el resto de la gente?

—Es probable. Pero he participado en un montón de bodas, así que ya sé lo que hay que hacer. Parecías tan sola aquí al fondo que he pensado que vendría a hacerte compañía. —Se recostó en el asiento y apoyó los brazos a lo largo del respaldo.

—Scott —dijo Abby, arrastrando su nombre lentamente—, ¿estás coqueteando conmigo?

Él sonrió, y una chispa de diversión le encendió la mirada.

—Yo diría que sí.

—Me siento halagada, pero...

El grupo del altar se dividió, y Roger se dio cuenta de que le faltaba un padrino. Meneando la cabeza, se acercó a Abby y Scott.

—¿Te está molestando, hermanita?

—¿Yo? —Scott se llevó una mano al pecho y miró a Roger con inocencia—. Si es ella la que me estaba haciendo ojitos.

—Eso es mentira. —Y entonces Abby se echó a reír por la expresión anticuada que había empleado—. ¿Que te estaba haciendo ojitos?

—Es evidente que sí —insistió Scott—. Al mirarte, te he visto tan sola que me he dicho: «Scott, la mujer más guapa de la iglesia te necesita».

—Mi hermana es muy guapa, sí, pero la mujer más guapa de la iglesia en cualquier boda es siempre la novia —lo regañó Roger—. Y muy especialmente en este caso.

—Vale —aceptó Scott—. Pero está claro que Victoria no siente ningún interés por mí.

—Espero que no —repuso Roger riendo.

—Entonces —Scott continuó su razonamiento—, solo me queda tu hermana, y pensé que llamaría su atención antes de que alguno de estos papanatas se me adelantara.

Roger meneó la cabeza.

—Creo que Abby no está interesada, Scott. Creo que otra persona la ha reclamado.

—¿Otra persona? —preguntó Abby.

Roger le dio unas palmaditas en la mano.

—Tú espera, hermanita. Te tengo una sorpresa preparada.

—Entonces tendré que irme de vacío —se lamentó Scott.

—Lo siento, Scott —dijo Roger sin una pizca de arrepentimiento.

—Mis planes se han visto desbaratados una vez más.

Abby rio, y Roger también.

Era evidente que Scott era un ligón. Abby estaba segura de que Roger había dicho que su hermana no estaba disponible solo para que Scott dejara de coquetear con ella.

Se acercaron sus padres, y Abby se puso en pie.

—¿Quieres venir en nuestro coche al restaurante, cariño? —preguntó su padre.

Antes de que pudiera contarles que tenía un coche de alquiler, Scott intervino:

—Puede venir en el mío.

El padre de Abby enarcó las cejas.

—Tengo coche, pero gracias a los dos —dijo ella.

Sus padres salieron de la iglesia mientras Abby recogía su bolso.

Scott se quedó plantado en el extremo del banco.

—Podrías venir conmigo, y después de la cena te traigo de vuelta para que recojas tu coche —sugirió mientras salían de la iglesia.

—Me parece un rodeo innecesario.

—Tal vez, pero unos minutos a solas contigo bien valen el rodeo.

Abby meneó la cabeza, divertida y halagada.

—Menudo piquito de oro tienes.

—Tus palabras me hieren —dijo, y se llevó la mano al corazón—. ¿No quieres venir en mi coche?

—Te agradezco el ofrecimiento, pero puede que quiera marcharme pronto.

Se le iluminó la mirada.

—¿Conmigo?

—No. He tenido un día muy largo y estoy agotada.

Scott soltó un largo y exagerado suspiro.

—Si eso es lo que quieres...

—Es lo que quiero —insistió ella.

Caminaron juntos hasta el aparcamiento. Abby no se dejaba engañar. Scott era un ligón, demasiado superficial como para que Abby lo tomara en serio. Aun así, no recordaba habérselo pasado tan bien en mucho tiempo, y la fiesta no había hecho más que empezar.

Capítulo 19

Michelle colocó los últimos platos sucios de su frugal cena en el lavavajillas mientras Josh pasaba la bayeta por la encimera. Richard había conseguido tomar un par de cucharadas de sopa en compañía de los dos.

Estar con Michelle hacía pensar a Josh en los ratos que pasó en la cocina junto a su madre cuando era niño. Ella conseguía que hasta la tarea más monótona fuera divertida. Cantaban canciones ridículas mientras fregaban los platos de la cena. No tuvieron lavaplatos hasta que se casó con Richard, así que era Josh quien fregaba los cacharros, y disfrutaba tanto de las canciones y de la compañía de su madre que no le importaba nada tener que hacerlo.

Los momentos que él y su madre pasaban juntos en la cocina eran especiales. Ella le dejaba mezclar y remover y en alguna ocasión hasta hicieron galletas juntos. Eran recuerdos a los que se había aferrado a lo largo de los años. Recordaba cómo ella le hablaba mientras trabajaban codo con codo; cómo le animaba y alababa. Según su madre, Josh tenía una mente privilegiada y podría conseguir todo lo que quisiera en la vida. Pero nunca se olvidaba de añadir que debía crearse sus propias oportunidades.

Esos primeros años con ella fueron los más felices de su vida.

Por la noche, se sentaban juntos a la mesa mientras él hacía los deberes. Ella le repasaba las tareas, y como le hacía creer que era inteligente, le iba bien en la escuela.

A su modo de ver, su vida era idílica hasta que apareció Richard.

Cuando su madre empezó a salir con Richard, las cosas no iban mal. Josh y Dylan se llevaban bien, y a Josh le parecía genial pensar que podría tener un hermano. Cuando Richard pidió matrimonio a la madre de Josh, ella lo discutió con su hijo. Josh supuso que todo seguiría igual, solo que se convertirían en una familia normal.

—Pareces pensativo —comentó Michelle, a la vez que cerraba el lavaplatos y pulsaba el botón de encendido.

—Pensaba en mi madre. —Aún la echaba de menos, y le constaba que Richard también. A pesar de todos sus defectos, a pesar de todas sus carencias, había algo que no podía reprocharle a su padrastro: Richard amaba a su madre.

—Me acuerdo de Teresa. —Michelle apartó una silla de la mesa y tomó asiento, como si le pesara la tristeza por la muerte de la madre de Josh—. Siempre fue una persona muy alegre y feliz. Incluso después de que le diagnosticaran el cáncer, nunca abandonó el ánimo y el buen humor.

—Era una optimista empedernida —recordó Josh con afecto. A ojos de su madre, el cielo siempre era azul y el sol siempre brillaba. La vida era un regalo que había que apreciar; cada día podía traer una aventura.

Josh y su madre sufrieron muchos apuros económicos antes de que ella se casara con Richard, pero Josh nunca se había sentido desfavorecido o pobre. No le compraban todos los juguetes que deseaba, pero con uno o dos regalos envueltos bajo el árbol de Navidad siempre tuvo más que suficiente.

—Voy a ver cómo está —dijo Michelle.

—Voy yo —ofreció Josh—, que ya estoy de pie.

Antes de que saliera, Michelle lo detuvo con una pregunta:

—¿Le contaste alguna vez a tu madre cómo era Richard contigo?

Josh meneó la cabeza. La verdad, nunca creyó que fuera a servir de nada. Por primera vez en su vida, Josh veía que su madre era feliz. Quería a Richard y trabajaba duro para que su marido y su hijo estuvieran a gusto en casa. Se enorgullecía de tener la casa limpia y de preparar comida sana y sabrosa.

—No, nunca.

Ella frunció el ceño.

—¿Por qué?

Había sentido fuertes tentaciones de irle a su madre con el cuento, especialmente en los primeros años de su matrimonio. El problema era que resultaba difícil definir los abusos verbales, ya que el comportamiento de Richard era más bien pasivo-agresivo. Josh tenía miedo de parecer un llorica si le contaba a su madre que Richard había ido a recoger a Dylan a la escuela, pero había dejado que Josh volviera a casa andando. Si se quejaba, Richard simplemente diría que no había encontrado a Josh o inventaría cualquier otra excusa.

—Josh —suspiró Michelle—, no te entiendo.

—¿Qué es lo que hay que entender? —preguntó él.

Con el tiempo, el cambio obrado en su madre se volvió más evidente para Josh. Era realmente feliz. Quería a Richard y a Dylan y, lo más importante, ellos la querían. Sí, eso significaba que tenía que compartir a su madre con más gente. Y aunque pudiera haber sido motivo de preocupación, a Josh no le importaba, porque su madre merecía ser feliz.

Tarareaba mientras preparaba postres muy elaborados; plantó flores en el jardín y volvió a empezar a hacer punto, actividades que había abandonado cuando su situación económica era más precaria. Richard y Dylan llevaban años viviendo sin la presencia de una mujer y los pequeños detalles femeninos de ternura que Teresa traía a sus vidas también marcaron una diferencia para ellos. Josh era consciente de esto, y por eso nunca dijo nada.

—Mi madre era feliz —dijo tras una larga pausa—. Richard la hacía feliz.

Michelle lo miraba como si lo viera por primera vez.

—Eras muy sabio y maduro para tu edad, Josh.

De ser cierto, era gracias a su madre. Fue ella quien lo crio y lo educó, quien le inculcó su sentido del honor.

Josh recorrió el pasillo hasta la habitación de su padrastro. Hizo un esfuerzo por andar lo más sigilosamente posible para acercarse a la habitación del viejo. Después de cenar, le dieron las pastillas para el dolor que le habían recetado, y él se fue a la cama enseguida. Se quedó dormido en unos minutos.

La puerta del dormitorio principal chirrió al abrirla. Josh se detuvo un instante, temiendo haber despertado a Richard.

—Aún no me he muerto, si es por eso que has venido.

Josh entró en el dormitorio y encendió la luz. Richard estaba semiincorporado con ayuda de dos almohadas.

—Me temo que vas a vivir diez años más, solo para fastidiarme —dijo Josh.

—Pues debería.

—No seré yo quien te lo impida. ¿Necesitas algo?

Richard se puso recto y lanzó a Josh una mirada torva.

—Nada que tú puedas darme. ¿Por qué has venido?

—Para asegurarme de que estás descansando tranquilamente.

Richard ahogó una risa ronca y meneó la cabeza.

—Has venido a sablearme, ¿verdad? Es lo que hacías antes, ¿por qué tendría que fiarme de ti ahora?

Por un instante, el viejo resentimiento salió a la superficie, y Josh replicó:

—Sabes perfectamente que yo no te robé ese dinero.

—Mentías hace doce años y mientes ahora —le espetó Richard.

186

Josh se dio cuenta enseguida de que la discusión había agotado al anciano. Una almohada cayó a la alfombra. Josh se acercó a la cama y la recogió.

—¿Quieres que te la ponga en la espalda? —preguntó.

Richard vaciló un momento, y entonces asintió.

Josh colocó la almohada y, ya que estaba, estiró las sábanas y atusó la manta tejida por su madre que estaba a los pies de la cama.

—Gracias.

Al principio, Josh creyó haber oído mal. Richard acababa de darle las gracias.

—De nada —respondió.

Richard expiró profundamente, como si le costara respirar.

Josh hizo ademán de marcharse, y se disponía a preguntarle si prefería que apagara la luz o que la dejara encendida. En lugar de eso, se colocó a los pies de la cama.

—Estaba hablando con Michelle hace un momento y... Bueno, no importa cómo hemos llegado a esto, pero hay algo que quiero contarte.

—No quiero oírlo —ladró Richard—. Estoy cansado, déjame solo. Vamos, márchate antes de que...

Josh ignoró la diatriba que comenzaba y alzó la voz para hacerse oír:

—Quería darte las gracias por hacer feliz a mi madre.

—Es que te voy a... —Richard dejó de hablar de golpe—. ¿Qué has dicho?

Josh estaba convencido de que el anciano le había oído perfectamente.

—Mi madre fue muy feliz casándose contigo... Tal vez por primera vez desde que me tuvo a mí. Tú la hacías feliz.

Richard lo miraba con desconfianza, como si no quisiera creer lo que oía.

Sin dejarse intimidar, Josh continuó:

—Quería agradecerte que la hicieras sentirse así. Dios sabe que se lo merecía.

—Tu madre era una buena mujer.

—Te portaste muy bien con ella —admitió Josh—. Especialmente en sus últimos días. —Richard había cuidado muy bien de Teresa, y eso Josh siempre se lo agradecería. Su padrastro le dio ánimos y apoyo y, en los últimos días, no se separó de su lado para sostenerle la mano. Josh también estuvo allí, al otro lado de la cama. Quería estar tan cerca de ella como pudiera, y temía lo que sería de él cuando ella faltara.

Para su sorpresa, los ojos de Richard se llenaron de lágrimas.

—Yo quería a Teresa.

—Lo sé.

—Ella fue lo mejor que pudo habernos pasado a Dylan y a mí.

—Y a mí también —añadió Josh.

Una lágrima resbaló por el rabillo del ojo del anciano.

—Tú..., tú te pareces a tu madre —susurró Richard—. No podía mirarte sin que me recordaras lo que había perdido.

A Josh nunca se le había ocurrido pensar que, al verlo, su padrastro no podía más que acordarse de su mujer.

—Cuando murió... —Richard no podía continuar—. Pensé... Y entonces perdí a Dylan también.

—Lo sé —susurró Josh.

—No, no lo sabes —replicó con brusquedad—. No tienes ni idea del dolor que se siente.

Probablemente tuviera razón. Josh no sabía lo que era perder a un hijo. No creía que hubiera algo peor para un padre que perder a un hijo. Richard había enterrado a dos esposas y a su único hijo; estaba amargado y furioso, pero tenía derecho a sentirse así.

Ya no quiero vivir más —murmuró su padrastro. Josh aguzó el oído para entenderlo—. Ya no tengo motivos para vivir.

—Lo siento —le dijo Josh.

—No es verdad. A ti todo te ha salido a pedir de boca. Pero quiero que te enteres: no voy a dejarte nada. Ni un centavo. Me robaste, y ese mismo día te borré de mi testamento. Me niego a dejarle nada a un hijastro ladrón.

—Me parece perfecto —le aseguró Josh.

Y entonces se marchó, dejando entreabierta la puerta del dormitorio.

—Ven aquí. Aún no he terminado de decirte lo que pienso —lo llamó Richard con voz lastimera.

Josh hizo ver que ya no le oía. Estaba a punto de entrar en la cocina cuando Michelle lo detuvo.

—¿Estás bien?

Asintió.

—No lo dice en serio —le aseguró Michelle.

—Lo sé —dijo Josh, y él sí era sincero—. Richard ha perdido todo cuanto le importaba.

—Y ha dado la espalda a lo que le queda, porque tiene miedo de perderlo también.

A Josh le gustaría pensar que Richard le tenía cariño de verdad, pero la experiencia le decía lo contrario.

Michelle le puso una mano en el brazo como muestra de consuelo, y Josh la estrechó contra sí. Era una presencia cálida y suave, y después de enfrentarse al dolor y la amargura de su padrastro, necesitaba su ternura y su belleza para zafarse del odio del viejo.

Ella acercó los labios a los suyos e, incapaz de resistirse, Josh la besó una y otra vez, aceptando la dulzura y el consuelo que ella le ofrecía.

Capítulo 20

Empecé a hacer punto después de que me comunicaran que Paul había muerto. Una amiga mía, Judith Knight, me dijo que me ayudaría a sobrellevar el duelo. Y por aquel entonces yo estaba tan desesperada que hubiera probado cualquier cosa para aliviar aquel dolor tan horrendo. Y si tejiendo iba a conseguirlo, estaba dispuesta a hacer el pino en plena calle para aprender. Una tarde, regresando a casa del trabajo, entré en una tienda de labores del centro de Seattle y me apunté a una clase para principiantes.

El sufrimiento hacía que mis niveles de frustración fueran unas diez veces más elevados de lo normal. Quise abandonar, tirar la toalla —perdón por el tópico— muchas veces, pero aguanté gracias a los ánimos de Judith y mi profesora. Y ahora me alegraba de haberlo hecho. Aunque llevaba menos de un año haciendo punto, era muy aventurera empezando proyectos, y estaba dispuesta a enfrentarme a cualquier patrón. Ya había tejido un par de calcetines, un gorro, asistido a una clase de patrones multicolores y, recientemente, había comprado lana para hacerme un chal de encaje.

Lo más sorprendente fue descubrir que tejer me era de mucha ayuda. Había estado tan atareada con la mudanza, con el traslado de mi casa de Seattle a Cedar Cove, que hacía semanas que no tocaba las agujas. Aquello no era propio de mí; hacer punto se había convertido en una adicción. Era adicta al consuelo que sentía cuando me concentraba en crear algo bonito.

El acto repetitivo de enrollar la lana alrededor de la aguja, punto a punto, me reconfortaba de una forma difícil de explicar. Descubrí que cuando me sentaba a tejer podía apartar mis pensamientos del vacío que sentía después de perder a Paul. Y aun así... había muchas noches en las que los ojos se me llenaban de lágrimas, y no podía pensar en otra cosa que no fuera Paul. Sin embargo, cada punto de lana representaba un pequeño consuelo.

Los acontecimientos de aquel viernes por la tarde seguían dándome vueltas por la cabeza. Resolví que tejer me ayudaría a poner en orden lo sucedido y me tranquilizaría. No había parado en todo el día.

Apreciaba mucho haber hablado con Peggy Beldon y Corrie McAfee. Aunque aún no conocía muy bien a ninguna de las dos, tenía la sensación que, con el tiempo, nos haríamos amigas.

Sentada frente a la chimenea, eché mano de mi cesta de labores. Siempre tenía dos o tres cosas empezadas al mismo tiempo. Los calcetines eran un proyecto fácil de transportar, cosa que me iba muy bien, porque era incapaz de estarme quieta cuando no tenía nada que hacer.

Tengo muy poca paciencia. Antes no era así, pero desde que perdí a Paul soy incapaz de estar sin hacer nada durante mucho rato. Esperar me perturba; no soporto la quietud, el silencio de la inactividad. Tejer me ayuda a manejar este aspecto irracional de mi personalidad. Si el dentista va con retraso o si debo permanecer sentada unos minutos, las agujas de tejer me ayudan muchísimo.

El patrón del delicado chal de encaje exigía mi concentración absoluta. Había elegido una preciosa lana de alpaca de color azul claro. Era como tejer tela de araña. De momento, me estaba quedando muy bonito. Esa noche preferí continuar con mi manta.

Estaba tejiendo una en tonos marrones, naranjas y amarillos para poner a los pies de la cama de una de las habitaciones de huéspedes. Era un proyecto más complicado y de mayor envergadura. Hacía tiempo que había memorizado el patrón de renglones que se repetían de diez en diez, y podía ponerme a continuarla en cualquier momento. Completar los diez renglones solía llevarme más o menos una hora, lo cual me venía estupendamente. Sabía que si me sentaba a descansar, me harían falta unos sesenta minutos.

Al agarrar las agujas, empecé a repasar mentalmente los sucesos de la tarde. Mark Taylor era un enigma. Aunque ya lo había visto tres veces, no tenía claro lo que pensaba de él. Era descarado, irrespetuoso y cascarrabias. No podía explicarme por qué apareció cuando lo hizo, ni por qué la había emprendido de esa forma con Spenser.

Mis dedos tironeaban la lana, desenrollándola del ovillo a medida que trabajaba, moviendo las agujas a la misma velocidad que mis pensamientos.

Mis dos huéspedes habían salido, y no los esperaba a cenar. No tener que hacer la cena fue una liberación. Me preparé un bocadillo de queso y fue suficiente. Después de andar arriba y abajo toda la tarde, debería haber sentido más hambre, pero no era así.

Pensé en mis huéspedes; me sorprendía no verlos con más frecuencia. Era comprensible en el caso de Josh: explicó fugazmente que había venido porque su padrastro estaba enfermo. Esperaba que todo fuera bien, dentro de las circunstancias.

En cuanto a Abby, me había contado que había venido al pueblo para la boda de su hermano, pero una boda debería ser un acontecimiento feliz. No entendía por qué lloraba la tarde de su llegada.

Ambos habían venido a Cedar Cove, su viejo hogar, cargando con problemas. Y yo también tenía los míos. Todos arrastramos cargas, reflexioné, algunas más pesadas que otras. Hay gente que se acostumbra a ese peso adicional hasta el punto de olvidar que lo lleva. Sentía la necesidad de ayudar a mis huéspedes, pero no sabía si debía, ni cómo hacerlo, ni si merecía la pena intentarlo. O, pensé, tal vez hubieran venido al Hostal Rose Harbor para ayudarme ellos a mí.

La manta estaba a medio terminar, y su peso sobre mi regazo era cálido y agradable. La estancia estaba caldeada gracias a la chimenea, y me sentía tan cómoda y relajada que por poco me quedo dormida un par de veces. Sería ridículo meterse en la cama a esas horas. El reloj de pie del recibidor daba apenas las siete y media. Vaya, vaya. Que estuviera tan cansada tan temprano era señal de que el día había sido más agotador de lo que pensaba.

Terminé un renglón y doblé las manos sobre el regazo dispuesta a cerrar los ojos y descansar solo unos minutos, unos pocos, nada más. Sentí que me adormilaba casi al instante.

Y entonces sucedió por segunda vez desde mi llegada al hostal.

Sentí la presencia de Paul y me enfrasqué en los recuerdos del día que nos conocimos. Fue en un partido de fútbol americano de los Seattle Seahawks. Paul estaba sentado a mi lado, y lo primero en lo que me fijé fue en su sonrisa. Brotaba más de sus ojos, de un azul profundo, que de sus labios. Unos grandes ojos azules. Una gran sonrisa.

—¿Vienes a todos los partidos? —me preguntó mientras yo le acercaba la cerveza que le había pedido al vendedor ambulante.

—Ya me gustaría —contesté—. Pero, por desgracia, no puedo. Aunque sí que los veo por televisión.

—Yo también.

Nos pusimos a hablar de fútbol enseguida. No dejamos de charlar, de animar al equipo y de lamentarnos por las jugadas falladas. La pareja que me acompañaba, los Anderson, hablaban entre ellos. De no ser por Paul, me hubiera sentido una sujetavelas.

Los Seahawks ganaron el partido. Al salir de la grada, los Anderson me agradecieron efusivamente que los hubiera invitado. Yo me disponía a salir de mi fila de asientos cuando Paul me detuvo al ponerme la mano en el hombro.

—¿Te apetece tomarte una cerveza conmigo?

La oferta era tentadora, muy tentadora, pero vacilé por un instante. Tras una larga lista de dolorosas rupturas, había decidido renunciar a las relaciones. A decir verdad, no sabía si aún me quedaban energías. Ya sabía que Paul era militar y que su estancia en Seattle sería pasajera. No quería involucrarme en algo destinado a acabar rápidamente.

Al volver la vista atrás, aun sabiendo que acabaría perdiéndolo de todas formas junto con mi corazón, doy las gracias por haberle dicho que sí esa tarde. Nos pasamos tres horas hablando en nuestra primera cita. Tres horas de reloj. Nuestra conexión fue muy fuerte desde el principio. Teníamos edades parecidas, y ninguno de los dos se había casado, aunque por distintos motivos. En resumidas cuentas, Paul estaba casado con el ejército.

Pero mis motivos eran otros: había salido con bastantes hombres, pero nunca me había enamorado locamente, y no quería conformarme con menos.

Mis padres me decían que era demasiado exigente, y supongo que tenían razón. Pero yo comprendí, en mi segunda cita con Paul, qué era lo que me hacía dudar en mis otras relaciones.

Esperaba a Paul.

En el fondo, sabía con certeza que llegaría el momento en que conectaría con el hombre a quien amaría el resto de mi vida. Casi había perdido la esperanza.

Medio dormida, recordé el momento en el que Mark me preguntó por Paul. Su pregunta me había afectado mucho. No recordaba lo que le había dicho, si es que había llegado a contestar. Y ahora Paul estaba conmigo.

«Yo te he mandado a Mark», parecía decirme.

«Spenser no es un amigo. Lo expulsaron del ejército por conducta deshonrosa antes de que partiéramos a Afganistán. Debería habértelo dicho, pero pensaba que nunca volveríamos a verlo.»

Spenser ni siquiera estuvo en Afganistán. Todo fue una mentira para engañarme.

Entonces, ¿Paul había enviado a Mark a protegerme? Él me dijo que había sentido una intuición que lo llevó a acudir al hostal a toda prisa. Sin saber por qué. Él mismo había admitido que intentó ignorar esa necesidad apremiante de ir, sin conseguirlo. No estaba nada contento al presentarse en el Hostal Rose Harbor, y se notaba.

Quería preguntarle a Paul por qué me había mandado precisamente a Mark. Había muchos otros que hubieran podido hacer lo mismo que él. Corrie McAfee, por ejemplo. Casada como estaba con un detective privado, seguro que hubiera mandado a Spenser a tomar viento con facilidad.

Tan pronto como sentí la presencia de Paul, esta se desvaneció. Apenas estuvo conmigo unos segundos. Quería llorar y suplicarle que volviera, pero intuí que no serviría de nada. Había venido a verme, y tenía que conformarme con eso.

Pasé una hora más tejiendo, contenta por la visita de Paul, por breve que hubiera sido. Mientras mis dedos avanzaban por el patrón de diez renglones, me pregunté por qué Paul habría decidido acudir a mí ahora. ¿Por qué no había venido cuando mi dolor era más intenso? ¿Por qué esperó a que estuviera en Cedar Cove?

Tal vez ya había estado a mi lado en otras ocasiones en las que yo me encontraba demasiado afectada, demasiado triste, para percibir su presencia. Pensándolo mejor, tal vez fuera el hostal —ese lugar tan especial, el refugio que había encontrado— donde se daban las condiciones necesarias para que pudiéramos entrar en contacto.

Aún era bastante pronto cuando dejé mi labor. Llené la bañera y me metí en el agua, disfrutando del gel con aroma a lavanda y mi jabón especial. Al meterme en la cama, sentí las sábanas limpias sobre mi piel.

Abrí la novela que estaba leyendo, ahuequé las almohadas y me quedé leyendo hasta pasadas las diez. Al parecer, mis huéspedes pensaban volver tarde.

Después de la muerte de Paul, empezó a costarme dormir. Me dormía con facilidad, pero despertaba de golpe y pasaba el resto de la noche en duermevela. Tras un mes así, me encontraba al borde del colapso mental y emocional. Despertaba cada mañana con los ojos enrojecidos, con náuseas por la falta de descanso. Aunque no me gustaba nada la idea, acabé por comprar un somnífero ligero.

La noche después de soñar con Paul por primera vez, no me tomé la píldora. Sentía al fin que podía decir adiós a la medicación. Y para mi alegría, fue la noche en que mejor dormí desde que perdiera a mi marido.

Desperté a la mañana siguiente descansada y con ánimos para enfrentarme al nuevo día. Me quedé en la cama unos minutos, agradablemente sorprendida por lo bien que había dormido. Me sentía muy agradecida por la visita de Paul, aunque solo hubiera durado unos minutos.

Como aún era temprano, me abrigué y fui a pie a la panadería a por mis bollos para el desayuno. Olían deliciosamente, y acababan de sacarlos del horno. Estaba decidida a servirlos calientes.

Cuando regresé al hostal, Abby ya estaba levantada y vestida.

Me miró con culpabilidad cuando entré por la puerta principal.

—Buenos días —la saludé alegremente.

—Espero que no te importe: me he servido una taza de café.

—Claro que no. Para eso está. —Dejé la caja de los bollos en la encimera, me quité el abrigo y lo colgué de su gancho en el recibidor, y volví a la cocina junto a Abby.

—Lamento no haberte esperado levantada anoche. ¿Qué tal fue? —Esperaba no resultar indiscreta. No era asunto mío, pero no podía evitar sentir curiosidad.

—Fue estupendamente —dijo Abby—. Muchísimo mejor de lo que me atrevía a esperar.

—¿Conociste a todos los miembros del cortejo nupcial?

—Pues sí. Mis padres llegaron sin problemas, y también han venido mis tíos y tías. Es la reunión familiar más grande que hacemos en más años de los que puedo recordar. Roger está muy feliz, y Victoria es perfecta para él.

—Qué bien.

Abby se quedó en la cocina, apoyada en el vano de la puerta con los tobillos cruzados; al parecer, no tenía ninguna prisa por regresar a su habitación.

Abrí la nevera y saqué las torrijas que había dejado preparadas la noche anterior con la intención de hacerlas al horno por la mañana. Les puse frutos rojos congelados por encima y las dejé sobre los fogones mientras esperaba que el horno se calentara. También pensaba hacer huevos revueltos.

Al abrir la puerta del horno, me di cuenta de que Abby seguía en la cocina. Tenía la mirada perdida, parecía ensimismada. Cuando un timbrazo me indicó que el horno había terminado de precalentarse, puse dentro la bandeja y cerré la puerta.

Dudaba si hacerle preguntas más concretas a Abby.

—¿Va todo bien? —inquirí, en un tono suave y amable.

Abby esbozó una sonrisa al instante.

—Sí, todo va muy bien... Mucho mejor de lo que esperaba. —Pero no añadió nada más.

—A veces huimos de tonterías, ¿verdad? —Se me escapó antes de que pudiera morderme la lengua. No sabía por qué había soltado algo así.

Pero Abby se lo tomó en serio y asintió.

—Sí, la verdad es que sí. —Recuperó su expresión pensativa—. Mis padres son felices. No me lo esperaba. Pensaba... —Se detuvo y sonrió—. Son felices, y eso me hace feliz a mí.

No entendía por qué iba a sorprenderla la felicidad de sus padres. Teniendo en cuenta mi habilidad para meter la pata, decidí que sería mejor no hacer más preguntas.

—Sienta bien ver que aquellos a quienes queremos están bien, ¿verdad? —opté por decir.

Por la expresión de Abby me di cuenta de que no había procesado mi pregunta, y no me pareció mal. No necesitaba respuesta.

—Hubiera dado cualquier cosa por no venir a la boda —murmuró muy bajito, casi como si no fuera consciente de estar hablando en voz alta.

—¿No querías venir a la boda de tu hermano?

—No, no es eso. Tenía muchas ganas de venir. Lo que no quería era regresar a Cedar Cove.

Esperé a que se explicara.

—Estaba convencida de que sería un desastre... Aún podría torcerse todo, pero lo dudo. Mi familia me apoya.

—Bien.

—Mi familia —repitió en tono ausente, de nuevo como si no supiera que estaba hablando en voz alta. Salió de su ensueño y me miró con una sonrisa—. Tenía mucho miedo, y no debería haberlo tenido. Si me hubiera enfrentado antes a estos demonios, me hubiera ahorrado mucho sufrimiento.

—Entonces, ¿crees que volver al pueblo para la boda ha resultado ser buena idea? —le pregunté, aunque ya conocía la respuesta.

—Sí —confirmó Abby—. Muy buena idea.

Capítulo 21

El aroma de canela llegaba al piso de arriba desde la cocina y despertó a Josh. No había vuelto al hostal hasta las tres de la mañana. Y a pesar de su estado de ánimo, se metió en la cama y se quedó dormido al instante.

Oía ruidos en el piso de abajo, y reconoció las voces de Jo Marie y la otra huésped. ¿Annie? No, así no se llamaba. Algo que empezaba con «A». Abby. La otra huésped se llamaba Abby.

Las dos mujeres ya estaban levantadas. Josh rodó sobre un costado para mirar el reloj de la mesilla de noche y ser sorprendió al ver que pasaban de las ocho. Tenía que volver a casa de Richard. Estaba preocupado por su padrastro.

Antes de que Michelle se volviera a su casa la noche anterior, Richard había caído en un sueño intranquilo. Respiraba de forma superficial. Josh estuvo a punto de llamar a una ambulancia. Tenía el dedo en el botón de llamada, pero sabía que si llamaba, disgustaría a Richard. El viejo quería morirse en su casa, a su manera. Estaba solo en el mundo, y así era como quería dejarlo.

Josh no sabía desde cuándo era tan sensible a los deseos de su padrastro. Debería odiarlo, pero, para su extrañeza, se daba cuenta de que no era así. Como mucho, sentía lástima por él.

Había decidido pasar la noche en su casa. De haberlo sabido, Richard se hubiera negado en redondo. Pero había una parte de Josh que deseaba que Richard le odiara; estaba acostumbrado a la intensa antipatía de su padrastro. Para ser sinceros, le resultaba cómoda, y, por doloroso y desmoralizador que fuera admitirlo, sentía cierta satisfacción al ver a Richard tan débil y desvalido.

Se había propuesto pasar la noche allí en parte para ayudar a Richard y, en parte, para irritarle.

Josh tenía intención de dormir en el sofá. Pero ahí no se quedó tranquilo, y acabó arrastrando un sillón hasta el dormitorio del viejo para instalarse junto a su cama. Quería estar cerca por si Richard le necesitaba, aunque sabía que su padrastro preferiría morirse antes que aceptar su ayuda. Los dos lo sabían.

Instalarse en el dormitorio fue una buena idea. A Josh lo tranquilizaba el sonido de la respiración del anciano, a veces regular y a veces superficial y débil, como si su corazón hubiera decidido pararse unos instantes.

Se quedó dormido en el sillón.

Richard lo despertó un rato más tarde, refunfuñando.

—¿Qué haces aquí? —le preguntó entornando los ojos.

—Te vigilo —le tranquilizó Josh.

—Fuera. No quiero que estés aquí.

—No me digas.

—Lo digo en serio.

—No te preocupes, que ya me voy. No te pongas así. Si quieres que me vaya, me largaré.

—¿Dónde está Michelle?

Josh se dio cuenta de que Richard no se incorporaba sobre los codos como había hecho antes. No había forma de saber si se debía a que estaba demasiado débil, o a que se encontraba demasiado cansado para hacer el esfuerzo.

—Michelle se ha ido a casa hace rato.

Richard frunció el ceño.

—¿Y por qué no te has ido con ella?

Josh sonrió, seguro de que su respuesta no le haría ni pizca de gracia.

—Pensé que querrías compañía.

—Pues te equivocabas. Y ahora, largo.

Josh se puso en pie y devolvió la butaca al salón. Dejó la puerta abierta pensando que así podría oír a Richard si necesitaba algo.

Unos minutos después, se había acurrucado en el sofá y se estaba quedando dormido, pero le pareció oír a su padrastro murmurar su nombre suavemente. Josh se puso en pie al instante. Acudió a la habitación de Richard tan deprisa que por poco se tropieza.

Richard estaba sentado en la cama y, a juzgar por su expresión venenosa, no estaba nada contento.

—¿Estás bien? —preguntó Josh.

—Y por su puesto que sí.

A Josh el corazón le latía desbocado.

—Te he dicho que te largaras —le recordó Richard.

—Eso he hecho.

—De la casa, ¿entiendes? No quiero que estés aquí.

—Vale, como quieras. Ya me voy.

—Y no vuelvas.

Aquella era una orden que Josh no podía acatar.

—Siento decepcionarte, pero volveré por la mañana.

—Si vuelves, te echaré a patadas —le amenazó Richard.

Josh se aguantó la risa. Tal vez su padrastro hubiera sido capaz de emplear la violencia física con él cuando estaba en el instituto. Pero ahora no tenía la menor posibilidad. Ni la más mínima.

—Ya me has oído.

—A ver cómo lo intentas —dijo Josh.

—Largo.

Josh agarró el abrigo y se lo puso.

—Vuélvete a dormir. Ya me voy.

—Bien.

Josh se dio cuenta de que el vaso de agua de la mesilla de noche estaba vacío. Se acercó a recogerlo, pero dio un paso atrás cuando vio que el anciano se encogía en un acto reflejo.

—Richard —susurró, conmocionado por la reacción de su padrastro—. ¿Pensabas que iba a pegarte?

Él no respondió. Giró la cabeza al otro lado y cerró los ojos.

Josh se llevó el vaso vacío a la cocina, lo llenó de agua y cubitos de hielo y lo devolvió a la mesilla de noche. Esperó un instante y luego cumplió el deseo de Richard y regresó al hostal.

Y ahora ya era de día.

Apartó las sábanas, saltó de la cama y se metió en el baño para darse una ducha rápida. Mientras el agua caía sobre su cuerpo, rumió sobre los acontecimientos del día anterior, especialmente las emociones inesperadas que sentía por Michelle.

No se había propuesto besarla. Poco menos de veinticuatro horas antes, no la veía como nada más que la hija de los vecinos. Sabía que había estado enamorada de Dylan, pero tal y como a Richard le encantaba señalar, todas las chicas se pirraban por él.

Besar a Michelle, desear tenerla cerca, encontrar consuelo en ella, fue toda una sacudida. Pero le hizo sentir bien. A gusto. Ella encajaba en sus brazos a la perfección, y no se refería solamente al aspecto más físico de abrazarla.

Después de la ducha, se vistió rápidamente y bajó por las escaleras sin dejar de pensar en Michelle y en el rumbo que tomarían sus sentimientos. A ningún lado, decidió. Sus constantes viajes no dejaban espacio para relaciones. Andaba con la misma pesadumbre de ánimo que sentía mientras descendía los peldaños, deseando que las cosas pudieran ser distintas, mas sabiendo que nunca podrían serlo.

Abby estaba sentada a la mesa del comedor, y lo miró cuando entró en la sala.

—Buenos días —le saludó.

Parecía de mucho mejor humor que la mañana anterior y, a decir verdad, él también lo estaba.

—Buenos días. —Le devolvió la sonrisa.

—¿Café? —preguntó Jo Marie, entrando en la habitación con una jarra de cristal llena de café en una mano y una de zumo de naranja en la otra.

—Las dos cosas, por favor.

—Esta mañana he preparado torrijas y huevos revueltos —anunció.

—Y ha traído bollos de la panadería —añadió Abby—. Yo he sido una glotona y he probado un poquito de todo.

—Solo café y zumo, de momento. —Le dio por acordarse de su madre, insistiendo en que comiera algo antes de marcharse al colegio. Era muy quisquillosa con el desayuno—. Y tal vez unos huevos, también. —Se sorprendió al decir aquello. Su madre hubiera estado orgullosa. Aunque la mayoría de los días Josh salía a esperar el autobús tras comer poco más que una tostada o una pieza de fruta, ella siempre intentaba que ingiriera proteínas.

En cuestión de minutos, Jo Marie regresó con un plato rebosante de esponjosos huevos revueltos. Josh tenía intención de comer solo un par de bocados y excusarse, pero se sorprendió una vez más cuando devoró con ganas todo cuanto había en el plato. Debía de ser el aire del mar.

—Me voy —dijo, a la vez que se ponía en pie. Se disponía a llevar el plato a la cocina, otra cosa que su madre le había enseñado, pero Jo Marie lo detuvo.

—Yo me encargo.

Josh dejó el plato, y estaba a punto de salir del comedor cuando se dio cuenta de que debería desear un buen día a las dos mujeres.

—No sé a qué hora volveré.

—Entonces, ¿no cuento contigo para cenar? —inquirió Jo Marie.

—Exacto. —Si terminaba antes, comería algo fuera—. Que tengáis un buen día.

—Eso haré —replicó Abby con una determinación que a Josh le resultó llamativa.

—Muy bien. —Se puso el abrigo, agarró la bufanda y salió del hostal, bajando los escalones del porche con energía. Cualquiera que lo viera, pensó, creería que estaba ansioso por llegar a su destino. Aunque era más bien todo lo contrario.

Estaba ansioso, pero no por ver a Richard. Era en Michelle en quien no dejaba de pensar. El recuerdo de sus besos le atormentaba.

No habían hablado de lo sucedido entre ellos. ¿Qué había que decir? Con todo lo que pasaba con Richard, Josh ya tenía que enfrentarse a muchas emociones distintas. No veía motivos para confundir aún más lo que ya de por sí era una situación complicada.

En su trayecto a casa de Richard, tomó la firme decisión de no hablarle a Michelle de los besos del día anterior. Esperaba que ella los achacara a las tensiones del día que habían tenido, y que todo quedara en eso.

Pero ¿de verdad quería ignorar la atracción creciente entre los dos? Josh no lo sabía. Ella le atraía; por la forma sensata en que trataba a Richard, por su madurez emocional y por su talante afable.

Aparcó la camioneta frente a la casa, y vio que Michelle ya había llegado. Se acercó al porche, llamó suavemente a la puerta y entró sin esperar.

Michelle le salió al encuentro desde la cocina. Respondió a su pregunta incluso antes de que la hiciera en voz alta.

—Aún duerme.

—¿Estás segura de que está dormido? —Temía que Richard hubiera tenido el descaro de morir durante la noche, haciendo que Josh se sintiera inmensamente culpable por haber perdido los nervios y haberse marchado.

—Pensaba que seguirías aquí cuando yo llegara.

—Richard se despertó a medianoche y me echó.

—Me lo temía —respondió ella, meneando la cabeza como si se estuviera haciendo un reproche—. Debería haberme quedado contigo.

—Eso a Richard tampoco le hubiera parecido bien. Me dijo que no volviera.

A ella se le iluminaron los ojos con una leve sonrisa.

—Veo que no se te da bien cumplir órdenes.

—De él, no —admitió—. Aún no he perdido la esperanza de encontrar la Biblia de mi madre, y el camafeo, y un par de cosas más de antes de casarse con Richard. Fotos, y eso.

—¿Dónde piensas buscarlas? —preguntó ella.

Por desgracia, el único sitio que se le ocurría a Josh era el dormitorio principal.

—Creo que deben de estar allí. —Hizo un gesto con la cabeza en dirección a la habitación.

Michelle resopló.

—A Richard le va a dar algo.

—No me digas. —Josh temía un nuevo enfrentamiento con su padrastro.

—Le preguntaré por la Biblia de tu madre cuando se despierte —prometió Michelle.

—Gracias. —Josh deseaba desesperadamente que Richard no hubiera destruido las fotografías y otros recuerdos de su infancia. Llegó a la conclusión de que muchas de las cosas que buscaba debían de haberse guardado tras la muerte de su madre. Estaba convencido de que Richard querría conservarlas cerca, y el dormitorio principal parecía el lugar más lógico.

Richard no habría estropeado nada que hubiera pertenecido a la madre de Josh, porque esas cosas también debían de ser valiosas para él. Incluso aquellas que significaran mucho para Josh merecían ser conservadas. Esa era la esperanza a la que Josh se aferraba.

El problema sería convencer a Richard para que le contara dónde se encontraban esas cosas. A Josh se le acababa el tiempo para buscarlas. Había recibido un mensaje de texto por la mañana anunciándole que su próximo proyecto de construcción estaba a punto de arrancar y preguntándole cuándo estaría disponible.

—¿En qué piensas? —preguntó Michelle.

Josh salió de su ensimismamiento.

—Perdona, estaba pensando en la mejor forma de gestionar todo esto. No podré quedarme mucho tiempo más.

—¿Por qué lo dices?

—Mi próximo trabajo está a punto de empezar. Tendré que marcharme dentro de un par de días, como mucho.

—¿Tan pronto?

Asintió.

—¿Dónde?

—Montana. —Le explicó que se trataba de la construcción de un centro comercial en la ciudad de Billings.

Josh vio la desilusión reflejada en los ojos de Michelle.

—Nunca podría volver a vivir aquí —dijo en tono suave, esperando que ella lo entendiera.

—Yo nunca te pediría eso —replicó ella.

—Estoy haciendo todo lo que puedo por Richard, pero tengo mi propia vida.

—Lo entiendo, Josh, de verdad. Es solo que me cuesta mucho pensar en decirte adiós.

Él esperó un instante, pensando que tal vez Michelle deseara añadir algo más.

Pero ella permaneció en silencio, y al cabo de un momento Josh se dio cuenta de que él tampoco quería decirle adiós. Se veía obligado, por necesidad, pero sería mucho más difícil de lo que había creído.

Michelle era hermosa, pero había conocido a otras mujeres igual de atractivas. Sin embargo, ella era distinta. Estar con ella le alegraba. Le gustaba pasar el rato con ella, cosa que, dadas las circunstancias, era algo digno de tener en cuenta. Y otra cosa que le atraía de ella era que no sentía la necesidad de llenar los silencios entre los dos. Y también le gustaba que dijera siempre lo que pensaba. Pero teniendo en cuenta su trabajo, no quería jugar con ella si no tenía sentido plantearse una relación profunda y duradera.

Capítulo 22

Abby se sentó al volante, con los puños cerrados sobre el regazo. Aún no había salido del aparcamiento del hostal, pero ya le sudaban las manos. Se había prometido que lo haría; se había prometido que si volvía a Cedar Cove, iría a ver la tumba de Angela. Abby no había tenido el coraje de ir al cementerio desde el día en que enterraron a su amiga más querida.

Había llegado la hora. Desde luego.

Sería el momento decisivo del viaje. Abby se forzó a colocar las manos sobre el volante y a inspirar profundamente. O ahora o nunca.

Lo que lo hacía todo más difícil era que la boda de Roger debía ser un momento feliz para la familia. Esa misma mañana, Abby le había dicho a Jo Marie que hubiera hecho cualquier cosa por evitar volver a Cedar Cove, y era verdad.

Esa era la razón. Años atrás, se juró que nunca volvería. Porque cuando volviera, tendría que ir a ver a Angela. Y entonces, el bueno de Roger fue y decidió que quería casarse en el pueblo en el que nació. Era como si Dios quisiera obligarla a enfrentarse a su pasado.

Se sintió, de repente, como si volviera a tener dieciocho años. Eran las vacaciones de Navidad, y se moría por ver a su mejor amiga. Fue una tortura no poder contarle a Angela que había conocido a Steve. Estaba loca por él. Ahora le daba vergüenza pensar en la forma horrible en que lo había tratado después del accidente.

Abby recordó que no llevaba en casa ni una hora cuando Angela la llamó por teléfono. Faltaban tres días para Navidad, y Angela aún no había comprado sus regalos. Abby accedió a llevarla en coche al centro comercial. Su padre dijo que podía usar el suyo, y que tenía el depósito lleno. Le advirtió que fuera con cuidado si encontraba hielo en la carretera.

Pasaron una tarde estupenda: de compras, riendo hasta que les dolió la barriga, probándose ropa... Abby y Angela eran como hermanas; hasta cumplían años con apenas semanas de diferencia. Fueron inseparables desde que empezaron el instituto. No era raro que pasaran los fines de semana juntas, casi sin dormir, charlando toda la noche.

Después de las compras, cenaron en Red Robin, su restaurante favorito. Compartieron una hamburguesa con patatas. Y mientras comían, empezó a nevar. Caían gruesos copos de nieve, creando la imagen más idílica que se podía imaginar. Así debería ser siempre la Navidad. Unas Navidades perfectas en el noroeste del Pacífico.

Abby llamó a casa antes de salir del centro comercial.

—Conduce con cuidado —insistió su padre.

Abby fue con cuidado. Con mucho cuidado. O eso creía ella. Pero en lugar de llegar a casa con regalos para su familia, en lugar de ponerse a decorar galletas con su madre y su hermano, en lugar de disfrutar de las vacaciones, Angela murió esa noche en la carretera de acceso a Cedar Cove.

Abby nunca entendió del todo cómo había pasado. Recordaba que estaban cantando un villancico que sonaba en la radio mientras organizaban todo lo que querían hacer durante las vacaciones. Angela le había tomado un poco el pelo a propósito de Steve, insistiendo en que quería ser la dama de honor en su boda. ¡Como si hubiera otra persona a quien Abby se lo pediría! Organizaron un viaje a la nieve entre Navidad y Nochevieja, y Abby prometió que preguntaría a Steve si quería venir para que Angela pudiera conocerlo. Y, por supuesto, también se juntarían con sus amigas, irían de compras a Seattle, al cine a ver una película... o tal vez dos. Cada una tenía muchas ganas de ver una distinta.

Y mientras gorjeaban animadamente como dos pájaros en un cable telefónico, riendo y cantando, el coche se topó con una placa de hielo.

Empezó a dar vueltas fuera de control, girando sin parar. Angela gritó... o tal vez fue ella misma, Abby no se acordaba. Lo que se le había quedado grabado era el terror absoluto que sintió cuando el vehículo empezó a girar como una peonza.

Cuando recobró el conocimiento, Abby estaba en el hospital y vio a su madre inclinada sobre ella con los ojos rojos e hinchados de tanto llorar. Su padre y su hermano también estaban allí, tan tristes...

—Te vas a poner bien —susurró su madre, tomándola de la mano.

Abby tenía la boca seca, y el dolor que sentía casi la cegaba.

—¿Angela? —Logró susurrar el nombre de su amiga. Ese estúpido accidente les estropearía las vacaciones y todos sus planes.

Y entonces su madre se echó a llorar a lágrima viva. Unos sollozos sobrecogedores que a Abby le partieron el corazón. ¿Angela estaba malherida? ¿Por qué callaban todos? En lugar de responder a sus preguntas, su madre se cubrió la cara con las manos y se apartó.

Abby volvió la cabeza para mirar a su padre, que la tomó del brazo con ternura. Él también, recordaba Abby con absoluta claridad, tenía lágrimas en los ojos. Abby nunca había visto llorar a su padre. Hasta esa noche.

—Lo siento mucho, cariño —logró decirle en un susurro roto—. Angela murió en el accidente.

¿Angela, muerta?

No.

No podía ser verdad.

¿Cómo iba a estar muerta Angela cuando apenas un par de horas antes estaban cantando villancicos y haciendo planes para las vacaciones? No tenía sentido. Abby no podía imaginar el mundo sin Angela. Su mente se negaba a aceptar lo que su padre acababa de contarle.

El funeral de Angela fue el 27 de diciembre. Un día horrible que permanecería para siempre en la memoria de Abby. Tenía las dos piernas y tres costillas rotas, pero insistió en asistir al funeral. Respetando sus deseos, sus padres obtuvieron el consentimiento del médico y tomaron prestada una silla de ruedas. Era la primera vez que Abby veía a los padres de Angela desde el accidente. Le daba pavor enfrentarse a ellos, pero sabía que tenía que encontrar la forma de decirles lo mucho que lo sentía, cuánto desearía poder hacer cualquier cosa para volver atrás en el tiempo.

La madre de Angela enloqueció. Tan pronto como Abby entró en la iglesia, se levantó, con los ojos hinchados e inyectados en sangre como los de un demente, y la llamó asesina. Le dijo a gritos que se marchara. No había nada que pudiera consolar a Charlene White. Ni su marido, ni el director de la funeraria, ni el cura que iba a celebrar la misa. Abby se vio obligada a irse, no le quedó otra opción.

Perdió un semestre entero de su primer año de universidad mientras se recuperaba de sus heridas. Físicamente, le hicieron falta unos pocos meses para curarse, pero emocionalmente..., emocionalmente no volvió a ser la misma. Se apropió del odio en los ojos de la madre de Angela. Abby se sentía una mujer infame y marcada que había cometido un grave pecado; uno del que nunca podría redimirse.

Abby intentó hablar con los padres de Angela en dos ocasiones más. La segunda vez fue el verano después del accidente. El padre de Angela le abrió la puerta y le dijo que sería mejor que no volviera nunca más. Su rechazo le dolió profundamente; el señor y la señora White siempre fueron como unos segundos padres para ella. No solo había perdido a su mejor amiga, sino que también se convirtió en el blanco de todo el odio y la culpa de los White.

Cada vez que cruzaba la ciudad, pasaba por el lugar del accidente. Alguien había colocado una pequeña cruz. Se dejaban ramos de flores regularmente. Era un recordatorio constante para Abby, como si le echaran sal en la herida.

Le resultaba difícil contemplar el memorial del accidente, pero lo peor eran los rumores. Incluso la madre de Abby llegó a preguntarle si era verdad que iban borrachas esa noche. Tomaron chocolate caliente en el centro comercial, pero nada de alcohol. También se corrió la voz de que el coche iba con exceso de velocidad. Cuando Abby siempre conducía por debajo del límite. Era una conductora cauta. La culpa fue del hielo y la nieve, no de las drogas, el alcohol o la negligencia. La policía lo había dejado muy claro, pero parecía que eso a nadie le importaba.

Supuestos amigos la frieron a preguntas sobre lo sucedido, ávidos de más información que diseminar. Abby no tardó en negarse a ver a nadie, porque no sabía de quién podía fiarse. Incluso a Steve. Prefería quedarse en su habitación estudiando o leyendo.

El verano entre el primer y el segundo curso de universidad, Abby fue a un campo de trabajo y estudio en Australia en lugar de volver a casa. Era demasiado doloroso estar en Cedar Cove y enfrentarse a las miradas de la gente. ¿De verdad creían que no podía oírles? Decían que había sido culpa suya. Abby conducía, y ahora Angela estaba muerta.

213

Cinco años después de la graduación, su promoción del instituto celebró la primera reunión de antiguos alumnos. Se hizo una colecta para levantar un pequeño monumento en el parque en honor a Angela.

Los recuerdos envolvían a Abby como una soga que se estrechaba hasta impedirle respirar con normalidad.

Distraída por los recuerdos, Abby acababa de salir del aparcamiento cuando sonó su teléfono móvil. El pitido reverberó dentro del coche hasta parecer el tañido de un campanario. Agarró el teléfono y miró la pantalla.

Su madre.

Titubeó, y decidió dejar que saltara el contestador. Si hablaba ahora con su madre, Abby temía echarse a llorar. O peor aún, acabaría confesando que iba al cementerio, y su madre intentaría hacerla cambiar de idea. Era el día de la boda de Roger. No era el momento de hacer cosas como esa.

Y su madre tendría razón.

Llevaba dos días en la ciudad. Ya lo había postergado demasiado. Debería haber ido el viernes, o el mismo jueves..., pero no se había visto con fuerzas.

El teléfono soltó otro timbrazo para indicar que su madre le había dejado un mensaje en el buzón de voz. Ya lo escucharía más tarde.

Miró el reloj. Eran las nueve y media.

Tenía tiempo de sobra.

No tenía nada de tiempo.

Sintió un nudo en la garganta. No estaba segura de lo que esperaba, de lo que deseaba conseguir. ¿Absolución? ¿Perdón? ¿Una bendición? Incluso ahora, tantos años después, no sabía por qué Dios había permitido que ella viviera y Angela muriera.

Teniendo en cuenta el peso aplastante de la culpa que acarreaba desde el día del accidente, preferiría ser ella quien durmiera eternamente a dos metros bajo la tierra húmeda. Estaba agotada de sentirse mal por lo sucedido.

Tomando el camino más largo, Abby pasó junto a la escuela. Tragó saliva al ver la ventana de la que había sido su clase en el último año de instituto. Qué tontas e inmaduras eran; cuántas ganas tenían de cambiar el mundo. A punto de graduarse, se creían muy especiales. Superguays. Lo más. Eran bobas, sí, pero, sobre todo, ingenuas. Abby jamás hubiera sospechado el golpe que la esperaba tan solo unos meses después de su graduación.

Cuando llegó al cementerio, vio dos pequeños entoldados erigidos en zonas separadas del camposanto que indicaban entierros recientes. Hasta que salió del coche no se percató de que no tenía ni idea de dónde estaba enterrada Angela. Tardó casi cuarenta minutos en dar con su lápida. El frío le había entumecido la cara.

Sintió un hormigueo en los brazos cuando encontró la losa en la que estaba grabado el nombre completo de su amiga —ANGELA MARIE WHITE—, tallado en granito. Incluso ahora, transcurridos tantos años, parecía una pesadilla. Bajo la fecha de su nacimiento y su muerte se habían inscrito las palabras «Hija querida». Ojalá le hubieran dejado añadir «Mejor amiga».

Sin saber qué hacer a continuación, Abby contempló la lápida. Una lágrima solitaria le resbaló por la punta de la nariz y salpicó la losa de granito. Habían clavado un jarrón a la lápida, y estaba lleno de flores de plástico. Margaritas amarillas.

Las margaritas amarillas eran las flores preferidas de Angela. Aunque no sabía con quién se casaría, siempre decía que quería que su ramo de novia fuera de margaritas amarillas. Y ya había dibujado diseños de su vestido, y de los de sus damas de honor.

Como es natural, acordaron que Abby sería la dama de honor de Angela, y que Angela lo sería de Abby. Abby le ayudó a diseñar su propio traje de dama de honor en el bloc de dibujo de Angela, entre risas. Se habían jurado que jamás dejarían que nada se interpusiera entre ellas. Ni los chicos, ni otras amigas, ni sus padres. Serían mejores amigas para siempre.

Sintiéndose muy incómoda, se sorbió los mocos.

—Hola —susurró.

—*A buenas horas.*

Abby miró a su alrededor; no se había dado cuenta de que no estaba sola.

Pero no había nadie.

Frunciendo el entrecejo, Abby miró la lápida.

—*Sí, soy yo. ¿Pensabas que bastaría una tumba para hacerme callar? Vamos, Abs, como si no me conocieras.*

—Angela —dijo Abby entrecortadamente.

—*No te preocupes, solo tú puedes oírme. Mi voz está solo en tu cabeza.*

Era demasiado. La presión la había desquiciado. Ahora Abby tenía alucinaciones auditivas. Aquella voz formaba parte de su imaginación. No podía ser otra cosa. Que Angela le hablara era... imposible. Eso era lo que Abby no dejaba de repetirse. De lo contrario, tendría que plantearse acudir a un psiquiatra.

—Emergencias, ¿en qué puedo ayudarle? —Una voz muy profesional respondería a su llamada.

—Oigo cosas —replicaría Abby.

—¿Qué tipo de cosas?

—Voces de muertos.

—No se retire. Le enviaremos ayuda de inmediato.

Abby reprodujo la escena en su cabeza. Imaginaba la ambulancia con la sirena aullando que llegaba a toda prisa al cementerio para llevársela al manicomio. No solo oía voces, sino que las contestaba.

—*Oye, no te pongas nerviosa. Tampoco es tan grave.*

—Angela, para, por favor, me estás asustando.

216

—*No lo haría si no hubieras tardado tantos años en venir a verme.*

Era evidente que Abby hablaba sola. Su imaginación febril había estimulado esa reacción emocional. Pero tanto si era real como una fantasía, no quería dejar escapar la oportunidad de hablar con su amiga.

—Fui a ver a tus padres después del funeral, pero...

—*Ya lo sé, ya lo sé, es que mi madre...*

—No puede perdonarme. —Abby no podía dejar de pensar en aquella escena horrible. Comprendía su reacción.

—*Bueno, cielo, es que ni tú misma te has perdonado. No vayas echándole la culpa a mi madre.*

—Vi a Patty Morris; me dijo...

—*Ya lo sé, me lo dijo mamá. Deja de cambiar de tema. Céntrate, ¿vale?*

Abby hizo caso omiso de su comentario.

—Entonces, sabrás más cosas que yo.

—*Muchas más cosas. Mi madre viene a verme al cementerio casi cada semana.*

—Vaya, ¡pobre!

—*Ahora está mucho mejor, la verdad. Antes venía todos los días. No creerías cómo se ponía: se tiraba al suelo a llorar. Era la cosa más lastimera que puedas imaginarte.*

Abby se cubrió la boca con la mano y contuvo un sollozo. Preferiría que no le contara esas cosas.

—¿Estás hablándome de verdad? Porque si no eres tú, prefiero que pares, ¿de acuerdo?

—*¿Soy yo de verdad? ¿Soy yo de verdad?* —repitió Angela, más alto la segunda vez—. *Mmm... Creo que eso tendrás que averiguarlo tú.*

—No puedo. Quiero creer que podemos comunicarnos, pero sé que es imposible.

—*No te preocupes. Da lo mismo, estoy contenta de que finalmente te atrevieras a venir. Por fin. Hace mucho tiempo que te espero.*

—No pude venir antes —susurró Abby en voz alta.

—¿Y por qué no?

Abby echó la cabeza hacia atrás y contempló el cielo gris y amenazador.

—Mi hermano se casa esta tarde.

—*Ya estás otra vez. No cambies de tema. Quiero saber por qué no te veías capaz de venir a verme.*

—Ah... —Abby se vino abajo, intentando tragar el nudo que tenía en la garganta, tan grande que por unos segundos pensó que no podía respirar—. Lo siento mucho, Angela. Lo siento muchísimo.

—*Ya lo sé, ya lo sé* —murmuró Angela—. *Pero ya va siendo hora de que lo superes.*

—¿Que lo supere? ¿Estás loca? —Abby por poco lo dice a gritos—. Maté a mi mejor amiga. Nadie que tenga conciencia o corazón podría superar una cosa así.

—*Pero tienes que hacerlo* —insistió Angela.

Abby no sabía qué contestar.

—*Si tan culpable te sientes, ¿por qué no me has traído flores? Unas margaritas amarillas me hubieran encantado.*

—Ay, Dios. Debería haberlo hecho. Lo siento.

—*Oye, si quieres sentirte culpable, allá tú. Me tienes años y años esperando y cuando por fin apareces, ni siquiera me traes flores.*

—Ya te he pedido perdón.

—*No te preocupes. Cuando la gente trae flores, casi siempre se olvidan de traer también agua. No te creerías lo que me han llegado a poner en ese jarrón que mi madre insistió en colgar: café, refrescos, zumo de frutas... Cualquier líquido que se te ocurra.*

—Ah.

—*Bueno, pero ahora ya estás aquí y me alegro un montón de verte.*

—Yo también me alegro de haber venido.

—*Pues no lo parece. Se te ha corrido el rímel, y tienes la nariz roja. Será mejor que te arregles antes de la boda de tu hermano, o los invitados se pensarán que se te ha muerto alguien.* —Se echó a reír—. *Huy, tal vez me he pasado.*

Abby apartó la mirada.

—*Sonríe, Abby, ¡sonríe! Necesito que tengas una vida bonita. Necesito saber que has superado el accidente y que disfrutas de la vida por las dos.*

—¿Pero cómo puedo hacerlo?

—*Porque es lo que yo quiero. Quiero que te liberes de esos grilletes de culpa.*

Abby también quería liberarse.

—*Sabes cuál es el problema, ¿verdad?*

Abby se encogió, algo incómoda.

—Sí, claro. Que soy la responsable de tu muerte.

—*No, eso no es verdad. No eres la responsable y, además, ahora ya nada puede cambiar lo que sucedió. No, el problema es que te has acostumbrado tanto a sentirte culpable que te da miedo lo que pasará si dejas de hacerlo. Ser feliz te da un miedo de muerte. Huy, he vuelto a meter la pata. Mira, todo el mundo se muere, o sea que tendrás que acostumbrarte.*

—Ojalá hubiera muerto yo en tu lugar.

—*Pero no te moriste. Estás viva, o sea que disfruta de la vida. ¿Por qué no te has casado? A estas alturas tendrías que tener un marido y dos o tres niños y pasarte el día llevándolos de acá para allá.*

—¿Ah, sí?

—*¿No es esa la vida que planeamos?*

Abby sollozó.

—Nada salió según nuestros planes.

—*Es algo habitual, por lo que he oído. Pero ese no es ningún motivo para hundirse en la culpa. Ahora, dime que estás preparada para seguir con tu vida. Quiero que la vivas al máximo.*

—Ojalá pudiera.

—*¡Abby!*

—¡Está bien, está bien! —exclamó, casi a gritos. Afortunadamente, no había nadie en las inmediaciones que pudiera oírla.

—*Vale, muy bien. Pero antes, tienes que hacer una cosa.*

—¿El qué?

—*No te hará ninguna gracia.*

Abby agachó la cabeza.

—Tiene que ver con tus padres, ¿verdad?

—*Sí, tienes que ir a verlos.*

Abby negó con la cabeza para desechar la idea.

—No puedo, Angela, no puedo. Me culpan... Tu madre no puede ni verme.

—*Necesita verte y hablar contigo. Haz eso por mí, es todo lo que te pido.*

—No puedo.

—*Tienes que intentarlo otra vez, Abs.*

—La próxima vez.

—*No. Hoy. Ahora.*

Abby meneó la cabeza.

—He quedado para comer con Patty y otras chicas. Mi madre vendrá conmigo. No tengo tiempo.

—*Pues ve después de comer.*

—¿Puedo ir con mi madre?

—*No. Ve sola. No será fácil. No te prometo que mi madre no haga o diga algo desagradable. Pero esto no es por ella, que lo sepas. Es por ti. No cambiará nada si no lo haces.*

—Angela, no puedo. Lo siento, pero no puedo.

—*Prométeme que te lo pensarás. Solo te pido eso, ¿de acuerdo?*

—Está bien, lo pensaré. —Rebuscó en su bolsillo hasta encontrar un pañuelo para sonarse la nariz.

—*Basta de lágrimas. Empiezas a parecer mi madre.*

Abby sonrió.

—*Así me gusta más. Y ahora, largo de aquí y pásalo estupendamente. Felicita a Roger de mi parte. Siempre me pareció monísimo.*

—Eso haré. Adiós, Angela.

—*Adiós* —dijo Angela mientras Abby se alejaba—. *Recuerda que tienes que tener una vida feliz. Ahora vives por las dos.*

Abby se alejó del camposanto. ¿Había sucedido de verdad? ¿Acababa de hablar con su mejor amiga? Daba igual, se sentía como si le hubieran quitado un peso inmenso de encima. Aún algo confusa, caminaba despacio hacia su coche cuando su teléfono volvió a sonar. Esta vez, respondió.

—Hola, mamá.

—Perdona que te moleste, cariño, pero es que quería preguntarte a qué hora me recogerás para comer.

Abby miró el reloj.

—¿Qué tal a las once y media? Patty propuso que nos encontráramos a mediodía. Así tendremos tiempo de sobra.

—Perfecto. —Su madre vaciló—. ¿Estás bien, cariño?

—Estoy bien, mamá. Más que bien.

—Me alegro... He estado muy preocupada. Y tu padre también. Hasta pronto, cariño.

—Ah, y mamá...

—¿Sí? —Su madre respondió apresuradamente, como si hubiera estado a punto de colgar—. Dime.

Abby estaba a punto de contarle que le parecía que acababa de mantener una larga charla con Angela, pero cambió de idea.

—Nada importante. Ya tendremos tiempo de hablar antes de la boda.

—Vale. Por cierto, ¿te dije que he decidido ponerme el vestido rosa en lugar del verde pálido?

—Estarás guapísima de rosa.

—¿De verdad lo crees? Tu padre me dijo lo mismo. Es que me parece un vestido muy de madrina, pero tu padre me ha recordado que soy la madrina.

Abby sonrió.

—Estarás guapísima.

—Las dos lo estaremos.

Capítulo 23

Esperé a que la casa se vaciara antes de agarrar mi abrigo y el bolso. Tenía que salir a hacer algunos recados sin importancia. Mi objetivo principal era familiarizarme con el pueblo y presentarme a los propietarios de los negocios locales.

Peggy Beldon me había recomendado una tintorería, y me disponía a llevar un par de fundas de almohada que quedarían muy bien en el sofá. También tenía pensado pasar por la biblioteca. Ya iban dos personas que me habían hablado de Grace Harding, y esperaba tener la oportunidad de presentarme.

Llevaba las fundas de almohada en una bolsa, y el bolso colgado al hombro. Una vez más, preferí caminar antes que ir en coche. Una de las ventajas del hostal era que podía ir a pie prácticamente a cualquier lugar del centro. Pero en lugar de echar a andar colina abajo como me había propuesto, mis pies me llevaron a la casa de Mark Taylor.

El día anterior no respondí a su pregunta sobre Paul. Tan pronto como me la hizo, me excusé y me marché apresuradamente. Mark no intentó detenerme, por suerte. Pero ahora tenía la sensación de que le debía una disculpa. Además, no me había satisfecho su explicación sobre por qué se había presentado en el hostal cuando Spenser vino a verme.

Igual que en mi anterior visita, encontré a Mark en el taller, lijando una cuna preciosa. Era una obra de arte, con intricadas tallas en el cabezal y los pies. Llevaba un mono de trabajo sobre una gruesa chaqueta de franela. Una mirada bastaba para darse cuenta de que no era un hombre que se preocupara mucho por su aspecto. Su cabello rubio arenoso necesitaba un buen corte, y parecía que llevaba un par de días sin afeitarse.

—Tú otra vez —dijo, aparentemente nada complacido por mi aparición inesperada.

—Sí, aquí estoy otra vez. ¿Tienes un minuto?

—La verdad es que no.

Hice caso omiso y me acerqué a la cafetera que tenía en un rincón para servir una taza para mí y otra para él.

—Siéntate conmigo un momento —propuse.

Mark me lanzó una mirada torva.

—¿Y ahora qué quieres? No dejas de interrumpirme, y así nunca acabaré tu letrero.

—No parece que estés trabajando en el letrero.

Su ceño se volvió más profundo, pero no dijo nada.

—¿Te han encargado una cuna? —pregunté.

Renuente, meneó la cabeza.

—Entonces... ¿por qué la has hecho?

—¿Siempre eres tan entrometida?

—A veces —admití. Fingiendo que no me daba cuenta de su arisca bienvenida, me senté en un taburete, crucé las piernas y agarré la taza con las dos manos, dejando que el café las calentara.

Mark también se puso a fingir, a fingir que yo no estaba. No protesté. Los ojos se me iban a la cuna. No podía apartar la mirada de las complejas espirales que había tallado en ambos extremos.

—Es una cuna preciosa —dije, admirando su obra. Mark era un artesano muy habilidoso.

Él dio un paso atrás y contempló su obra como si la viera desde otra perspectiva.

—Gracias.

—¿Conoces a alguna embarazada?

—No. —Volvió a acercarse a la cuna y añadió a regañadientes—: Me vino la idea una noche.

—¿Y decidiste hacerla, sin más?

Dejó caer las manos y me fulminó con la mirada.

—¿Tienes algún problema?

—No. —Sus ojos me intimidaban, pero no iba a darle la satisfacción de hacérselo saber.

Esbozó una sonrisa, pero su voz rezumaba sarcasmo cuando me dijo:

—Me alegro. —Acercó de nuevo el cincel a la madera para continuar con su alambicada talla.

—¿Qué vas a hacer con ella? —pregunté. En su taller no parecía tener un espacio dedicado a la exposición y venta de sus creaciones.

Se encogió de hombros.

—Aún no lo sé. Probablemente la regalaré. —Ahora sonaba menos irritado.

—¿La regalarás? —repetí. Esa cuna podría venderse por una fortuna. ¿Única, preciosa y hecha a mano? Mark era la persona más inusual que conocía; nunca sabía qué esperar de él.

Soplé el café para enfriarlo, y di un sorbo con cautela, temiendo abrasarme los labios.

—¿Has venido por algo? —inquirió. Alargó el brazo para alcanzar su taza de café.

—Sí.

—Entonces, ¿no crees que ya va siendo hora de ir al grano? Como ves, estoy ocupado.

A pesar de su hostilidad, sonreí, incapaz de ocultar mi hilaridad.

—¿Qué te parece tan gracioso? —preguntó.

—Tú —le dije.

Se rascó la cabeza.

—Me han llamado muchas cosas a lo largo de los años, pero «gracioso» nunca ha sido una de ellas.

—Siento que te debo una explicación a propósito de Paul...

Él alzó las manos para detenerme.

—No es asunto mío. Sea quien sea, me importa un bledo, ¿entiendes?

No le hice caso:

—Paul era mi marido. Lo mataron en Afganistán hace nueve meses.

Mark enderezó los hombros y dio un paso atrás.

—Eso lo explica todo.

—¿Explica el qué?

Meneó la cabeza, como si no quisiera responder. Transcurrido un instante, dijo:

—Lo siento mucho.

—Sí, yo también. Paul Rose era un buen hombre. El mundo es un lugar mejor gracias a él. —Me mordí el labio esperando poder contener mi tristeza. No estaba segura de si iba a conseguirlo.

Se quedó pensativo.

—Has nombrado el hostal en su honor, y quieres plantar un jardín de rosas. —Era como si, de repente, todo cobrara sentido para él.

—Su helicóptero se estrelló en una montaña. Fue imposible acceder al lugar del accidente, así que no pudieron repatriar su cadáver.

Mark me sostuvo la mirada.

—Eso es muy duro.

—Durante mucho tiempo intenté convencerme de que aún vivía.

—¿Y es cierto?

Negué con la cabeza.

—Por más que quiera creerlo, no puede ser verdad. Las fotografías del lugar del accidente demuestran que es imposible que hubiera supervivientes.

Mark apartó la mirada y dejó su taza sobre una mesa. Sin decir una palabra, regresó a la cuna.

—Siento haberte molestado —dije, dejando mi taza.

—No me molestas —repuso, mientras proseguía con su tarea.

—Gracias por el café —me despedí mientras salía del taller.

—No se merecen —refunfuñó él.

Me marché y eché a andar colina abajo hacia el centro del pueblo. La sensación del frío en la cara me sentaba bien. Daba las gracias por mi abrigo de lana y el calor que me brindaba. El viento soplaba desde el mar y el olor a salitre flotaba en el aire. Sentí la tentación de acercarme al puerto para ver la cala. Pero cambié de idea cuando la tripa me recordó que era hora de comer.

Aunque había preparado un opíparo desayuno para mis huéspedes, yo apenas había comido. Había oído hablar muy bien del restaurante Pot Belly, así que decidí acercarme a tomar una sopa.

Estaba lleno hasta los topes. Tuve que esperar diez minutos a que me asignaran una mesa, y me instalaron en una redonda junto a la cristalera que daba a la calle Harbor.

En la mesa de enfrente había dos mujeres. Eran a todas luces buenas amigas, y parloteaban animadamente con las cabezas juntas, riendo de vez en cuando.

Cuando la camarera vino a traerme un vaso de agua y la carta, le pregunté por la sopa del día, y me dijo que era de ternera con verduras. Pedí un plato, y también una taza de té. Y hasta que la camarera no se marchó no me di cuenta de que una de las mujeres de la mesa de delante llevaba una placa con su nombre: Grace Harding. Precisamente la persona a quien deseaba conocer.

Mi fascinación debió de llamarle la atención, porque se interrumpió a media frase para mirarme.

Aturullada y algo avergonzada, dije:

—Siento haberme quedado mirándote.

—No te preocupes. Eres la chica que compró el hostal de los Frelinger hace poco, ¿verdad?

—Sí, soy Jo Marie Rose.

—Grace Harding. Te presento a Olivia Griffin.

—¿La juez Olivia Griffin? —pregunté.

—Sí. —La juez era una mujer de aspecto elegante con el pelo corto y oscuro, con un peinado muy moderno y los ojos castaños.

—Encantada de conoceros a las dos.

—Bienvenida a Cedar Cove.

Una muestra más de la cálida bienvenida que me había dado el pueblo.

—Prácticamente todas las personas con las que he hablado me han dicho que tenía que conoceros —les dije.

La camarera me trajo la sopa, un panecillo caliente y una porción de mantequilla. El pan parecía recién sacado del horno, y me sentí flaquear por el hambre. Cuando alcé la mirada, descubrí que la juez Griffin me observaba.

—¿Ayer tuviste un visitante inesperado? —preguntó.

Iba a decir que no, pero entonces me acordé de Spenser. No sabía qué responder. Abrí la boca y volví a cerrarla. No se me ocurría cómo podía estar al corriente. Dudaba que Mark le hubiera dicho nada, pero, a decir verdad, tampoco le conocía muy bien. Cuanto más trataba con él, menos le entendía.

Olivia parecía algo avergonzada.

—Lo pregunto porque estaba en el centro con mi hija Justine y un hombre detuvo el coche junto a nosotras para preguntarnos cómo llegar al Hostal Rose Harbor. Le dije que no me constaba que hubiera un hostal llamado así en el pueblo.

—Sí, es que decidí cambiarle el nombre.

—Desafortunadamente, yo no lo sabía, y ese hombre se enfadó mucho.

—¿Contigo?

—Con el mundo en general. —Frunció el ceño—. Un rato después me encontré al *sheriff* Davis y le mencioné lo sucedido. ¿Llegó a encontrarte ese hombre?

Asentí.

—Por desgracia, así fue.

—¿Va todo bien?

—Sí, desde luego. —Estuve a punto de mencionar la aparición inesperada de Mark, pero me contuve.

Olivia se levantó para pedir la cuenta.

—Lo siento mucho si se trataba de un amigo.

—No lo era... No lo es. Dudo que vuelva por aquí.

—Bien. —Grace arrugó el entrecejo; ella también parecía preocupada—. Tanto Olivia como yo hemos vivido solas, así que sabemos lo que es. Nunca dudes en pedirnos ayuda.

—Las mujeres tenemos que apoyarnos —añadió Olivia.

No podía estar más de acuerdo.

Se marcharon, y yo probé por fin la sopa. No era nada exótico ni exquisito, sino un simple plato casero. El panecillo seguía caliente, y al partirlo por la mitad, la miga soltaba vapor. La mantequilla se derritió y goteó sobre el plato. Era tan bueno como su aspecto y su aroma prometían.

Para cuando terminé de comer, el restaurante se había vaciado considerablemente. Pagué en la caja y salí en dirección a la tintorería, que estaba a un par de manzanas.

Mientras andaba calle abajo, varias personas me miraron con curiosidad; otras me sonrieron e inclinaron la cabeza a modo de saludo.

Encontré la tintorería y dejé mis fundas de almohada. De allí me dirigí directamente a la biblioteca, con la intención de sacarme el carné.

Capítulo 24

Josh vio a Michelle salir en silencio de la habitación de Richard, procurando cerrar la puerta con el menor ruido posible. Ella lo miró y suspiró con vehemencia.

—Está mucho peor que ayer.

—Eso me ha parecido a mí.

Ella agachó cabeza y estuvo un momento en silencio, como si le costara hablar.

—A pesar de lo que Richard dice que quiere, creo que tendríamos que llamar a los de cuidados paliativos. Me preocupa que tenga dolores, y ellos podrán ayudarnos a que esté más cómodo en sus últimos días.

Josh estaba de acuerdo con ella. Aunque sabía lo que Richard opinaba.

—A Richard no le hará ninguna gracia.

Michelle asintió.

—No está en condiciones de discutir. Ha dormido muy mal, y la verdad es que no creo que le quede mucho tiempo. Pero los de cuidados paliativos tendrían más idea que yo. Tenemos que asegurarnos de que no hace falta volver a llevarle al hospital. —En sus palabras había un temblor causado por la emoción.

Josh fue al salón y se puso a mirar por el gran ventanal. En tan solo un par de días había visto un declive veloz en el estado de salud de su padrastro. Era como si Richard hubiera estado esperando la llegada de Josh para despedirse de este mundo.

Cuando Josh llegó a la casa, Richard aún tenía la energía y las ganas de gritarle, pero esa mañana apenas le quedaban fuerzas para respirar.

—Voy a preparar algo de comer —dijo Michelle a su espalda.

Se había hecho tarde, pero Josh no tenía ningún interés en comer.

—A mí no me prepares nada; no tengo hambre.

Michelle hizo como si no le hubiera oído. Entró en la cocina, y unos minutos después Josh oyó el silbido de la tetera. Michelle volvió unos instantes más tarde con dos tazas.

—He llamado al hospital —anunció.

Josh tomó la taza que ella le ofrecía y se sentaron frente a frente. La butaca en la que Richard pasaba la mayor parte del día permanecía vacía, aunque él seguía muy presente en sus pensamientos.

—¿Qué te han dicho? —preguntó él.

Michelle dejó su taza de té sobre un posavasos y se reclinó en su sillón.

—La mujer con la que he hablado me ha dicho que mandarán a alguien a verlo por la tarde.

A Richard no le haría ninguna gracia, pero, como Michelle había dicho, no se encontraba en condiciones de protestar. Había pedido morir solo, y, por un momento, Josh se preguntó si deberían respetar sus deseos. Pero sospechaba que Michelle se negaría a abandonar a su vecino.

A decir verdad, lo que a Josh le gustaría sería montar en su camioneta y alejarse tanto de Cedar Cove como le permitiera el depósito de gasolina. Al plantearse el viaje, una parte de él había planeado pasar algún tiempo junto al mar.

Uno de los recuerdos más felices de su infancia fueron unas breves vacaciones con su madre en Ocean Shores. Josh tendría unos diez años. Cuando su padre los dejó, nunca tenían dinero para gastar en lujos como vacaciones.

Siempre tuvieron problemas económicos. Pero de alguna manera su madre consiguió ahorrar algunos dólares para gasolina. Llenaron una nevera portátil, cargaron el maletero con almohadas y mantas, toallas, cubos y palas de plástico, y fueron en coche hasta Ocean Shores. No podían permitirse una habitación de hotel, así que aparcaron en una franja arenosa de la playa.

Josh recorrió la orilla una y otra vez, lanzándose de cabeza entre las olas con alegría infantil. Compraron una cometa barata, y a Josh le maravilló cómo el viento la tomaba y la izaba hasta que se convirtió en una manchita en el horizonte. Rio tanto que casi se puso enfermo de felicidad.

Juntos, Josh y su madre construyeron un enorme castillo de arena, y por la noche hicieron una pequeña fogata con madera que encontraron en la playa, y asaron perritos calientes. Habían pasado muchos años, pero Josh no recordaba haber disfrutado nunca tanto de una comida. Esa noche, durmieron al amparo de las estrellas, con el susurro del mar de fondo.

—Estás muy callado —observó Michelle.

Josh la miró. Ensimismado en sus recuerdos, le costó volver al presente.

—Estaba acordándome de un viaje que hice con mi madre de niño.

—¿Antes de conocer a Richard?

Asintió.

—Yo tenía diez años, y fuimos a Ocean Shores. Contaba con que a estas alturas ya habría resuelto el tema de Richard y tendría ocasión de ir a la playa. Sé que la ciudad ha cambiado mucho desde que estuve allí, pero nunca olvidaré esos recuerdos.

—¿Nunca volvisteis?

—Sí, una vez, con Dylan y Richard.

Michelle parecía poder leerle la mente.

—Pero no fue lo mismo, ¿verdad?

Josh tenía quince años y acababa de conseguir su permiso provisional de conducir, con el cual pudo alquilar una motocicleta. Richard alquiló otra para que Dylan la condujera por la playa. Al principio fue divertidísimo. A Josh le encantó la libertad de la motocicleta al cabalgar sobre la arena con su hermanastro al lado y el viento azotándoles la cara. Pero entonces Josh sufrió una caída y ocasionó desperfectos en la motocicleta.

Richard reaccionó con tanta cólera que su madre intervino por primera vez, haciendo notar a su marido que había sido un accidente. Aun así, Richard insistió en que Josh pagara los desperfectos y se fueran a casa de inmediato, estropeándoles el día a todos.

El viaje de vuelta a casa fue insoportable, con una tensión palpable entre su madre y Richard. Dylan también se había enfadado con Josh, y Josh tenía un nudo en el estómago al pensar que todo había sido culpa suya.

Mirando atrás, no comprendía del todo la ira de Richard. Fue claramente un accidente. Josh pagó los desperfectos de la motocicleta con el dinero que ganaba repartiendo periódicos, y aceptó la responsabilidad de sus actos. A nadie parecía importarle la suerte que había tenido de salir indemne del accidente. Casi deseó haber salido herido. Quizá así hubiera recibido muestras de simpatía en lugar de una bronca.

—Vuelves a estar enfrascado en tus pensamientos —dijo Michelle.

—Lo siento.

—No pasa nada.

No había dado un solo sorbo a su taza de té. Antes de estrellar la motocicleta, Josh vio a su madre pasear por la playa con Richard. Tal vez fuera esa distracción la que causó el accidente; ahora se acordaba por primera vez: Teresa iba agarrada del brazo de Richard. Llevaba un vestido de verano sin mangas, y el viento hacía que el pelo le azotara la cara y la falda se le enredara entre las piernas. Richard estaba más relajado de lo que Josh recordaba haberle visto jamás. Se había remangado las perneras de los pantalones hasta la rodilla, y los dos iban descalzos. El sonido de la risa de su madre resonaba por la playa, uniéndose a los graznidos de las gaviotas en el cielo. Lo que más le sorprendió de aquel momento fue que Teresa estuviera tan feliz y tranquila.

Josh recordaba haber visto a su madre sentada a menudo a la mesa de la cocina con una pila de facturas delante. Las organizaba en distintos montones según la urgencia con la que tuviera que pagarlas. En más de una ocasión la vio cubrirse la cara con las manos y echarse a llorar. Solo de pensarlo, sentía un nudo en la garganta.

El día anterior, Josh fue capaz de admitir que su madre amaba a Richard. Y no podía sino estarle agradecido, a pesar de todos sus defectos, por devolverle la alegría a Teresa.

Llamaron al timbre, y Michelle fue a abrir. Era la misma mujer que vino el día anterior.

—Estaba en una casa de por aquí —explicó Ginger mientras cruzaba el umbral.

Michelle le recogió el abrigo y el bolso y los dejó en el colgador que había detrás de la puerta.

—Estábamos tomando té, ¿te apetece una taza?

—Gracias, pero no tengo tiempo. Voy a ver a Richard y luego me marcharé.

—De acuerdo.

—Te acompaño —dijo Josh, esperando que, en el caso de que Richard se enfadara, lo pagaría con él, y no con esa mujer que había venido a ayudarle desinteresadamente.

Michelle le miró como dando a entender que tal vez debería ser ella quien acompañara a la otra mujer a ver a Richard. Josh accedió a sus deseos.

Las cosas entre los dos se habían enfriado notablemente desde que él le dijo que pensaba marcharse pronto. A Josh no le parecía bien, pero no quería engañar a Michelle. Era, simplemente, un mal momento. Se encontraba en una situación emocionalmente comprometida, y no sabía si podía fiarse de sus sentimientos. Richard estaba a las puertas de la muerte, y la oportunidad de alejarse para siempre de ese pueblo y de los recuerdos dolorosos se acercaba a paso veloz.

Tras unos minutos de preguntas, las dos mujeres entraron en silencio en la habitación de Richard.

Josh no le oyó quejarse, así que supuso que su padrastro aún dormía. Tal vez incluso hubiera muerto.

Richard, muerto.

El dolor que le golpeó inesperadamente le obligó a dejarse caer en una butaca. Si realmente había muerto, debería alegrarse de que ya hubiera terminado todo.

Josh intentó recordar lo que había sentido al morir su madre. Entonces sabían, naturalmente, que se acercaba el final. Richard y Josh estaban junto a ella, uno a cada lado de su cama de hospital. Resultaba apropiado, teniendo en cuenta lo alejados que estaban en todo excepto en su amor por aquella mujer moribunda.

Su madre estaba dormida, y su respiración se volvió débil y sibilante. Tras una última exhalación, se fue.

Richard miró a Josh con las mejillas cenicientas bañadas en lágrimas y los ojos llenos de dolor, y susurró:

—Nos ha dejado.

Y entonces se inclinó hacia delante, apoyando los brazos en la cama, y se echó a llorar a lágrima viva.

Josh se daba cuenta ahora de que en aquel momento debía de estar conmocionado, porque no sintió nada. Ni pena, ni dolor..., nada en absoluto. No había dejado asomar ni una lágrima, que recordara.

Los fuertes lamentos de Richard atrajeron a una enfermera a la habitación. Llamaron también a un capellán. Para entonces, Richard había recuperado el dominio de sí mismo y volvía a comportarse con normalidad. Josh no recordaba que ninguno de los dos hubiera pronunciado palabra de camino a casa. Después de dejarle allí, Richard volvió a marcharse casi de inmediato para ir a la funeraria.

Qué curioso que esos recuerdos surgieran justo ahora. Lo que le parecía aún más curioso era que cuando murió su madre se vio encerrado en una burbuja emocional, y ahora que le había llegado el turno a Richard, le sucedía todo lo contrario. Le embargaba la tristeza, y eso que el viejo seguía con vida. No se lo explicaba.

Michelle y Ginger salieron del dormitorio de Richard.

—Está despierto —dijo Michelle—. Ha abierto un poco los ojos cuando hemos entrado.

—¿Cómo lo ves? —Josh preguntó a la voluntaria del hospital.

Ella respondió sin titubeos:

—Calculo que menos de cuarenta y ocho horas.

—¿Tan poco? —Josh deseaba creer que Richard era demasiado mezquino para morirse. Querría ir contra todo pronóstico, demostrar que era más poderoso que la muerte.

—¿Se lo has dicho? —inquirió.

Ginger meneó la cabeza.

—¿Se ha enfadado porque hemos llamado al hospital? —preguntó Josh, ahora a Michelle.

—Sí, pero ya no le quedan fuerzas para gritar.

—Quería que le dejarais en paz, ¿verdad?

Michelle esbozó una sonrisa cómplice y asintió:

—Sí, y nos lo ha dicho con unas cuantas lindezas, pero no voy a repetirlas.

—Será lo mejor.

—Llamadme si hay algún cambio —dijo Ginger—. La medicación mantendrá el dolor a raya. No veo motivos para llevarlo al hospital.

Josh la acompañó a la puerta. Mientras Ginger se abrochaba el abrigo, hizo una pausa:

—Podría irse pronto. Tal vez esta noche, o mañana a primera hora.

—De acuerdo. Gracias por venir, te lo agradecemos mucho.

—De nada. Me alegro de haber podido pasar a verlo, ya que estaba cerca.

—Nosotros también.

La casa se quedó particularmente silenciosa cuando Ginger se fue.

Josh vaciló un instante antes de entrar en la habitación de Richard. La puerta chirrió al abrirla.

Richard abrió los ojos cuando Josh entró y se puso a los pies de su cama.

—Te dije que no volvieras por aquí —murmuró Richard.

Josh se acercó para oírlo mejor.

—Me iré a su debido tiempo, no te preocupes. Antes de que te des cuenta, ya me habré ido.

—Vete ya.

—Está bien, si eso es lo que quieres...

Richard cerró los ojos e inspiró aire suavemente. Su respiración era sibilante y débil.

—Me estaba acordando de cuando murió mamá —dijo Josh.

Casi al instante, los ojos de Richard se empañaron en lágrimas. Se los frotó con la mano, y Josh se dio cuenta de que se sentía avergonzado.

—Todavía la echo de menos —logró susurrar el anciano—. No pasa un día sin que me acuerde de Teresa.

—Gracias por devolverle la alegría. Espero que seas consciente de lo mucho que te quería y de lo feliz que la hacía estar casada contigo. Siempre te agradeceré lo mucho que la cuidaste, especialmente durante sus últimos días.

Las lágrimas de Richard empezaron a manar a borbotones, resbalando por sus mejillas mortalmente pálidas y dejando un rastro reluciente al rodar hasta su barbilla y caer sobre la funda de la almohada.

—Encontrar a Teresa es lo mejor que me pasó en la vida... y a Dylan también.

Después, se quedó en silencio, como si estuviera atrapado en sus recuerdos. Y entonces, cuando Josh estaba a punto de salir, habló de nuevo:

—Me pareció verla...

—¿Cuándo? —repuso él suavemente.

—Anoche. Estaba a los pies de la cama, como un fantasma. Era transparente, se veía la pared a través de su cuerpo.

—¿Te dijo algo? —Debía de ser efecto de la medicación para el dolor. Tal vez fue justo cuando los potentes analgésicos le hicieron efecto.

—No habló, pero yo la entendí de todas formas. Me dijo que ella y Dylan me estaban esperando.

Josh asintió.

—No temo a la muerte. —La mirada desafiante en los ojos de Richard recalcó sus palabras—. Estoy preparado para irme. Cuando sea.

—Eso está muy bien.

—Está muy bien —repitió Richard, y cerró los ojos.

Por un terrible instante, Josh creyó que Richard acababa de morirse, pero entonces vio que su pecho subía y bajaba con la respiración, y él también volvió a respirar tranquilo.

Justo lo que Josh pensaba: Richard Lambert era demasiado terco para morirse.

Capítulo 25

Abby llamó a la puerta de la habitación de hotel de sus padres y esperó. Nadie fue a abrir, así que llamó otra vez, más fuerte. Tampoco esta vez recibió respuesta. Temiendo estar llamando a la puerta equivocada, volvió a recepción. Al acercarse al mostrador, Abby vio el comedor del desayuno, a un lado, lleno de gente que charlaba en las mesas. Pero ya no era hora de desayunar.

—Abby. —Su madre franqueó la doble puerta con los brazos abiertos—. Estamos aquí.

—Mamá...

—¡Abby! —exclamó su tía Eileen, que se unió a su madre—. Ay, cariño, cuánto me alegro de verte. —Estrechó a Abby entre sus brazos con tanta fuerza que Abby tuvo miedo de que su tía le rompiera las costillas—. ¡Cuánto tiempo!

Su tío Jake también se acercó. Rodeó a Eileen por la cintura con un brazo y a Abby con el otro.

—Ven a ver a tus primos.

La última vez que Abby vio a Sondra y a Randall fue en la adolescencia, cuando ellos eran unos bebés. El muchacho larguirucho que vino a saludarla tenía una nuez muy prominente y mediría por lo menos metro ochenta y cinco, con lo que le sacaba más de una cabeza.

—¿Randy? —Abby no podía creer que ese chico fuera su primito.

—Prefiero que me llamen Rand.

—¿Rand? —Abby abrió mucho los ojos—. ¿Qué te ha pasado?

Él le dedicó una sonrisa tímida.

—He crecido.

Una chica rubia muy guapa se acercó.

—¿No te acuerdas de mí? —preguntó.

—¿Sondra?

Ella sonrió, dejando ver una hilera de dientes blancos perfectos.

—Esa soy yo.

—No me lo creo. —Abby rio—. Madre mía, pero si yo le cambiaba los pañales a Rand.

—Esto..., si no te importa... —empezó el joven, arrastrando los pies.

—Recuerdo que te llamábamos Supercaquitas.

El rostro juvenil de Randall se puso como la grana, y el grupo prorrumpió en risas.

—No te preocupes —prometió Abby—. No volveré a mencionarlo.

—Gracias —respondió él con una sonrisa.

—¿Te acuerdas de tu tía Betty Ann? —dijo su madre, guiando a Abby al otro extremo de la sala.

—¿Dónde está el tío Leon? —Abby recordó que el hermano de su padre siempre tenía una cámara fotográfica en la mano.

Casi ni había terminado de hacer la pregunta cuando se disparó el *flash* de una cámara.

—¡Tío Leon! —exclamó entre risas. Su tío y su tía fueron a abrazarla.

—Hace mucho tiempo que no te veíamos —se quejó su tía Betty Ann.

—Podéis venir a verme cuando queráis —dijo Abby, sorprendiéndose a sí misma—. Pensad que vivo en Florida, y allí los inviernos son una delicia.

—Si vivimos en Arizona —repuso Betty Ann—. Allí el invierno también es estupendo.

—No viven lejos de nosotros —añadió su madre.

—Ay, cielo, ¡lo que me alegro de verte! —Su tío Leon la apuntó con la cámara—. Siempre has sido muy fotogénica. —El *flash* se disparó tres veces seguidas.

—¿Dónde están Doug, Craig y Joy? —Abby preguntó por sus primos pequeños.

—Por aquí. Joy nos hizo abuelos hace un par de años.

—¿Ya eres abuela, tía Betty Ann? —Seguro que su madre se lo había contado, pero Abby no se acordaba.

La madre de Abby se cruzó de brazos y resopló.

—No empieces, Betty Ann. —Lanzó una mala mirada a su hija, y luego sonrió para darle a entender que estaba de broma—. Ahora que Roger se casa, Tom y yo tenemos probabilidades de tener por fin un nieto. A menos, por supuesto... —Se detuvo y miró a Abby—. A menos que Abby encuentre a un hombre, siente la cabeza rapidito y tenga un par de bebés.

—¡Mamá! —protestó Abby, aunque su enojo era solo fingido.

Pasó los quince minutos siguientes deambulando de mesa en mesa para saludar a un montón de parientes tanto del lado de su madre como del de su padre.

Vio a Joy y a su bebé, y conoció al marido de Joy. Vivían en Alaska y habían venido a Seattle expresamente para la boda, y también para ver a la familia. Doug y Craig también estaban casados, y Abby conoció a sus esposas. La mujer de Doug estaba embarazada, y la tía Betty Ann estaba encantada porque iba a tener una niña, su primera nieta.

Lo que más sorprendió a Abby fue lo mucho que había cambiado todo el mundo desde la última reunión familiar a la que había acudido. Hacía tantos años que era incapaz de acordarse de cuándo fue.

Entonces, Abby mantenía una relación estrecha con sus primos, a pesar de tener edades distintas. En esa época, tres o cuatro años ya marcaban una gran diferencia. Sondra y Rand eran los más jóvenes, mientras que con Doug, Craig y Joy solo se llevaba unos años.

Para cuando Abby acompañó a su madre a la habitación para prepararse para el almuerzo, la cabeza le daba vueltas con todos los nombres y las caras con las que había vuelto a familiarizarse.

—¿Cómo han crecido todos tanto? —preguntó, meneando la cabeza.

—Bueno, cielo, si salieras de tu cascarón un poco más a menudo, lo habrías visto.

—Ya lo sé —convino Abby y, por primera vez, sintió que había cometido un grave error apartándose como lo había hecho.

Su madre metió la tarjeta en la ranura y abrió la puerta. El servicio de habitaciones ya había pasado, y la habitación estaba recogida.

—Tengo que cambiarme de zapatos —dijo Linda mientras se agachaba para sacar otro par del suelo del armario.

Fue entonces que Abby se dio cuenta de que su madre andaba en zapatillas.

—Me estoy reservando los pies para bailar en la boda. Te conté que había convencido a tu padre para que nos apuntáramos a clases de baile de salón, ¿verdad?

—¿A papá? —Su padre era la última persona a la que podría imaginarse tomando clases de baile.

—Nunca hubiera creído que lo haría, pero nos enganchamos a aquel programa de televisión, y cada semana apoyábamos a nuestras parejas preferidas.

Abby también veía el programa, pero le costaba creer que hubiera motivado a sus padres a apuntarse a clases de baile.

—A tu padre no se le da nada mal. Le encanta.

Vaya si habían cambiado las cosas.

Su madre se puso en pie y arqueó la espalda.

—No estamos tan viejos, que lo sepas.

—Hablando de viejos, no he podido aparcar muy cerca de la puerta —recordó Abby—. ¿Y si voy a por el coche y lo traigo hasta la entrada y te recojo allí?

—¿Seguro, cielo? No me importa andar.

—No pasa nada, mamá.

Abby iba hacia la puerta cuando su madre la detuvo.

—Cielo, espero no haberte hecho enfadar con lo de los nietos. Tu padre me dijo que tengo que ser un poco más sensible.

Abby la tranquilizó con una sonrisa.

—No me has hecho enfadar.

—Qué bien. No quiero que nada estropee este día. Tu padre y yo nos alegramos muchísimo por Roger. Hace mucho tiempo que esperamos que nuestros hijos se casen.

Abby abrazó a su madre y salió de la habitación. Iba rebuscando las llaves del coche en su bolso cuando se topó con un hombre que recorría el pasillo a toda prisa. Le dio un golpe en el hombro. Por poco derriba a Abby, pero la sostuvo por los brazos.

—¡Lo siento mucho! —Se quedó mirándola fijamente—. ¿Abby?

—Sí. —Casi se queda sin habla. Abby no necesitaba preguntarle quién era. Le reconoció de inmediato.

—Soy yo, Steve. Steve Hooks.

—Ya..., ya lo sé. —Sentía la boca seca como un pozo abandonado. Había querido preguntar a su hermano por Steve, pero no llegó a hacerlo. Tal vez porque no tenía ganas de oír que estaba felizmente casado y la había olvidado. Desde luego, ella le había dado motivos suficientes.

—Entonces, ¿te acuerdas de mí?

Pues claro que se acordaba.

—Me…, me alegro de verte —logró balbucear, aunque se sentía como si tuviera la boca llena de algodón.

Él le soltó los hombros, con algo de renuencia.

—Estás muy guapa.

—¿Has venido a la boda? —Era la pregunta más estúpida que se le podría haber ocurrido.

—Sí, Roger me pidió que fuera uno de los acompañantes.

—Es que no estabas en el ensayo anoche. —Las palabras se le escaparon antes de que pudiera darse cuenta de que él entendería que le había estado buscando.

—No, mi vuelo se retrasó y no aterricé hasta después de la cena.

—Qué bien que hayas llegado. —Abby quería seguir hablando con él, pero su madre la esperaba y no podía entretenerse. Contaba con tener más ocasiones de charlar con él a lo largo del día.

Steve dio un paso atrás, como en señal de retirada. Parecía tan reticente como ella a dar por terminada la conversación.

—Nos vemos por la tarde, pues.

—En la boda —dijo Abby, algo del todo innecesario. Las mejillas se le encendieron. La noche que ella y Angela fueron de compras, su mejor amiga le dijo que tenía muchas ganas de conocer a Steve. Y Abby estuvo parloteando sin cesar de lo maravilloso que era.

Roger había invitado a Steve a pasar Acción de Gracias con la familia, porque los padres de Steve vivían en la Costa Este y, con las Navidades tan cerca, no podía permitirse otro billete de avión. Abby y Steve empezaron a escribirse correos electrónicos sin parar desde que se conocieron. Angela pasó Acción de Gracias con sus abuelos en Spokane.

Abby se había enamorado de Steve hasta las trancas. Después del accidente, él le mandó flores, notas y cartas, pero ella no le respondió, porque le parecía mal tener a un chico tan maravilloso en su vida cuando su mejor amiga estaba muerta. Lo peor fue cuando el chico que salía con Angela vino a verla al hospital. Abby aún estaba sedada, y sentía mucho dolor. Él se sentó junto a la cama, apoyó la frente en la barandilla y se echó a llorar. No se puso a gritar como la madre de Angela, pero su dolor hirió a Abby de una forma más profunda que la cólera. El chico se fue al cabo de un rato, y nunca volvió a verlo.

Ensimismada en sus pensamientos, Abby estuvo a punto de chocarse con la puerta de cristal que daba al aparcamiento.

—Contrólate —murmuró para sí mientras se dirigía a la parte más alejada, donde había dejado el coche. Después de que le dieran el alta, durante su recuperación, le había hecho falta mucho valor para volver a ponerse al volante de un coche. Casi un año, para ser exactos.

Abrió la puerta, se sentó en el asiento del conductor y puso las manos sobre el volante.

Angela quería que fuera a ver a sus padres durante su estancia en la ciudad. Era un deseo imposible. No podía enfrentarse a ellos. Lo había intentado, pero estaban tan hundidos en su dolor que no tenían fuerzas para perdonarla. Y, por lo que le había dicho Angela, no habían cambiado mucho con los años.

Abby se regañó mentalmente.

—Eso no lo sabes —se dijo en voz alta. ¿Qué persona cuerda haría caso de voces de ultratumba? Basta de tonterías.

Basta.

Lo que había sucedido en el cementerio era producto de su imaginación. Había esperado mucho tiempo para visitar la tumba de su amiga, y lo único que había conseguido era convertirlo en un acontecimiento de importancia desproporcionada. Y, por culpa de eso, ahora tenía alucinaciones.

¿Acaso su propia madre no había dicho que no quería que nada estropeara este día maravilloso? Su hermano estaba a punto de casarse. No era el momento ni el lugar para que Abby intentara viajar en el tiempo para enmendar los errores del pasado. Lo mejor que podía hacer era ir a la boda de su hermano y disfrutar de una ocasión tan especial junto a su familia. Y después se iría de Cedar Cove. Haría la maleta y dejaría atrás toda su ansiedad y dolor.

Aguardó un instante, casi como si esperara que Angela interviniera. Pensó que debía de tener un aspecto ridículo, al volante de un coche parado, esperando a que una persona muerta y enterrada le llevara la contraria en su soliloquio.

Abby arrancó el motor y llevó el coche hasta la entrada del hotel. Su madre salió en cuanto la vio aparecer. Linda esbozó una amplia sonrisa cuando abrió la puerta del copiloto y entró.

—¡A que no sabes a quién acabo de ver!

—A que sí —replicó Abby.

—¡A Steve Hooks! —Su madre le lanzó una mirada llena de segundas intenciones.

—Yo también lo he visto. Por poco nos chocamos en el pasillo. Bueno, en realidad, sí que nos chocamos.

—Su vuelo se retrasó —explicó su madre.

—Pues... Qué bien que haya llegado a tiempo.

—Sí, qué bien. Por cierto, Roger me dijo que Steve no se ha casado. —Una vez más, su madre le lanzó una mirada cargada de significado.

—¿Ah, no? —Su corazón empezó un redoble de tambor, aunque era absurdo suponer que podían retomar las cosas donde las dejaron hacía tantos años.

—Roger me ha dicho que Steve también ha preguntado por ti.

Abby decidió hacer caso omiso de ese comentario.

—Mamá, tienes que ponerte el cinturón.

—Huy, sí. —Alargó el brazo y tiró de la cinta hasta encajar la hebilla en su sitio.

Ojalá le hubiera insistido a Angela para que se abrochara el cinturón. Incluso ahora, transcurrido mucho tiempo, esa advertencia se disparaba siempre en su cabeza como una alarma.

Linda volvió a mirar a Abby.

—Bueno, cielo, ¿y qué te ha dicho Steve?

—Es que no hemos tenido mucho tiempo para hablar.

—Pero hablaréis después, ¿verdad?

—Sí, supongo que sí.

Su madre permaneció en silencio un largo rato, y entonces añadió con un pequeño suspiro:

—Es un comienzo.

Un comienzo. Sí, eso era.

Capítulo 26

Josh se tomó un buen rato para enjuagar las tazas y ponerlas en el lavavajillas mientras Michelle entraba a ver a Richard.

La puerta del dormitorio se abrió y se cerró, y Michelle entró en la cocina. Josh la miró expectante. No sabía lo que esperaba que le dijera, pero ella le miró a los ojos y, en silencio, fue a sentarse en el salón.

—¿Cómo está? —preguntó Josh, y se metió las manos en los bolsillos del pantalón.

—Igual: a ratos mejor, a ratos peor. A estas alturas, es difícil saberlo.

Josh asintió, sin saber bien qué decir. La tensión entre Michelle y él estaba a punto de estallar. Y aunque no quería meterse en la ciénaga emocional de los besos del día anterior, parecía inevitable.

—Tal vez tendríamos que hablar de... lo que pasó —sugirió.

Michelle le lanzó una mirada enigmática.

—Ya sabes —insistió él, deseando tener más experiencia en este tipo de situaciones—. Quería asegurarme de que lo que sucedió entre nosotros no significa nada para ti.

—¿No significa nada? —preguntó Michelle.

—No —repuso él rápidamente, pensando que estaba cometiendo un grave error.

—¿Siempre evitas implicarte emocionalmente, Josh?

Josh parpadeó, arrepentido de haber sacado el tema.

—No es eso lo que pasó.

Ella respondió con una sonrisa desafiante, pero Josh no tenía ganas de discutir.

—Olvídalo. Siento lo que he dicho.

—Si es lo que quieres, Josh, a mí me parece bien. Pero un día vas a tener que enfrentarte a esto.

Probablemente tuviera razón, pero ese día aún no había llegado.

—¿Podemos cambiar de tema?

—Como quieras. No he sido yo quien lo ha sacado.

Josh sintió un alivio inmediato.

—Bien. —Pronto se marcharía de allí para nunca más volver. Y, sin embargo, al mirar a Michelle, solo podía pensar en estrecharla entre sus brazos. Era una locura. No quería más que poner tierra de por medio, y un instante después le embargaba el deseo de abrazar a esa mujer tan hermosa y no dejarla ir jamás.

Michelle volvió a la cocina.

Preguntándose lo que estaría pensando, Josh la siguió.

Ella se sirvió una taza de café, y cuando se dio la vuelta, encontró a Josh justo a su espalda. Durante un momento muy incómodo, no hicieron otra cosa que mirarse. Josh no sabía qué decir. Era evidente que ella tenía razón. Rehuía la intimidad emocional, y no entendía muy bien por qué. Su trabajo siempre le había servido como excusa.

Sin decir palabra, Michelle fue a por su abrigo y salió de la casa.

Josh quería detenerla, pero cada vez que abría la boca tenía miedo de decirle alguna estupidez. Lo mejor sería dejar que se marchara.

La puerta principal se cerró con un suave chasquido. Se había quedado solo con Richard. Solo de pensarlo se ponía nervioso. Cuando Richard muriera, Josh se quedaría completamente solo.

Deprimido por esa idea, se dejó caer en una silla y cerró los ojos.

Apoyó los codos sobre las rodillas. Las relaciones no se le daban nada bien. Nunca se le habían dado bien. Michelle había dado en el clavo. Josh tenía miedo de comprometerse, temía lo que pudiera depararle el futuro. Tenía la sensación de que había perdido a toda la gente a la que amaba, y no tenía ganas de volver a poner su corazón en peligro. Su padre le había abandonado, y a su madre también. Ese fue el primer golpe. El segundo fue la muerte de su madre, seguida de la de Dylan. No tenía ganas de pensar en la muerte de su padrastro. Sería un duro golpe, y Josh no sabía cómo enfrentarse al dolor.

Tal vez fuese el miedo a lo desconocido, el temor a perder aún a más gente, lo que le mantenía atrapado en esa tierra de nadie emocional. Siempre había dado por supuesto que algún día se casaría, pero empezaba a darse cuenta de que «algún día» se estaba convirtiendo en «nunca». Era muy fácil dejarlo todo para el futuro.

La puerta de casa volvió a abrirse inesperadamente, y Michelle entró de nuevo. Josh se levantó de un salto, alegrándose al instante de verla. Se había ido sin decir nada, y no esperaba que fuera a volver. Quería acercarse, hablar con ella, pero le preocupaba empeorar las cosas.

—Has vuelto —dijo, lo que era un comentario algo estúpido. Pero ella, por suerte, no se lo hizo notar.

Michelle traía una caja. La dejó sobre la encimera de la cocina para quitarse el abrigo.

—¿Qué es eso? —preguntó Josh.

—La Biblia de tu madre.

—¿La tenías tú? —Josh no se lo creía—. ¿Cómo la has encontrado?

—Richard me ha dicho dónde estaba.

—¿Te lo ha dicho? ¿Ahora? ¿Hoy?

—Sí, hace unos minutos. Me ha dicho que la guardó en el garaje, y me ha explicado dónde encontrarla.

A Josh se le ocurrió una cosa:

—Te dijo que quería que te la quedaras tú, ¿verdad? —Era evidente que Richard intentaría quitarle cualquier cosa que él deseara.

—¿Yo? —dijo ella.

Josh asintió.

—No —replicó ella—. Quiere que te la quedes tú.

Josh la miró.

—¿Eso te ha dicho?

—Sí, no me parece tan sorprendente.

Por un momento, Josh sintió que las piernas le flaqueaban. Volvió a sentarse.

—¿Qué ha pasado?

—¿Te preguntas por qué Richard ha cambiado de opinión?

—Sí... Ayer parecía decidido a no dejar que me quedara con la Biblia por el mero hecho de que yo la quería.

—Eso tendrás que preguntárselo tú mismo. Pero más tarde. Ahora duerme.

Josh sacó la Biblia de la caja y la abrió por la primera página. Su madre había escrito su nombre con una estilográfica. Hasta donde le alcanzaba la memoria, su madre siempre escribió con estilográfica. Decía que era más distinguido. Desde luego, su hermosa caligrafía merecía el calificativo. Sus letras estaban llenas de ondulaciones delicadas y elegantes florituras. Era como si le hubieran enseñado a escribir los mismos hombres que firmaron la Constitución más de dos siglos atrás.

Al ver su nombre escrito de su puño y letra, Josh se sintió invadido por la tristeza. Echaba de menos a su madre más que nunca desde su muerte. Con los dedos, acarició el nombre escrito.

Al volver la página, Josh descubrió que su madre había anotado las fechas de sus dos matrimonios, y la de nacimiento de Josh también. Richard —no podía haberlo hecho nadie más— inscribió la fecha de su nacimiento y de su muerte. Su letra angulosa y tosca contrastaba fuertemente con la de Teresa.

Al hojear el Antiguo Testamento, Josh vio que había muchos versículos subrayados y notas en los márgenes.

—Me hubiera gustado conocerla mejor —susurró Michelle.

Josh casi había olvidado que estaba allí. A él también le hubiera gustado conocer mejor a su madre, pero cuando ella murió él era el típico adolescente, egocéntrico y egoísta. En aquel momento, no había comprendido del todo lo que significaba perder a su madre. Ahora sí, y la pérdida era inmensa.

Se preguntó si también sentiría lo mismo por Richard, y albergaba serias dudas al respecto. Teniendo en cuenta la mala sangre que corría entre ellos, a Josh le haría falta algo más que la Biblia de su madre para olvidar el pasado.

Michelle se sentó frente a él, y Josh le dirigió una sonrisa frágil. Siguió hojeando la Biblia unos minutos, y entonces decidió entrar a ver a Richard.

La puerta del dormitorio emitió un ligero chirrido al abrirla. Richard entreabrió los ojos, y cuando vio a Josh apartó la cabeza como si quisiera evitar sostenerle la mirada.

Josh entró en la habitación y se puso a los pies de la cama.

—Supongo que debo darte las gracias.

—Tu madre habría querido que fuera para ti.

Josh se mordió la lengua para no espetarle que Richard podría haberle dado la Biblia mucho antes.

—¿Por qué me la das ahora?

Richard lo miró.

—Yo la amaba. Puedes odiarme si quieres, sé que me odias. Supongo que te he dado motivos suficientes.

—Es verdad —contestó Josh. No era el momento de andarse con rodeos—. Yo necesitaba un padre, y tú siempre fuiste tan frío, tan desapegado conmigo... Era peor que no tener padre.

Richard cerró los ojos un instante y dijo:

—Puede que te fallara... Sé que fue así, pero para mí tu madre lo era todo.

Oír a Richard admitir sus errores dejó a Josh anonadado, pero no le interrumpió.

—Mi primer matrimonio fue muy mal. La madre de Dylan... —No terminó la frase, como si ya no tuviera fuerzas para hablar—. Teresa... era mi alma gemela.

Josh ansiaba preguntarle a su padrastro por qué le detestaba tanto, pero ya sabía la respuesta. En realidad, estaba muy claro, y era fácil de entender. Josh era un rival en las atenciones de Teresa. Ella los quería a los dos, pero cada uno deseaba ser amado por encima de todo. Su madre siempre llevó las de perder en la competición por su amor entre su marido y su hijo.

—Gracias por la Biblia —susurró Josh.

—Me la quedé porque quería aferrarme a algo de ella.

Josh lo comprendía.

—Había dejado instrucciones para que la metieran en el féretro conmigo..., pero he dejado una nota para cambiarlo. Puedes quedártela.

Eso era precisamente lo que Josh pensaba hacer, con instrucciones de Richard o sin ellas. La Biblia tenía que estar con él, y no bajo tierra.

Richard cerró los ojos una vez más. Si era porque estaba agotado de tanto hablar o porque se había quedado dormido, Josh no lo podía saber. Ya tenía lo que quería, al menos, una de las cosas que quería llevarse, y, por el momento, tendría que conformarse con eso. Giró sobre sus talones y salió del dormitorio, cerrando la puerta sigilosamente.

Michelle levantó la vista al verlo salir de la habitación de Richard.

—No tenía pensado dármela —le explicó Josh—. Me ha dicho que tenía intención de hacer que la enterraran con él.

—Lo sé —replicó ella—. Me ha dictado una nota para certificar que ha cambiado de opinión y quiere que tú te quedes con la Biblia.

—Qué generoso —murmuró Josh.

—Pues sí —contestó Michelle apresuradamente, en tono acalorado—. ¿Pero a ti qué te pasa? ¿Es que eres incapaz de apreciar nada?

—Parece que no signifique nada que la Biblia me pertenezca por derecho —le espetó él.

Enfrentaron las miradas durante unos instantes.

—Necesito aire fresco —anunció Michelle, agarrando el abrigo de camino a la puerta.

Josh quiso detenerla. Ella estaba a punto de salir y él alzó la mano para pararla, pero no sabía qué decirle. Tal vez fuera mejor así.

Josh se encogió cuando oyó el chasquido de la puerta al cerrarse. Después de la muerte de su madre, se le habían cerrado todas las puertas, una tras otra. No comprendía por qué le molestaba tanto que se cerrara una más.

Capítulo 27

Tenía ganas de ver la biblioteca. Siempre he sido una gran lectora, y pensé que tal vez incluso pudiera ofrecerme como voluntaria.

Encontrarme con Grace y Olivia en el restaurante donde había comido había sido una agradable sorpresa. No esperaba trabar amistades tan deprisa en mi nuevo hogar. Tenía miedo de sentirme algo aislada en un pueblo en el que no conocía a nadie. Pero me había dado cuenta enseguida de que estas dos mujeres tan competentes serían modelos excelentes para mí. Podría aprender mucho de ellas, tanto de negocios como de la vida, y esperaba que pudiéramos ser buenas amigas.

Llegué a la biblioteca en cuatro pasos. Era un edificio de bloques de cemento decorado con un gran mural en el lado de la fachada que daba al puerto. El viento soplaba desde el mar, y los barcos se mecían plácidamente.

El mural representaba a una mujer del siglo XIX sosteniendo un farol y mirando mar adentro, tal vez esperando el retorno de su marido, marinero o pescador. Junto a ella aguardaban dos niños. Parecía que hacía poco que lo habían pintado.

La puerta doble de cristal se abrió automáticamente al acercarme. Dentro me recibió un soplo muy agradable de aire cálido. El largo mostrador para sacar libros en préstamo se extendía a un lado. Un punto de información ocupaba un lugar más céntrico. Había gente atendiendo en ambas mesas.

—Jo Marie.

Oí que alguien me llamaba y al girarme descubrí a Grace caminando hacia mí.

—Vaya, ¡hola! He venido a sacarme el carné de la biblioteca —la informé.

—Estupendo —contestó Grace con una sonrisa—. Ven conmigo y te enseñaré el formulario que tienes que rellenar.

—Perfecto. —Me condujo hasta un ordenador y abrió la página adecuada. Estaba explicándome lo que tenía que hacer cuando un trabajador se acercó a preguntarle una cosa.

—Discúlpame un momento —me dijo Grace.

—Por supuesto. —No esperaba que dejara todo lo que tenía entre manos para atenderme. Tardé apenas unos minutos en rellenar el formulario y enviar la información. El ordenador me dijo que introducirían mi nombre en el sistema y mi carné estaría disponible en unos días.

Grace volvió a mi lado.

—¿Quieres que te haga una visita guiada de la biblioteca?

—Me encantaría, si no estás muy ocupada.

Empezamos por la amplia zona del fondo, que claramente era la sección infantil.

—Comenzamos hace poco un programa para niños que tienen dificultades para aprender a leer que se llama «Lee con Rover». Beth Morehouse trae perros para los niños.

—¿Perros? —inquirí.

—Sí, para que los niños les lean en voz alta. Los divierte y les ayuda a relajarse. Un perro no les juzga si se les atasca una palabra, y hay voluntarios que pueden echarles una mano. Puede que suene raro, pero te sorprendería lo mucho que el programa ha ayudado a los niños con problemas para leer.

—¿Te hacen falta voluntarios? —ofrecí.

—Es muy amable por tu parte, pero por suerte ahora mismo tenemos voluntarios de sobra. Aunque nunca se sabe lo que puede pasar. Te apuntaré por si acaso. Sin embargo, si tienes ganas de participar... —Hizo una pausa para estudiarme—. ¿Qué tal se te dan los animales?

No supe muy bien qué responder.

—Bien, supongo.

—¿Te gustan los perros?

—Me encantan. Pero antes trabajaba todo el día fuera de casa, y no me parecía justo tener uno para dejarlo solo.

Grace me dirigió una amplia sonrisa.

—¿Qué te parecería adoptar un perro?

—¿Adoptar un perro?

—Trabajo como voluntaria en la protectora de animales del pueblo —explicó—. Y en estos momentos tenemos muchísimos perros. He pensado que tal vez te gustaría adoptar una mascota.

Se me ocurrió de inmediato una larga lista de razones para oponerme a la idea. Para empezar, un perro limitaría el negocio del hostal: ningún cliente alérgico o con aversión a los perros querría hospedarse allí. Me gustan los perros, pero no había tenido ninguno desde la infancia. ¿Tendría tiempo para ocuparme de un perro? Requerían muchos cuidados. Ya había hecho muchos cambios importantes en mi vida, y no estaba segura de poder asumir uno más.

Grace debió de percibir la duda en mi expresión, porque añadió:

—Un perro, especialmente un perro grande, te protegería, además de ser muy buena compañía. —Sonrió—. Hace años, cuando aún estaba soltera, adopté un golden retriever encantador que se llamaba *Buttercup*. Me acompañaba a todas partes. Era la primera vez en mi vida que vivía sola, y no te imaginas lo mucho que me reconfortaba tener a *Buttercup*.

Yo había vivido sola prácticamente durante toda mi vida adulta, así que mi experiencia era distinta. Pero lo que Grace decía tenía mucho sentido. Un perro, uno grande sobre todo, me brindaría algo de seguridad. El mundo estaba lleno de hombres como Spenser, dispuestos a aprovecharse de mí. Y en lo que respectaba a los clientes... Nunca sabría con seguridad qué tipo de personas eran, y tener un perro grande a mi lado no parecía mala idea.

—Creo que adoptar un perro es una idea estupenda —dije, considerando la propuesta. Era tentadora, pero tenía mis reservas—. Lo único que me preocupa es que me dé problemas con mis huéspedes.

—Piénsatelo —dijo Grace—. Seguro que podrías solucionarlo. Para la gente a quien le gustan los perros, seguro que sería un atractivo.

—La idea me seduce...

Grace parecía encantada con mi interés.

—Ahora es muy buena época. Como te he dicho, ahora hay muchos perros en la protectora, y podrías elegir entre distintas razas. —Me guio al mostrador para anotar la dirección y me tendió la hoja que había arrancado de un bloc de notas.

Un perro. Eso sí que sería interesante. Tal vez me pasara más tarde a ver qué perros tenían disponibles.

Con mis recados terminados, regresé andando al hostal, pensando muy seriamente en la posibilidad de adoptar un perro. Siempre había oído decir que los pastores alemanes son unos excelentes perros guardianes. No me haría ningún daño pasar por la protectora a informarme antes de tomar una decisión. También necesitaría contactar con un adiestrador de perros y averiguar dónde podía asistir a clases de educación canina.

Con mis nuevos objetivos, me metí en el coche tan pronto llegué al hostal e introduje la dirección de la perrera en el sistema de navegación. Se encontraba apenas a diez minutos de allí, y por el camino tuve la sensación de contar con la aprobación de Paul. A él le hubiera gustado tener un perro. Le recordaba hablándome del perro que había tenido de niño, un husky llamado *Rover*.

Tan pronto como entré en la protectora de animales, oí ladridos de fondo. Me acerqué al mostrador, y el voluntario de turno me saludó.

—Hola —dije—. Vengo a ver a los animales. Estoy pensando en adoptar un perro. Uno grande, preferiblemente.

—Tenemos varios. Primero tienes que hacer el papeleo. Una vez te aprueben, podrás elegir uno.

¿Aprobarme? Si yo solo quería mirar... Aunque tenía sentido encargarse del papeleo por si encontraba un perro que quisiera llevarme. Hacerse cargo de un animal es una responsabilidad, y me parecía comprensible que la perrera quisiera asegurarse de que sus animales iban a parar a buenos hogares.

Me dieron un portapapeles con el formulario para que lo rellenara. Me senté en un rincón a cumplimentarlo. Al terminar, transcurridos unos minutos, tuve que aguardar un poco para poder devolvérselo al voluntario.

—Gracias. Un miembro del personal revisará la solicitud y te dirá algo en unos minutos. Puedes esperar aquí, si quieres.

—Sí, claro. —Me pregunté si aquello iba demasiado deprisa para mí. Después de todo, yo solo venía a mirar. Aún no había tomado una decisión, pero era consciente de que la idea me seducía. No estaba en mi naturaleza el ser impulsiva, pero a lo largo de los últimos meses había tomado una serie de decisiones basándome solo en corazonadas. No era nada típico de mí. Imaginé que ese cambio en mi comportamiento podía deberse a mi proceso de duelo, pero no estaba del todo segura. Me removí en mi asiento, sintiéndome incómoda de repente, miré hacia la puerta y me pregunté si alguien se daría cuenta si me levantaba y me iba sin más. El corazón empezó a latirme con fuerza y las rodillas me flaqueaban. ¡Si yo no sabía nada de perros! Casi nada. Ya había hecho bastantes cambios en mi vida, y, desde luego, no me hacía falta ninguno más.

Me había acalorado, así que me desabroché el abrigo. Seguía titubeando, pero cuando me disponía a irme, se me acercó un voluntario. Con una sonrisa, me dijo:

—Por aquí.

—Es que... he cambiado de opinión —dije, tropezando con las palabras—. Quiero decir, que me gustan los animales, pero...

—Mmm... Lo entiendo. Aun así, ¿por qué no pasas a ver a los perros antes de decidirte?

—Esto... —seguía vacilando.

Aquel chico no iba a aceptar un no por respuesta.

—Ven conmigo —me dijo, y me condujo a la parte trasera de la perrera. Me sostuvo la puerta abierta para que pasara, y me di cuenta de que tenía el portapapeles con mi solicitud en la mano—. Por cierto, me llamo Neal.

—Hola, Neal... Yo me llamo Jo Marie. ¿Conoces a Grace Harding? —pregunté, intentando ocultar mi nerviosismo—. Es ella quien me ha dado la idea de adoptar un perro.

Neal esbozó una amplia sonrisa.

—Grace hace de voluntaria conmigo los sábados. Pero esta mañana tuvo que ir al trabajo. Aunque ya veo que vela por encontrar buenos hogares para nuestros animales incluso cuando no está de guardia. —Me guio por un largo pasillo flanqueado por jaulas. Dentro, los perros estaban tumbados, muchos incluso dormidos. En el mismo rincón de cada jaula había escudillas con agua y comida.

—Es como una cárcel —comenté, sintiendo una simpatía inmediata por los animales.

—Solo pasan una parte del día en las jaulas —me aseguró Neal—. Los voluntarios los paseamos a menudo y nos aseguramos de que siempre tengan agua y comida. No tienes de qué preocuparte: cuidamos muy bien de todos los animales de la protectora hasta que les encontramos un hogar permanente. Por desgracia, últimamente tenemos muchos. Con la crisis económica, hay familias que ya no pueden permitirse mantener a un animal.

—Como ya te he dicho, aún no he tomado una decisión definitiva.

—Pues espera un poco antes de decidirte, ¿vale?

—Vale —murmuré.

Avanzamos por el pasillo lentamente.

—¿Qué me dices de un pastor alemán? —pregunté.

—Tenemos unos cuantos.

—¿Puedo verlos? —pregunté, pensando que los dos estábamos perdiendo el tiempo.

—Sí, claro. *Shep* y *Tinny* están a la izquierda, un poco más adelante. —Apresuró el paso.

Era evidente que los perros estaban acostumbrados a la gente, porque solo unos pocos me prestaron atención. Un par levantaron la cabeza, pero volvieron a apoyarla sobre las patas y cerraron los ojos.

Todos se comportaban así, menos uno.

Tan pronto como me vio, un perrito mestizo se levantó de un salto y corrió a la puerta de su jaula.

—Vaya, hola —dije, agachándome para ver mejor a ese perro blanco y negro—. Y tú ¿quién eres?

Era una monada, pero mucho más pequeño de lo que tenía en mente. Eso, si me decidía a adoptar.

—Vaya, vaya —dijo Neal.

Perpleja por la reacción del voluntario, lo miré.

—¿Qué pasa?

—Ese es *Rover*.

—¿*Rover?* —El perro de Paul también se llamaba *Rover*.

—No es muy original, ¿verdad? Aquí bautizamos a un montón de perros, y como tuvimos la sensación de que *Rover* llevaba mucho tiempo perdido por ahí,* nos quedamos con ese nombre.

—Ah. —Volví a mirar a aquel chucho de aspecto desaliñado, que me devolvió la mirada con sus oscuros ojos marrones. Me la sostuvo sin titubear, como si esperara que yo hiciera algo. Pero yo no tenía nada que darle.

—Encontramos a *Rover* abandonado y muerto de hambre. Es la primera vez que muestra interés por alguien. Debe de significar que le gustas.

—Bueno, *Rover,* pues lo siento, porque necesito un perro más grande. —Me puse de pie despacio. Al alejarme, *Rover* emitió un aullido agudo que nos sobresaltó a Neal y a mí.

Me di la vuelta.

—¿Se encuentra bien?

—No lo sé —confesó Neal—. Nunca antes había hecho algo así. La verdad es que no ha manifestado interés por nadie desde que llegó.

—¿Lleva aquí mucho tiempo? —Por adorable que fuera, a pesar de que no era el perro más elegante del mundo, había que suponer que si no lo habían adoptado todavía debía de ser por una buena razón.

—Más tiempo que la mayoría de los perros de su tamaño. En el estado en que lo encontramos, tardamos semanas en que se recuperara lo suficiente como para que pudieran adoptarlo, y... —Neal vaciló.

—¿Y? —lo animé a continuar.

—Parece que es algo gruñón.

—¿Qué quieres decir?

Neal se encogió de hombros.

—Hay gente que le cae mal y gente que le cae bien, pero nunca había reaccionado como lo ha hecho contigo.

* En inglés, *rover* significa «vagabundo». (*N. de la T.*)

A lo mejor era un cumplido.

—La verdad es que cada vez que alguien ha mostrado interés por él, *Rover* hizo algo que les acabó haciendo elegir otro perro —prosiguió Neal—. Hasta que te ha visto a ti.

No quise darle importancia.

—Tal vez es porque huelo a comida.

Neal no parecía muy convencido, pero aceptó mi explicación. Seguimos avanzando por el pasillo, pero cuanto más nos alejábamos de *Rover,* más fuerte aullaba.

Intenté ignorarlo hasta que llegamos a la jaula donde se encontraba el primero de los dos pastores alemanes.

—¿Cómo se llama? —pregunté.

—Este se llama *Shep.*

—Hola, *Shep* —lo saludé, en cuclillas.

Shep alzó la cabeza y me lanzó una mirada aburrida antes de volver a apoyar el hocico sobre las patas delanteras.

Rover, en cambio, se había levantado sobre sus patas traseras, apoyando las delanteras en el enrejado de la jaula sin dejar de aullar.

Neal lo miraba, sujetando la carpeta contra el pecho.

—Nunca lo había visto comportarse así.

—No quiero un perro pequeño —insistí. Quería adoptar un perro guardián que hiciera que los tipos como Spenser se lo pensaran dos veces antes de venir a molestarme. Un chucho de seis kilos no asustaría ni al cartero.

—Y este se llama *Tinny* —dijo Neal, señalando la siguiente jaula—. Por *Rintintín.*

—*Tinny* —repetí. *Tinny* también estaba tumbado, y no parecía tener el más mínimo interés en nuestra presencia.

Rover seguía aullando.

—Tal vez deberías sacar a *Rover* a dar un paseo —sugirió Neal.

—No quiero a *Rover* —insistí yo.

Neal sonrió y meneó la cabeza.

—Pues parece que *Rover* sí te quiere a ti.

—Ay, por el amor de Dios, está bien. Sacaré a *Rover* a dar un paseo. —En mi opinión, lo que pasaba era que *Rover* estaba muy bien adiestrado y quería hacernos saber que necesitaba ir al baño.

Neal fue a por una correa y abrió la jaula. Yo esperaba que *Rover* saliera disparado a estirar las patas. Y, sin embargo, salió despacio, con la dignidad de un miembro de la realeza, y se detuvo a mis pies. Se sentó sobre sus cuartos traseros y me miró.

—Bueno, muy bien —dije, y tomé la correa que Neal me ofrecía para engancharla al collar de *Rover*. Neal me abrió la puerta, y salimos. Me sentía un poco ridícula, paseando a ese perro por el pequeño recuadro de césped frente a la perrera.

Nada más cruzar el umbral, *Rover* giró la cabeza para mirarme. Nuestros ojos se encontraron, y fue como si me sacudiera una corriente eléctrica. Neal había dicho en broma que *Rover* me había elegido, pero ahora me daba cuenta de que no exageraba. Ese perro me había señalado como su dueña. Estaba decidido a venirse a casa conmigo.

Aparté la vista y regresé dentro, donde Neal nos esperaba.

—Qué rápido —observó.

—Cuéntame cosas de *Rover* —le pedí.

—Como ya te he dicho, estaba muerto de hambre y en muy mal estado de salud cuando lo encontramos. —Hojeó su expediente y se detuvo, con el ceño fruncido—. Creemos que lo maltrataban.

—Que lo maltrataban ¿cómo?

—Es difícil de decir, pero las anotaciones en su expediente dan a entender que lo maltrataron física y psicológicamente.

—Eso explicaría su reacción ante las otras personas —murmuré para mis adentros.

Un perro que necesitaba sanar sus heridas. Me pregunté si era posible que *Rover* hubiera reconocido el dolor que yo albergaba en mi interior. Sabía que tendría que pensármelo más antes de tomar la decisión, y tener en cuenta los problemas que podría causarme en el hostal, sobre todo si resultaba ser verdad que era un perro gruñón. Pero algo me decía que todo saldría bien... Más que bien. *Rover* tenía que estar conmigo en el Hostal Rose Harbor.

Miré al perro con los ojos entornados, intentando contener las lágrimas.

—¿Te ha mandado Paul? —susurré.

Rover me miraba fijamente. Era por Paul que ahora vivía en Cedar Cove. Había mandado a dos almas atormentadas para que fueran los primeros huéspedes del hostal, y ahora ponía un perro en mi camino. Y no un perro cualquiera, sino uno a quien habían herido en cuerpo y alma. Había tomado una decisión. Iba a llevarme a *Rover* a casa.

Capítulo 28

Abby y su madre llegaron al aparcamiento del Palacio de las Tortitas, el lugar que Patty había propuesto para la comida. El corazón de Abby palpitaba con fuerza mientras se preparaba mentalmente para reencontrarse con sus viejas amigas del instituto. Chicas a las que quería como a hermanas, pero de las que se alejó sin contemplaciones tras el funeral de Angela. Se preguntó si serían tan amables como Patty, o si tendrían el atrevimiento de hablar del accidente. ¿Aún creerían que ella iba borracha o que cometió alguna imprudencia al volante?

Su madre también parecía inusualmente callada. Parecía percibir la vacilación y las dudas de Abby. Linda Kincaid puso una mano sobre la de su hija.

—¿Estás preparada? —preguntó con delicadeza.

Abby asintió, aunque el miedo le quemaba en la garganta como si fuera bilis. No tendría que ser tan difícil, y no lo sería si ella no se hubiera distanciado de todo el mundo. A pesar de las palabras tranquilizadoras de Patty, los temores de Abby se dispararon. ¿Qué diría si alguien mencionaba a Angela o el accidente? Decidió que sería sincera y explicaría que el accidente le había cambiado la vida. Tal vez debería defenderse de sus acusaciones; llegados a ese punto, no sabía lo que haría.

—Estará muy bien ver a tus amigas —dijo su madre con una voz extrañamente aguda, como si quisiera infundirse confianza a sí misma además de a su hija—. Tenías muchas amigas en el instituto.

—Sí —asintió Abby, forzando una sonrisa—. Ayer, cuando me encontré con Patty en la farmacia, todo fue muy bien. Y ahora, también. —Eso esperaba.

Abby abrió la puerta y salió del coche. El azote del frío y la humedad no se hizo esperar.

Su madre hizo lo mismo, y la tomó del brazo. Juntas, entraron en el Palacio de las Tortitas. La camarera vieja e irascible a la que Abby recordaba de su adolescencia pasó frente a ellas con su uniforme rosa y delantal blanco, paseando de mesa en mesa blandiendo una jarra de café.

—¿Esa es Goldie? —preguntó su madre—. Dios santo, creía que ya se habría jubilado.

Al parecer, el oído de Goldie seguía funcionando a la perfección, porque se giró para mirarlas. Entornó los ojos como si le costara reconocer a Abby o a Linda. Se llevó la mano a la cadera y se acercó a ellas.

—Me acuerdo de ti... No me digas quién eres —ordenó, apuntando a Abby con el dedo índice.

Su fotografía y la del lugar del accidente habían aparecido en la prensa local durante varias semanas, que a Abby se le hicieron eternas, así que no dudaba que Goldie se acordaría de ella a pesar de los años.

—Kincaid, ¿a que sí?

—Eso es. —A pesar de los nervios, Abby no pudo evitar sonreír.

—¿Estás con el grupo de Patty? —No le dejó tiempo para responder—. Tiene reservado el salón de atrás. Ya han llegado un montón de chicas, y meten más ruido que cuando eran adolescentes. —Le guiñó un ojo—. Me alegro de verte, corderita.

—¿Corderita? —repitió Abby suavemente mientras se sentía invadida por una sensación cálida. Se dirigió a la parte trasera del restaurante, donde se encontraba el reservado.

Corderita era como Goldie la llamaba cuando frecuentaba la cafetería. La camarera se había acordado.

Separaba el salón para fiestas del resto del restaurante una doble puerta de cristal decorada con paneles de madera. Era una estancia relativamente pequeña, con el espacio justo para una mesa alargada para un grupo de doce a quince personas. Abby oyó el sonido del alegre parloteo de las chicas antes de llegar a las puertas.

La conversación enmudeció tan pronto Abby y su madre entraron en la estancia. Por un instante, Abby creyó estar viviendo su peor pesadilla. Pero el silencio apenas duró unos segundos y Abby enseguida se vio rodeada por las amigas a las que conocía desde que era niña. Con el rabillo del ojo, vio cómo la madre de Patty daba un caluroso abrazo a Linda.

—¡Abby, Abby! —Marie, una de sus mejores amigas de la infancia, acudió rápidamente a abrazarla—. Cuánto te he echado de menos.

—Estás guapísima.

—No has cambiado nada desde el instituto.

—Te hemos echado en falta en las reuniones de antiguos alumnos.

—Ay, cuánto me alegro de verte.

Abby se vio sometida a preguntas y comentarios procedentes de todas direcciones mientras sus amigas la rodeaban. Intentaba responder, pero antes de que pudiera hacerlo le lanzaban otra pregunta.

—¡Chicas, chicas! —Patty se abrió paso, levantando las manos por encima de la cabeza para atraer su atención—. Por el amor de Dios, dejad a Abby espacio para respirar.

Sus amigas se retiraron un poco y Abby y su madre pudieron sentarse.

—Vamos a sentarnos todas —ordenó Patty a continuación.

—Patty siempre ha sido muy buena organizadora —le recordó Suzie a Abby mientras le daba un cariñoso apretón en la cintura.

—Querrás decir mandona —intervino Marie, y se echó a reír—. Pero no querríamos que fuera de ninguna otra manera.

—Por eso la queremos —añadió Amy—. De no ser por Patty, no nos hubiéramos enterado de que Abby había venido al pueblo. Abby, ¿te acuerdas de aquella vez que tú, Patty y yo nos metimos en los vestuarios de los chicos en octavo?

Abby nunca olvidaría la vergüenza que había pasado cuando el entrenador ayudante salió de la ducha y se dirigió a su taquilla. Las chicas creían que estaban solas. Se pusieron a gritar y huyeron a escape. Aquella anécdota hizo reír a todo el mundo.

Hicieron sentar a Abby en una silla a la mitad de la mesa, y su madre se sentó a su lado, junto a la madre de Patty.

—¿Qué te trae al pueblo? —preguntó Laurie.

—Hemos venido para la boda de mi hermano —explicó Abby.

—¿Roger se casa? —preguntó Allison, llevándose una mano al pecho—. Estaba loquísima por él en el instituto.

Abby sonrió. Todas sus amigas opinaban que Roger era un «tío bueno»; se preguntaba si las chicas de hoy en día también se expresaban en esos términos.

—¿Sigue siendo tan guapo como cuando éramos adolescentes? —inquirió Suzie, entrelazando los dedos bajo su barbilla y exhalando un suspiro de adoración.

—Más —aseguró la madre de Abby—. Se casa con Victoria Templeton.

—Conozco a su familia —dijo Amy—. Son buena gente.

—Qué suerte tiene Victoria —murmuró Marie.

—¿Podemos dejar de hablar de Roger? Estamos todas casadas, y pronto Roger lo estará también, así que es una causa perdida. Yo lo que quiero es saber cosas de Abby. —Aquella intervención venía de Allison, sentada frente a Abby.

Marie apoyó los codos en la mesa.

—Tendría que darte vergüenza. No has venido a una sola reunión de antiguos alumnos —atacó—. Y te recuerdo, Abby Kincaid, que fuiste la delegada de clase en nuestro último año de instituto.

—Sí, bueno... —Abby empezó a hablar, pero la interrumpieron.

—Háblanos de ti —dijo Suzie, inclinándose sobre la mesa—. ¿Qué es de tu vida? ¿Te has casado? ¿Niños? Yo tengo gemelos, ¿te lo puedes creer? Y me acabo de enterar de que vuelvo a estar embarazada.

A la noticia la siguió una ronda de felicitaciones.

—Deja de hablar de ti, Suzie —la riñó Patty—. Es Abby quien nos interesa.

Una vez más, Abby se vio hostigada con preguntas desde todas las direcciones, pero, por suerte, Patty intervino de nuevo—. Una a una, ¿vale? Marie, eres la que está más cerca de Abby, así que empieza tú.

Pasó una hora sin que ni se molestaran en mirar la carta. Goldie, por iniciativa propia, les trajo patatas fritas recién hechas con refrescos helados, una de las golosinas favoritas de Abby y Angela, y, al parecer, de todas las demás.

—¡Acabo de ponerme a dieta! —exclamó Suzie—. Por tercera vez esta semana.

—Pues ya la empezarás mañana —replicó Marie, alargando el brazo para alcanzar una patata frita—. Además, los refrescos son *light,* ¿verdad, Goldie?

—No se me ocurriría traeros otra cosa —respondió la camarera mientras daba la vuelta a la mesa para rellenarles los vasos.

—Está bien, está bien, me comeré una patata frita —dijo Suzie—. Pero solo una.

Abby rio. Que recordara, Suzy siempre había estado a dieta. Solían salir a correr juntas, incluso se apuntaron al equipo de carrera campo a través en su segundo año de instituto, pero solo aguantaron un curso.

—¿Otra vez la del yogur? —bromeó Abby al acordarse de la dieta que Suzie había seguido antes de la graduación. Pasó una semana comiendo solo yogur tres veces al día, y engordó medio kilo.

—Me he apuntado a Weight Watchers tantas veces que la última vez que fui utilicé un nombre falso.

Todas se rieron.

Suzy agarró una patata frita y se la puso en la boca.

—Yo tomaré una ensalada.

—Recuerda que tienes que comer por dos, o tres —bromeó Abby, provocando más risas.

—Ensalada de la casa con el aliño aparte —dijo Goldie, meneando la cabeza como si la situación también la divirtiera.

La conversación prosiguió durante la comida. Cuando Abby miró el reloj se sorprendió al darse cuenta de que habían pasado dos horas. Había pedido una ensalada como la de Suzie, pero apenas había tenido ocasión de probarla. Era una sensación maravillosa, volver a estar con sus viejas amigas. Rieron, bromearon, recordaron los viejos tiempos y se pusieron al día unas a otras sobre sus vidas desde el instituto y la universidad. Abby era la única que aún no se había casado ni tenía hijos.

Sentada entre sus amigas, se dio cuenta de que todas habían seguido adelante con sus vidas. Ella era la única que seguía anclada en el pasado, temiendo al futuro, viviendo en un bucle, esperando... el qué, no lo sabía. El antes y después ineludible de la muerte de Angela. Y a este descubrimiento lo siguió otro: mientras el parloteo no cesaba a su alrededor, comprendió que sus amigas se alegraban sinceramente de verla. Lo que Abby había esperado, ahora lo veía claro, era que alguien la castigara. Era lo que había previsto; lo que esperaba conteniendo la respiración. Pero no había sucedido nada por el estilo. Era ella quien llevaba quince años castigándose.

—Quisiera disculparme con todas vosotras —anunció, y carraspeó.

La habitación enmudeció de repente mientras todas sus amigas la miraban.

—Sé que fui muy desagradable y arisca después de..., después del accidente —continuó Abby—. Todas vosotras intentasteis apoyarme y yo... Yo me sentía tan desgraciada y culpable que no podía pensar en nada más. No sabéis lo que significa para mí veros a todas. —Las lágrimas le anegaron los ojos y se las secó rápidamente—. Gracias por ser mis amigas cuando yo era incapaz de ser amiga de nadie, y menos de mí misma.

—Oh, Abby...

—Te queremos —afirmó Patty, y agarró la mano de Abby para darle un suave apretón—. Todo el mundo sabe lo mal que lo pasaste después del accidente. El corazón necesita tiempo para sanar. Nos alegramos de que hayas vuelto.

—Yo te perdono —añadió Marie—, pero solo si prometes que vendrás a la próxima reunión de antiguos alumnos.

—Lo prometo —respondió Abby.

—Y que nunca volverás a hablarme de la dieta del yogur —intervino Suzie.

Todas rieron, y la risa actuó como un bálsamo. Todo el mundo empezó a hablar a la vez, poniendo excusas, expresando comprensión, deseando reanudar su amistad.

La madre de Abby le tomó la mano y entrelazó los dedos con los suyos en un silencioso gesto de apoyo.

Abby miró a sus amigas.

—Tenía miedo de volver a Cedar Cove para la boda, pero ahora me alegro mucho de haberlo hecho. Es maravilloso volver a veros a todas.

—Organicemos una fiesta de embarazo para Suzie —propuso Allison—. Se te daba genial montar fiestas. Volverías a Cedar Cove para eso, ¿verdad?

Abby se echó a reír.

—Sería mucho más fácil si vinierais todas a verme —bromeó.

—Muy graciosa —replicó Suzie, y entonces se puso seria y preguntó—: ¿Nadie va a acabarse las patatas fritas?

Todas prorrumpieron en risas una vez más.

Laurie, la más callada del grupo, echó mano de su bolso para pagar su parte de la cuenta.

—Escuchadme —dijo Abby, haciendo acopio de valor—. Antes de que os marchéis, quiero preguntaros una cosa.

—Claro. —Una vez más, Patty respondió en nombre de todas—. Dispara.

—¿Veis..., veis a la familia de Angela a menudo?

Su pregunta provocó un silencio lleno de significado.

—Sus padres aún viven aquí —dijo Laurie.

—Su hermano se trasladó a Spokane, creo —añadió Amy.

—¿Cómo están sus padres? —preguntó Abby a continuación. Se mostraron muy resentidos y furiosos la última vez que Abby intentó hablar con ellos, especialmente la madre de Angela.

—Bien, supongo —dijo Patty mirando a las demás, esperando que alguien aportara más detalles—. Charlene se pasa por la farmacia de vez en cuando, pero no tenemos mucho que decirnos.

—Los White no salen mucho de casa últimamente.

—Mike White antes jugaba al golf —recordó la madre de Patty.

—Sí —repuso la madre de Abby—. Mike y Tom a veces iban a jugar juntos. Pero eso cambió después de... —No hizo falta que terminara para que Abby entendiera lo que quería decir. Después del accidente su relación se vio perjudicada hasta que las dos familias dejaron de hablarse.

—¿Has hablado con ellos alguna vez? —le preguntó Amy a Abby.

Abby negó con la cabeza.

—Lo intenté varias veces después del accidente, pero no querían saber nada de mí.

—Deberías volver a intentarlo —la animó la madre de Patty—. Aunque sé que será muy difícil para ti.

—Tal vez te sentirías mejor si lo intentaras una vez más —dijo Linda—. La verdad, eso es todo lo que puedes hacer. Al menos tendrás la satisfacción de saber que lo intentaste.

—Haz lo que creas correcto —le rogó Amy, con la misma afabilidad que Abby recordaba de la época del instituto.

Después de pagar la cuenta, sus amigas se levantaron para marcharse. Abby las abrazó una a una a medida que salían hasta que solo quedaron las dos madres y Patty.

Patty y Abby se dieron un abrazo.

—Gracias —susurró Abby, mientras le daba un abrazo más largo que a las demás—. No te imaginas lo que esto significa para mí. —Le había ayudado a encontrar el camino de vuelta a todo aquello que tenía de bueno en la vida. La había llenado de esperanza para el futuro.

—Ha sido un placer. —Despacio, se separaron.

Linda también abrazó a Patty.

—Siento que no hayan podido venir más madres. Este fin de semana todo el mundo está muy ocupado, y no he tenido mucho tiempo para organizarlo.

—Ha salido todo estupendamente —le aseguró la madre de Abby.

Las cuatro mujeres salieron juntas del Palacio de las Tortitas. Abby estaba muy animada. Su visita a Cedar Cove le había dado mucho más de lo que se había atrevido a esperar, ni siquiera en sus sueños.

Como el coche de Patty estaba aparcado al otro lado del edificio, se dijeron adiós en la puerta. Abby se metió en su coche de alquiler y arrancó el motor de inmediato para encender la calefacción. Sintió enseguida el soplo de aire caliente.

Su madre se sentó a su lado y se puso el cinturón de seguridad. Frotándose las manos para calentarlas, Linda Kincaid se volvió hacia Abby.

—¿Vas a hacerlo? —le preguntó.

No necesitaba decir más para que Abby la entendiera. Quería saber si Abby pensaba ir a ver a los padres de Angela.

Abby titubeó.

—No te he contado dónde he estado esta mañana. Fui al cementerio a ver la tumba de Angela.

—Ay, cariño, habrá sido muy duro para ti.

—Eso mismo pensaba yo, pero no ha sido tan difícil como pensaba.

—¿Y sus padres...? —Linda dejó la pregunta en el aire.

—Sé que suena imposible, pero en el cementerio he tenido la sensación de que Angela me pedía que fuera a hablar con ellos.

—Ay, Abby.

—No puedo quitármelo de la cabeza. Antes no me hubiera creído capaz.

—¿Y ahora?

—Este rato que he pasado con mis amigas me ha convencido de que tengo que hacerlo. Si los White no quieren verme, no pasa nada, pero creo que a Angela le gustaría que al menos lo intentara. —Si a su madre le pareció raro que Abby hubiera estado charlando con una amiga que llevaba quince años muerta, no se lo hizo notar.

—Siempre estuvisteis tan unidas... —murmuró Linda—. Estoy segura de que querría que visitaras a sus padres.

—¿Crees que debería hacerlo? —preguntó Abby, anhelando el asentimiento de su madre.

Linda titubeó, pero después asintió.

—Entonces lo haré.

Cuando Abby miró a su madre, vio que tenía los ojos llenos de lágrimas.

—Haces que me sienta muy orgullosa de ti, Abby.

—Ay, mamá...

—Lo digo en serio. Has tenido que llevar una carga muy pesada..., una que nunca deberías haber tenido que soportar.

—Ha llegado la hora —dijo Abby, y, por primera vez desde la muerte de Angela, se sentía preparada para quitarse el manto de culpa.

—¿Quieres que vaya contigo? —preguntó su madre.

Era un ofrecimiento muy generoso. Pero Abby meneó la cabeza.

—Gracias, pero es algo que tengo que hacer sola.

Abby se quedó mirando a su madre un buen rato antes de reunir fuerzas para dedicarle una sonrisa tranquilizadora.

Capítulo 29

Josh permanecía sentado con la Biblia de su madre en el regazo. Pasaba las páginas con reverencia y leía sus anotaciones en los márgenes, hallando consuelo al ver que su madre había hecho las paces con Dios y no parecía temer a la muerte.

Después de odiar a Richard durante tantos años, aceptar que su padrastro era capaz de un acto bondadoso era demasiado para él.

Se oyó un gruñido tras la puerta cerrada del dormitorio.

—Richard está despierto —observó Michelle, y fue a verlo.

Josh fue con ella.

Cuando abrieron la puerta, Josh vio que Richard estaba tumbado de lado, apoyado en un codo, y que tenía dificultades para incorporarse. Michelle y Josh corrieron a ayudarle.

—¡Qué haces! —exclamó Michelle.

—Pensaba que te habías ido —murmuró Richard, aunque era a Josh a quien iba dirigido el comentario. Hablaba con un hilo de voz ronca, y le costaba respirar. Parecía que sus esfuerzos por sentarse habían agotado todas sus energías.

—A su debido tiempo —dijo Josh en voz baja mientras intentaba encontrar las palabras adecuadas para dar las gracias a su padrastro—. Me he puesto a leer la Biblia de mamá. Estoy muy contento de haberla recuperado. Gracias.

Josh ayudó a su padrastro a acomodarse y después se sentó en el borde del colchón, tirando de las mantas para taparlo hasta la barbilla.

Su padrastro lo miraba fijamente.

—Teresa la leía todos los días. Ella me hizo ser un hombre mejor... Sin ella... Le fallé, y a Dylan también. —Las lágrimas le rodaban por las mejillas—. Yo la amaba... Todo se torció después de que se muriera. —Los ojos de Richard estaban legañosos y anegados en lágrimas, y parecía tener dificultades para mantenerlos abiertos—. Hay... más. —Se ahogaba al hablar como si las palabras le hicieran daño y le robaran las pocas fuerzas que le quedaban. Sacó una mano de debajo de la manta y agarró a Josh por el brazo, aunque lo sujetaba con tan poca fuerza que Josh apenas lo notaba.

—¿Más qué?

—Garaje.

—Ya me lo contarás después —le aconsejó Josh, en vista de lo mucho que le costaba hablar—. Cuando hayas descansado un poco.

—No hay tiempo.

—De acuerdo —repuso Josh, y acercó la oreja a la cara del anciano.

—Garaje.

—¿Está en el garaje?

Richard asintió ligeramente.

—Cajas.

—En unas cajas —aclaró Josh.

Una vez más, el anciano respondió con un leve asentimiento, y apuntó con el índice hacia el techo.

—Quiere que le dejes un momento —intervino Michelle—. Apenas puede hablar.

Los ojos de Richard buscaron los de Josh. Richard meneó la cabeza. Alzó el dedo una vez más.

Josh miró a Michelle, que estaba sentada al otro lado de la cama. Sostenía la otra mano de Richard entre las suyas, acariciándola con suavidad, como para darle ánimos.

—Muy... muy al fondo.

—De acuerdo —dijo Josh.

—El nombre de Teresa.

—¿Está escrito en las cajas?

Richard cerró los ojos como si se hubiera quedado sin fuerzas y se dejó caer sobre la almohada.

—Deberíamos dejarle descansar —susurró Michelle.

Josh estaba de acuerdo. Despacio, se levantó y se apartó de la cama.

Michelle lo observaba.

—¿Quieres que vayamos a mirar? —Josh asintió, pero no apartaba los ojos de Richard. El viejo parecía descansar tranquilo. Un momento más tarde, Josh giró sobre sus talones y siguió a Michelle, cerrando la puerta del dormitorio al salir. Su mano seguía en el pomo cuando dijo:

—Gracias por todo. —No hubiera aguantado ni un solo día si no fuera por ella, y era importante que Michelle comprendiera lo mucho que le había ayudado. Hacía que Josh se sintiera aún peor por haberle dado falsas esperanzas.

Ella se encogió de hombros, como si quisiera quitarle importancia.

Era gracias a Michelle que había recuperado la Biblia de su madre. Y era evidente que Richard tampoco hubiera mencionado las cajas del garaje de no ser por la influencia de Michelle y el efecto tranquilizador que ejercía con su presencia.

Michelle ya estaba casi en la puerta cuando Josh echó a andar en pos de ella. Cruzaron el caminito helado hasta la puerta lateral del garaje y encendieron la luz.

El coche que estaba aparcado dentro era el mismo que Richard tenía cuando Josh se alistó en el ejército.

Las únicas herramientas que había sobre la sólida mesa de trabajo de madera eran un destornillador y un martillo.

De niños, Josh y Dylan usaban el garaje a menudo como lugar de reunión para poder hablar sin temer que sus padres los oyeran. Compartieron muchos planes y secretos en esa vieja habitación. La canasta de baloncesto seguía colgada de la pared delantera, pero hacía tiempo que le habían quitado la red. O tal vez se había podrido, eso Josh no lo sabía.

—¡Aquí estamos! —exclamó Michelle. Corrió al fondo y se volvió hacia Josh—. Aquí no hay ninguna caja. —El garaje estaba vacío, y no era así como él lo recordaba. Richard debía de haberse deshecho de todo lo que no fuera esencial. De la pared colgaban un rastrillo y una pala junto a una escalera de mano.

Josh miró a su alrededor y constató que Michelle tenía razón. El garaje estaba prácticamente vacío.

—Encima —dijo—. Hay un altillo arriba. —Estiró el cuello para mirar al techo—. Se refería a eso cuando ha levantado el dedo. Quería decirnos que miráramos arriba. —Josh agarró la escalera y la colocó bajo la puerta de trampilla.

Michelle sostuvo la escalera mientras Josh se encaramaba.

—Ve con cuidado —advirtió.

Josh subió cautelosamente hasta llegar al último peldaño de la escalera. Levantó la trampilla cuadrada del altillo y la apartó.

—Toma —dijo Michelle.

Miró abajo y vio que había encontrado una linterna. Se la tendió y Josh la encendió. Desde el peldaño más alto de la escalera podía divisar el interior del altillo. Con ayuda de la linterna examinó el espacio, y encontró un montón de cajas apiladas al fondo. Alcanzó una, que tenía

«Adornos de Navidad» escrito en un lado en letras de palo con un rotulador negro. La apartó y agarró otra caja. Esa también decía contener ornamentos navideños. Y el resto de las cajas, también.

—¿Ves algo? —preguntó Michelle.

—Aún no. —Parecía que no iba a quedarle más remedio que encaramarse al altillo a investigar.

—Abre una de las cajas de Navidad —sugirió Michelle.

—De acuerdo. —Abrió la que tenía más cerca, y descubrió que estaba llena de adornos para el árbol—. Nada de nada —dijo, sabiendo que Michelle también sentía curiosidad.

—Prueba otra.

Josh abrió otra y encontró el premio gordo. Dentro de la caja había una más pequeña. Y el nombre de su madre escrito sobre el cartón con la misma caligrafía. Más animado, Josh la acercó a la trampilla.

—Trae —dijo Michelle, levantando los brazos para recibir la caja.

Josh la bajó con cuidado.

—¡Ya la tengo! —exclamó ella.

Josh prosiguió su búsqueda hasta que localizó dos cajas con el nombre de su madre dentro de sendos paquetes que supuestamente contenían adornos navideños. Si no las hubiera abierto como Michelle le había sugerido, no las habría encontrado.

—Volvamos adentro —propuso Michelle.

Josh se había enfriado, y no hizo falta decírselo dos veces. Bajó, cerró la trampilla y dejó la escalera donde la había encontrado. Entonces agarró dos de las cajas, apilando una encima de la otra. Michelle se llevó la que quedaba. Las metieron en la casa y las dejaron sobre la mesa de la cocina.

Dentro de la primera caja había objetos que apenas recordaba y que no esperaba volver a ver: lo primero que sacó fue el álbum de fotografías de cuando era un bebé, con tapas acolchadas de color azul, que su madre había empezado a completar para él cuando nació. Lo abrió con reverencia y encontró un recorte de periódico en el que se daba parte de su nacimiento, así como la tarjeta que sus padres enviaron a su familia y amigos para transmitirles la noticia. Las suaves curvas y bucles sinuosos de la caligrafía de su madre le causaron un torrente de emociones que le pilló desprevenido.

Al volver la página encontró una fotografía de él de recién nacido con la carita roja y fruncida y un lacito azul en el pelo. No hubiera ganado ningún concurso de belleza infantil.

—Incluso entonces eras guapo —bromeó Michelle.

—Sí, claro.

Cerró el álbum. Ya lo estudiaría después. A continuación sacó una cajita que contenía un diminuto conjunto de bebé de color azul.

—Apuesto a que esa es la ropa con la que tu madre te trajo a casa del hospital. Mi madre también tiene guardada la mía.

Rebuscando en el interior de la caja, Josh encontró un cuaderno del color preferido de su madre: verde lima.

—¿Qué es eso? —preguntó Michelle.

—El diario de mi madre. Siempre escribió un diario.

La segunda caja también contenía un botín. Josh encontró un libro de cocina que perteneció a la madre de su padre, y un fajo de cartas que sus padres se habían escrito cuando eran novios.

—¡Ay, Josh, es maravilloso! —exclamó Michelle.

Era realmente maravilloso. Aún no era del todo consciente de lo que aquello significaba. Josh se dio cuenta de que en esas cajas se encontraban las piezas que le faltaban en el rompecabezas de su pasado. Piezas que nunca había esperado encontrar.

Al llegar, le preocupaban cosas como su chaqueta deportiva del instituto, principalmente porque la pagó de su bolsillo y parecía un símbolo de lo duro que había trabajado. Pero nunca fue un atleta estrella; le irritaba que Richard la hubiera destruido, pero, a decir verdad, la chaqueta no significaba mucho para él. No como esas otras cosas.

El contenido de las cajas tenía una relación directa con él..., con su herencia familiar. Eran tesoros de su pasado. Era evidente que Richard los había escondido a propósito. Tras su muerte, hubieran vendido la casa y donado todo cuanto contenía a asociaciones benéficas. Nadie hubiera prestado atención a cajas etiquetadas como «Adornos de Navidad». A nadie se le hubiera ocurrido comprobar qué había dentro antes de donarlas.

La única persona para quien aquellos objetos tenían algún valor era Josh. Cualquier otra persona los habría tirado a la basura, pero para Josh su significado era importantísimo.

—Richard camufló las cajas para que no las encontraras —dijo Michelle, entristecida ante aquella idea. Empezaba a comprender hasta dónde llegaba la ojeriza que Richard sentía por Josh.

Josh no se molestó en hacer ningún comentario.

Michelle le dio un apretón en el brazo.

—Antes me has dado las gracias, pero soy yo quien debería dártelas a ti.

—No veo por qué —dijo Josh, devolviendo el diario de su madre a su caja. Se sentía como si estuviera en una montaña rusa de emociones, tanto con Richard como con Michelle. Llevaba años ignorando cómodamente sus sentimientos, tragándoselos en lugar de enfrentarse a ellos. Y ahora que parecía que no tenía más remedio que mirarlos de frente, el único recurso que le quedaba era hacer lo mismo de siempre: fingir que no sentía nada.

Capítulo 30

Neal, el voluntario de la protectora de animales de Cedar Cove, rellenó los formularios necesarios y me los entregó. Yo le ofrecí mi tarjeta de crédito y, tras firmar en la línea de puntos, llegó el momento de llevarme a *Rover* a casa. Mientras ojeaba los documentos de adopción caí en la cuenta de que no tenía en casa ninguna de las cosas que un perro necesita: ni correa, ni comida para perros, ni transportín... Para ser sinceros, ni siquiera sabía qué tipo de cosas necesitaría. Pero confiaba en que en la tienda de animales del pueblo estarían encantados de ayudarme.

—¿Puedo dejar a *Rover* aquí un par de horas? —pregunté mirando el reloj. Calculé que tenía tiempo de sobra para ir a la tienda y regresar a la perrera.

Neal abrió mucho los ojos, sorprendido.

—Creía que tenías muchas ganas de llevártelo a casa.

—Así es, pero antes tengo que ir a la tienda de animales. No tengo correa ni nada de eso.

—Está bien. Volveré a meterlo en la jaula hasta que vuelvas. Pero recuerda que los sábados cerramos a las cuatro.

—Claro, volveré enseguida —prometí. Tenía intención de ir a la tienda de animales a comprar lo que necesitara y volver directamente a por *Rover*.

Pero en cuanto hice ademán de marcharme, *Rover*, dentro de su transportín, empezó a aullar tan fuerte que me sobresaltó.

—No te preocupes, amigo, que vuelvo enseguida —dije, en un tono todo lo tranquilo de lo que fui capaz.

—Nunca lo había oído hacer ese ruido —me contó Neal, algo perplejo.

Volví a intentar marcharme, y *Rover* se puso a aullar como si lo mataran. El de ahora no era un aullido sostenido, sino unos gemidos lastimeros que daban a entender que sentía un inmenso dolor.

Había varias personas sentadas en la sala de espera que nos miraron alarmados. La directora de la perrera, que estaba atendiendo a una pareja, se acercó a Neal.

—¿Qué pasa? —preguntó con evidente preocupación.

Neal se explicó como pudo.

—El perro no quiere que ella se marche sin él.

—¿Ha adoptado a *Rover*? —Parecía sorprendida, pero complacida.

—Sí...

—Pues debería llevárselo.

—Sí —asintió Neal.

Yo no sabía qué hacer.

—*Rover* no entiende que vas a volver —explicó Neal, intentando hacerse oír por encima de los quejidos del perro.

—Ay, pobrecito.

—Te diré lo que podemos hacer —dijo Neal, bajando la voz—: Te prestaremos el transportín si prometes que nos lo devolverás hoy mismo. Así puedes llevarte a *Rover* contigo.

—Sí, perfecto. —Al menos, esperaba que fuera perfecto. Me preocupaba lo que pasaría si lo dejaba en el coche para entrar en la tienda. Pero luego pensé que era poco probable que en una tienda de animales se opusieran a la presencia de un perro, especialmente si iba en un transportín.

Me agaché para que *Rover* pudiera verme. Él puso una pata sobre la portezuela enrejada y me miró con sus grandes ojos suplicantes, como rogándome que no lo abandonara.

—No te preocupes —susurré, y me sentí ridícula por actuar como si el perro pudiera entenderme.

—Te acompañaré afuera —dijo Neal, asiendo el transportín.

Me puse en pie y me pasé la correa del bolso por el hombro, saqué las llaves del coche y Neal me siguió hasta el vehículo.

—¿Es normal que un perro se comporte así? —le pregunté a Neal. En su trabajo como voluntario debía de haber visto centenares de adopciones.

—No —se apresuró en responder—. Nunca había visto nada parecido. Marnie, la directora, y yo temíamos que nunca encontraríamos un hogar para *Rover*. Hasta tu llegada, su comportamiento lo hacía casi imposible de adoptar. No sé cómo explicarlo. No puede ser, claro, pero parece que te estaba esperando, y que ha rechazado a toda la gente que se ha interesado por él hasta que te ha visto.

Qué extraño. Esperaba que *Rover* se comportara con menos ferocidad ahora que yo iba a proporcionarle un hogar. De lo contrario, podía causarme problemas con los huéspedes del hostal. Aun así, no dudé de mi decisión ni un instante.

—¿Te parecería bien si me paso por el hostal en una semana para ver qué tal le va a *Rover*? —preguntó Neal mientras ponía el transportín en el asiento trasero del coche.

—Claro que sí.

—Tengo mucha curiosidad.

A decir verdad, yo también tenía ganas de descubrir cómo íbamos a llevarnos *Rover* y yo. Recordé que a Paul le encantaban los perros, y cuando se alistó en el ejército al principio tenía esperanzas de trabajar en la unidad canina. Pero tras su formación básica, lo destinaron al programa de comandos.

Cuando comprendió que no iba a abandonarlo, *Rover* se tumbó en el transportín, se puso cómodo y cerró los ojos. Después de que me despidiera de él y le diera las gracias, Neal volvió a entrar en la perrera y yo arranqué el coche. Antes de salir del aparcamiento, giré la cabeza para mirar a *Rover*.

—¿Te ha mandado Paul? —volví a preguntar en un susurro.

Rover alzó la cabeza y la ladeó, mirándome de forma enigmática.

—Da igual; tengo la sensación de que es así. —Mientras me alejaba de la perrera, tuve la seguridad de que Paul había vuelto a intervenir en mi vida, esta vez para traerme a este pequeño amigo. Estaba segura de que íbamos a ayudarnos el uno al otro.

Mi visita a la tienda de animales me ocupó más tiempo del que tenía previsto. Para cuando hice acopio de toda la parafernalia necesaria para un perro, ya había transcurrido una hora. No tenía planeado ausentarme del hostal durante tanto tiempo, así que me di prisa en regresar a la protectora de animales para devolver el transportín. *Rover* se trasladó al nuevo que acababa de comprar sin decir ni pío, como si comprendiera a la perfección lo que se esperaba de él.

Neal no estaba cuando entré a devolver el transportín. No me entretuve y regresé a mi coche apresuradamente. Cuando abrí la puerta del conductor, *Rover* levantó la cabeza, vio que era yo y volvió a apoyarla sobre sus patas delanteras.

Regresé directamente al hostal. Durante el desayuno, mis dos huéspedes me habían dicho que no los esperara a cenar. Pero si algo había aprendido en la vida es que los planes pueden cambiar con facilidad, y quería estar preparada por si alguno de ellos se veía obligado a pasar por el hostal.

Aparqué el coche y comprobé con alivio que los vehículos de mis dos huéspedes no se encontraban en el aparcamiento. Saqué el transportín del asiento trasero y lo abrí para dejar salir a *Rover* y ponerle la correa.

—Tal vez te apetezca familiarizarte con el césped —le dije. La dependienta de la tienda de animales me había explicado que *Rover* sentiría la necesidad de marcar su territorio.

Él se puso a temblar bajo el envite del frío, y me miró dubitativamente.

—Tú, a lo tuyo. —Lo animé con un gesto.

Cuando por fin entendió lo que le decía, se acercó a un arbusto y levantó la pata trasera. Y entonces, como si supiera exactamente adónde ir, tiró de la correa hacia la puerta del hostal.

—Ya voy, ya voy —dije con una sonrisa—. Abrí la puerta y lo dejé pasar—. Es una casa muy grande, tómate tu tiempo para explorarla —ofrecí.

Le solté la correa, pensando que *Rover* saldría corriendo a explorar su nueva casa. Pero, para mi sorpresa, se sentó sobre las patas traseras para observarme.

—¿Qué quieres? —le pregunté. Era un perro de lo más peculiar.

Rover seguía mirándome como si esperara algo, aunque yo no tenía ni idea de qué.

—Pues muy bien —murmuré—. Quédate aquí si quieres. Tengo cosas que hacer.

Regresé al coche para traer las dos pesadas bolsas de enseres perrunos que había comprado en la tienda de animales. Antes, hice algo de sitio en la despensa para el saco y las latas de comida para perros.

Estaba organizando los víveres cuando me interrumpió el timbre. *Rover* empezó a ladrar ferozmente, y echó a correr tan deprisa hacia la puerta que sus patas resbalaron sobre el suelo de madera pulida.

Respiré hondo, esperando que no se mostrara demasiado agresivo o protector con las visitas. Al abrir la puerta, me sorprendió encontrar a Grace Harding.

—Grace —la saludé—. Qué sorpresa. Entra. —Me aparté para dejarla pasar, pero entonces me di cuenta de que *Rover* se había plantado en medio del umbral, dándole la bienvenida con un gruñido—. *Rover* —lo reñí—. Es una amiga. —Para mi alivio, cesó de inmediato y se sentó.

—Siento venir sin avisar —empezó Grace—. Neal me ha llamado para contarme que habías adoptado a *Rover,* y estaba preocupada.

—¿Preocupada? —la conduje a la cocina. Sin preguntarle, puse agua a hervir para prepararnos una taza de té. Esperaba que Grace tuviera intención de quedarse a tomar algo.

Rover se acomodó en la alfombrilla que había al pie de la nevera, se hizo un ovillo y no me perdió de vista mientras yo me movía por la cocina.

—*Rover* es... un perro con problemas.

—¿En serio? —Oculté una sonrisa. Lo que Grace y Neal no sospechaban era que *Rover* y yo ya habíamos congeniado. Estaba segura de que nos entendíamos a la perfección.

—Bueno, ahora parece la mar de tranquilo —dijo, aparentemente sorprendida—. Neal me ha contado que *Rover* ha reaccionado de una forma muy extraña al verte. —Se detuvo como si esperara que yo le contara más cosas, pero la verdad era que no sabía qué decirle. Acababa de conocerla y no tenía ganas de explicarle que acababa de sufrir una gran pérdida, y que por eso mi corazón se había mostrado tan receptivo con este perrito. Era imposible saber lo que le había sucedido a *Rover* en su corta vida, pero era evidente que él también lo había pasado mal.

Recuerdo haber leído hace años la historia de un trabajador de la construcción que tuvo un accidente laboral a consecuencia del cual un brazo le quedó inutilizable. Un amigo le sugirió que adoptara un perro, así que fue a la perrera. Y uno de los perros lo eligió. No me cabía la más mínima duda de que *Rover* me había elegido a mí.

—Parece que os habéis amoldado el uno al otro a la perfección.

—Así es —le aseguré.

Pero Grace seguía con el ceño fruncido.

—No ha... Bueno, es que hace muy poco que lo tienes.

—No ha, ¿qué?

—Da lo mismo.

—No, dímelo —insistí. El hervidor de agua empezó a silbar. Lo retiré del fuego, vertí el agua en la tetera y saqué dos tazas del armario.

—Quizá en otra ocasión. No puedo quedarme mucho rato. Cliff me espera en casa, y le dije que solo tardaría unos minutos.

—¿Tienes tiempo de tomar una taza de té?

Ella titubeó.

—Es un ofrecimiento tentador.

—Seguro que tienes tiempo —le aseguré. Estaba convencida de que su marido no se enfadaría por un té.

Grace se quitó el abrigo y lo colgó en el respaldo de una silla, y luego se sentó a mi lado en uno de los taburetes de la encimera.

Serví el té y saqué el azucarero y la leche. Entonces trasladé mi taburete para que pudiéramos sentarnos frente a frente.

—Hace un par de semanas, vinieron un par de hombres a la perrera —explicó Grace—. Querían ver qué perros estaban disponibles para adopción. Yo sospeché enseguida; tuve un mal presentimiento con esos hombres. Se quedaron un rato, y salieron al patio donde paseamos los perros. *Rover* estaba paseando con un voluntario, y se puso como loco cuando los vio. Ladraba y tironeaba su correa sin parar.

—¿Crees que los conocía?

Grace sostenía su taza con las dos manos.

—Tal vez. Nunca lo sabremos. Lo que está claro es que tuvo el mismo presentimiento que yo.

—¿Lograste averiguar algo sobre esos hombres?

Grace meneó la cabeza.

—Fue solo una corazonada. Si hubieran presentado una solicitud de adopción, habría encontrado una excusa para denegársela. Me pusieron los pelos de punta.

Di un sorbo a mi té, preguntándome cómo habría podido saber *Rover* que aquellos hombres no eran de fiar. Y Grace, también. Tal vez aquellos hombres tuvieran una granja de cachorros. Bueno, de nada servía especular. No se llevaron ningún perro.

—Si le hubiéramos dejado, tengo la sensación de que *Rover* les hubiera pegado un buen bocado.

—¿Intentas decirme que temes que *Rover* pueda ser un perro mordedor?

Grace agachó la mirada y asintió.

—Vigílalo bien, ¿de acuerdo?

—Eso haré.

—Y avísame si tienes algún problema, ¿vale?

—Claro que sí —prometí. Pero en el fondo, por difícil que fuera el pasado de *Rover,* sabía que no tendríamos ningún problema. Al fin y al cabo, no sucede todos los días que un perro la adopte a una.

Capítulo 31

Cuando aparcó el coche frente a la residencia de los White, Abby comprobó que la casa de la familia de Angela había cambiado muy poco. La construcción de una sola altura, con sus ventanas con postigos y el gran garaje con espacio para tres coches, le resultaba tan familiar como la casa en la que se había criado.

Hubo una época en la que Abby pasaba tanto tiempo en casa de Angela como en la suya propia. Más viernes de los que podía recordar, se había quedado a dormir en casa de su mejor amiga. A menudo se quedaban despiertas hasta el amanecer, charlando y riendo, como las niñas bobas que eran. Su mayor problema era decidir qué chico las acompañaría al baile de fin de curso. Esa época ahora parecía muy lejana.

Los White no volvieron a ser los mismos después de enterrar a su hija. Al menos, eso había oído decir Abby en varias ocasiones. ¿Acaso podían recuperarse unos padres de la pérdida de un hijo? Rezaba porque nunca tuviera que averiguar la respuesta a esa pregunta.

Aferrándose con fuerza al volante, inspiró profundamente, y luego, con renuencia, apagó el motor. Agarró su bolso con fuerza, pero su determinación se desvanecía por momentos al acercarse a la casa. Se dio cuenta de que el seto que bordeaba el camino de entrada había desaparecido. Qué curioso, que ese detalle tan nimio le llamara la atención. En su lugar, Charlotte White había plantado dos parterres de flores.

Le sobrevino un recuerdo que le llevó una sonrisa a los labios. El recuerdo de algo que sucedió poco después de que Brandon Edmond entregara su anillo de graduación con el emblema del instituto a Angela para que lo llevara en señal de su relación. Angela se lo puso y escondió la mano detrás de la espalda para dar una sorpresa a Abby. Tenía pensado revelar la mano con un gesto dramático para mostrarle el anillo.

Pero fue Angela quien se llevó una sorpresa: el anillo salió volando de su dedo y aterrizó en medio del seto. Las dos chicas pasaron horas a cuatro patas en busca del anillo de Brandon. Afortunadamente, lo encontraron, pero no sin antes pasar un muy mal rato.

En mitad del caminito de entrada, Abby se vio envuelta en recuerdos de su amiga. Incluso después de tantos años, echaba de menos su risa fácil, su ingenio agudo, sus ganas de vivir.

—No sé si esto ha sido muy buena idea —murmuró entre dientes, como si Angela estuviera a su lado.

—*Hazlo* —le pareció que Angela le respondía.

Fantástico, se dijo Abby, no solo oigo voces, sino que incluso me dan órdenes. Es ridículo.

Pero aun así no se decidía a marcharse. Era ahora o nunca. La boda de su hermano empezaría dentro de tres horas, y durante el resto del día se vería ocupada con la ceremonia y la fiesta. Y al día siguiente, saldría para el aeropuerto al amanecer. Acostarse tarde, levantarse temprano, un vuelo a primera hora... Si iba a enfrentarse a los padres de Angela, tenía que ser ahora.

Con renovada determinación, Abby se acercó a la puerta. Su última esperanza era que los padres de Angela no estuvieran en casa. Así sentiría que había cumplido con su deber y podría marcharse con la conciencia tranquila.

Angela no podría echárselo en cara si eso sucedía. Su tiempo en Cedar Cove era tan limitado que tendría que conformarse con eso.

Llamó al timbre conteniendo la respiración. Su dedo rebotó sobre el botón blanco y redondo, en un gesto liviano y dubitativo.

Las esperanzas de Abby se desvanecieron de inmediato cuando detectó movimiento al otro lado de la puerta.

—¡Ya voy! —oyó exclamar al padre de Angela, Michael White.

Abby contuvo la respiración mientras abrían la puerta. El señor White se quedó de piedra al verla. Abby vio cómo empalidecía.

—Hola, señor White.

Él parecía conmocionado, y no dijo nada.

—¿Quién es? —preguntó la señora White desde la cocina, y entonces se asomó a mirar.

Charlene White se quedó junto a Mike, mirando a Abby con los ojos muy abiertos.

—Hace falta valor —susurró, como si le arrancaran las palabras de la garganta.

—He venido a la boda de mi hermano —balbuceó Abby, diciendo lo primero que le vino a la cabeza, como si le hiciera falta una excusa, una explicación.

—Ah, sí, tus padres estarán muy contentos de poder asistir a la boda de su hijo. Por desgracia, Mike y yo...

—Charlene —la interrumpió el señor White. Se inclinó hacia delante para abrir la puerta mosquitera—. Entra, Abby.

—Michael, no...

Abby titubeó, sin saber muy bien qué hacer.

El señor White se volvió hacia su mujer.

—Ha llegado la hora, Char. Angela hubiera querido que diéramos la bienvenida a su amiga.

—¿Cómo puedes decir eso? —La señora White dio media vuelta en silencio y se marchó.

Helada, Abby no se movía, y permaneció clavada en el exterior bajo el azote del aire frío. El viento le alborotaba el pelo, que le fustigaba las mejillas como si quisiera castigarla por su atrevimiento.

Haciendo caso omiso del arrebato de su mujer, el señor White sostenía la puerta abierta.

—Entra, Abby, que hace frío.

Con los pies pesados por la duda, Abby entró en la casa.

—Gracias —susurró, y sintió el abrazo del calor. Lo primero que percibió fue que habían reformado el salón, y el sofá y los sillones eran nuevos. Fotografías de niños que, supuso, serían sus nietos, adornaban las estanterías a ambos lados de la chimenea.

—Siéntate, por favor —le dijo el señor White, señalando el sofá—. Ya va siendo hora de que hablemos, y en buena hora, la verdad.

—Sí, es cierto —convino Abby, aunque las palabras se le atascaban en la garganta. Ni se quitó el abrigo, y se sentó al borde del sofá.

—Tendrás que perdonar a Charlene. Sigue pasándolo muy mal. Ha sido todo muy difícil para ella.

Abby entrelazó los dedos de las manos y las apoyó sobre las rodillas.

—Esta mañana he ido a la tumba de Angela por primera vez. Sonará increíble, pero me ha parecido oír que me hablaba. Me pidió que viniera a verlos.

Él le dedicó una sonrisa fugaz.

—A decir verdad, yo mismo he hablado con mi hija unas cuantas veces. Por desgracia, soy yo el único que habla en nuestras conversaciones.

Abby no dio más detalles de su experiencia. Tenía miedo de que los White pensaran que estaba loca.

—Háblame de ti —dijo el padre de Angela, iniciando una conversación educada—. ¿Te has casado? ¿Tienes niños?

—No, no me he casado.

—Todavía —la interrumpió él—. Eres demasiado guapa para seguir soltera mucho tiempo.

Algo azorada, Abby se miró las manos.

—Greg se casó. Tiene dos hijos, y vive cerca de Spokane.

El hermano de Angela era dos años mayor, y ya vivía en el campus de la universidad de Pullman en los últimos años de instituto de las chicas.

—Sarah tiene nueve años, y Andy, siete —añadió.

Abby miró de nuevo los retratos de los niños junto a la chimenea. Sus caras sonrientes miraban a cámara, adorables e inocentes. Angela hubiera sido una tía maravillosa de esos dos niños.

Abby llevaba todo ese rato intentando evitar mirar la fotografía de graduación de Angela, colgada en el lugar de honor sobre la chimenea. Ocupaba prácticamente todo el espacio disponible en la pared. A Angela nunca le había gustado esa foto, y debía de estar furiosa porque su madre la hubiera elegido para ponerla en un sitio tan visible. En realidad, Abby tenía que darle la razón a la señora White: Angela estaba... perfecta. La repisa de la chimenea estaba cubierta de velas de distintos tamaños, como si fuera un altar dedicado a su memoria.

La señora White entró en el salón apretando los puños.

—Tienes mucha cara, presentándote aquí sin más.

—Charlene, por favor —suplicó el señor White—. Esto debe de ser muy difícil para Abby.

—Y así tiene que ser. —Fulminó a Abby con una mirada acusadora.

—Siéntate, cariño —pidió el señor White a su mujer.

La señora White parecía a punto de llevarle la contraria a su marido, pero debió de ver un asomo de calidez y ánimo en su mirada, pues acabó por tomar asiento en la butaca junto a la de él.

—¿Tienes algo que decirnos? —le dijo Charlene a Abby.

—Sí, claro. —Abby sentía que el nudo que tenía en la garganta era del tamaño de una sandía—. En primer lugar, quería deciros cuánto lo siento...

—Que lo sientes. ¿Has venido a decirnos que lo sientes? Ahora ya es tarde para eso.

—Charlene —intervino el señor White con suavidad—, déjala terminar.

—Si Angela hubiera conducido esa noche, hubieras muerto tú —continuó la señora White, haciendo caso omiso de su marido.

—Ojalá hubiera ido Angela al volante. Hubiera preferido morir yo. —No era la primera vez que lo pensaba. Abby había pasado revista a todos los posibles «¿Y si...?» infinidad de veces.

¿Y si se hubieran quedado más rato en el centro comercial?

¿Y si no se hubieran quedado a cenar después de hacer sus compras? ¿Y si no se hubieran entretenido comiendo? Tal vez Angela seguiría con vida.

¿Y si hubiera prestado más atención a la carretera en lugar de distraerse cantando villancicos?

Todos aquellos «¿Y si...?» llevaban años atormentando a Abby, y no parecían tener intención de desaparecer con el tiempo.

Charlene permanecía sentada muy derecha, y evitaba mirarla, como si el mero hecho de verla viva y bien fuera un recordatorio doloroso de que su propia hija estaba enterrada en el cementerio que tenía a pocos minutos de distancia.

—Esa noche terminó la vida de Angela, y la mía cambió para siempre. —A Abby se le rompía la voz, y tuvo que tragar saliva para contener las emociones que amenazaban con estallar—. Yo iba al volante cuando murió mi mejor amiga. Eso no se puede olvidar.

—Ni perdonar —la cortó la señora White.

—Supongo que no —susurró Abby. Apretaba los puños tan fuerte que los dedos se le habían puesto blancos—. Y eso yo lo entiendo muy bien, porque nunca me lo he perdonado.

La respuesta a su afirmación fue el silencio. La señora White miraba al techo, como si estuviera aguantándose las lágrimas.

—Echo de menos a Angela todos los días —murmuró—. No pasa una sola noche en la que no añore a mi hija.

—Yo también la echo de menos —susurró Abby.

—¿Todos los días? —la retó la señora White.

—Casi siempre... Con los años, el dolor se ha suavizado, pero eso no significa que no piense en ella a menudo, y que...

La madre de Angela la interrumpió de nuevo:

—Pero, al fin y al cabo, tú estás viva y ella no. Puedes casarte y dar nietos a tus padres.

—Pero no me he casado —la cortó Abby, extendiendo las manos hacia ellos en señal de súplica—. Me siento como si alguien hubiera puesto mi vida en pausa desde la noche del accidente. No salgo con nadie; evito las relaciones. Vivo lejos de mi familia. Voy a trabajar y me preocupo solo de mis propios asuntos. He arrastrado el peso de la culpa y el dolor hasta que se ha vuelto insoportable.

Los padres de Angela la miraban fijamente.

—Me convencí de que todo el mundo me culpaba del accidente —continuó—, pero no es verdad. Me encontré con Patty Morris en la farmacia, y estaba segura de que me trataría con rechazo, pero no fue así. Se alegraba de verme. Se alegraba tanto que organizó una comida para este mediodía con algunas de nuestras amigas del instituto. Y aunque nadie habló de Angela explícitamente, ella estaba allí con nosotras. Casi me ha parecido oírla reír. Podía imaginar su sonrisa. Y al recordar cómo sonreía, yo también he podido hacerlo.

Las lágrimas rodaban por las mejillas de la señora White. Y también por las del señor White. Él se sacó un pañuelo del bolsillo del pantalón para secarse los ojos y sonarse la nariz ruidosamente.

—Angela ya no está, y por más que desearía tenerla conmigo, no puedo. Y lo siento muchísimo. Pero volver al pueblo me ha hecho darme cuenta de algo que llevaba muchos años tratando de ignorar. —Abby se sorbió los mocos y rebuscó un pañuelo en su bolso.

Antes de que pudiera encontrarlo, la señora White le tendió uno de la caja junto a la lamparita en la mesa que tenía al lado.

—Gracias —susurró Abby.

—Ibas a decir algo. —El señor White le indicó por gestos que continuara—. Algo importante.

Después de sonarse la nariz, Abby hizo una pelota con el pañuelo.

—Lo que llevo tantos años sin querer ver es que a Angela no le hubiera gustado nada toda esta pena y culpa. No es lo que nos desearía a ninguno de nosotros. Era la persona más generosa y alegre que jamás he conocido. Era imposible estar con ella y no tener ganas de reír. Cuando entraba en una habitación, la volvía más luminosa. Se quedaría atónita si pudiera verme ahora.

—Y a mí —añadió la señora White—. Me he convertido en una vieja.

—Una vieja cascarrabias —apuntó el señor White, aunque la tomó de la mano afectuosamente para dar a entender que lo decía en broma.

—Michael James White, retira eso de inmediato —exigió Charlene.

—Pero si es verdad... A mí me ha pasado lo mismo. Dejamos que la amargura nos destruyera. Y a nuestro matrimonio también. Abby tiene razón: Angela era una persona alegre, y querría que fuéramos felices. No le haría ninguna gracia ver en qué nos hemos convertido.

—Pero ¡cómo puedo vivir sin mi hija! —exclamó Charlene mientras las lágrimas le rodaban por las mejillas—. ¿Cómo voy a olvidar que murió y que la he perdido para siempre?

—Nunca olvidaremos a Angela —respondió el señor White—. Estuvo con nosotros durante diecinueve años maravillosos. Era nuestro tesoro, nuestra alegría. Tenemos nuestros recuerdos y, hasta que volvamos a encontrarnos, tendremos que conformarnos con eso. ¿De verdad crees que Angela querría que destruyéramos nuestras vidas a causa de su muerte?

—No, no querría —intervino Abby—. Ella sería la primera en decirme que siguiera adelante y disfrutara de la vida. Sería la primera en asegurarme que a pesar de que su muerte fue una tragedia, fue un accidente. Vendría corriendo a contarme que no puedo echarme la culpa de un accidente. La carretera estaba helada. Y aparte del hielo, el único culpable es Dios y, la verdad, a Él no tengo ganas de ir a pedirle cuentas.

El señor White se levantó para acercarse a Abby. Automáticamente, ella también se levantó y dejó que la tomara de las manos.

—Si has venido a vernos en busca de perdón, Abby, aquí lo tienes. Ya te has castigado lo suficiente. Sé feliz, niña. Da nietos a tus padres, y tal vez…, tal vez podrías compartirlos también con nosotros. Creo que a Angela le gustaría que lo hicieras.

—Yo también lo creo —afirmó Abby.

—Antes me has dicho que Angela te ha pedido que vinieras a vernos —siguió él.

Abby asintió.

—Quiere que te demos lo que necesitas.

Abby parpadeaba para contener las lágrimas. El señor White le soltó las manos y la abrazó.

Abby empezó a sollozar, y él también.

—Dios llamó a nuestra hija para que acudiera a su lado. No es culpa tuya, pero si sientes que necesitas nuestro perdón, aquí lo tienes.

—Gracias —farfulló Abby, incapaz de hablar con claridad.

Cuando el señor White la soltó, la madre de Angela rodeó a Abby con sus brazos y hundió la cabeza en su hombro mientras las dos lloraban juntas.

Cuando se marchó de casa de los White, Abby había recibido mucho más de ellos de lo que jamás hubiera creído posible. Le habían dado permiso para volver a disfrutar de la vida.

Capítulo 32

Después de cerciorarse de que Richard dormía tranquilo, Josh se relajó en una butaca del salón junto a Michelle. Ya había terminado de revisar las cajas que contenían las pertenencias de su madre de antes de casarse con Richard. Había encontrado un tesoro de recuerdos de sus primeros años de infancia.

No quería ni pensar que su cólera y testarudez por poco le cuestan todo aquello. Michelle le había ayudado a ver más allá de sus insignificantes rencillas con su padrastro, y sospechaba que si no hubiera dado las gracias a Richard por devolverle la Biblia de su madre, este nunca hubiera revelado el escondite de las cajas.

Al levantar la vista, Josh vio a Michelle sentada sobre el reposapiés, hojeando el álbum de fotografías de cuando Josh era un bebé. Una sonrisa le iluminaba la mirada al contemplar las fotografías en cada página.

—¿A que era una monada? —bromeó él. Su madre le hizo infinidad de fotografías. Cuando era niño, le daba hasta vergüenza.

—Eras el chico más adorable del universo —confirmó ella—. Eso lo escribí una vez en una libreta del colegio.

Josh supuso que aquello debía de ser una leve exageración.

Michelle leyó la duda en su mirada.

—No me crees, ¿verdad?

—Estabas enamorada de Dylan.

—Durante un tiempo —aclaró ella—. Pero luego me di cuenta de quién era el chico que realmente valía la pena.

Él rio entre dientes.

—Siempre has sabido cómo halagarme.

—Pues mira de lo que me ha servido —murmuró ella, y entonces, como si acabara de acordarse de algo, miró el reloj—. Es hora de que Richard se tome la medicación.

—Ya se la doy yo —propuso Josh, pero Michelle ya se había puesto de pie.

—Déjame a mí. Ya hablarás con él cuando le hayan hecho efecto los analgésicos. Se pone muy gruñón cuando tiene dolores.

—Como todo el mundo. —Josh se sentía generoso con el viejo. Aunque era un sentimiento que no solía durarle mucho. Era indudable que dentro de cinco minutos Richard empezaría a hacerle reproches, y toda su buena voluntad saltaría por los aires.

Michelle desapareció pasillo abajo hacia el cuarto de baño, donde se guardaban los medicamentos de Richard. Le habían recetado unos analgésicos bastante potentes, y a pesar de que a Josh la elevada dosis le parecía preocupante, comprendía que la prioridad principal del médico era que Richard estuviera tan cómodo y libre de dolor como fuera posible en sus últimos días. Y sabiendo lo tozudo que podía ser el viejo, esos días podrían ser unos cuantos. Por primera vez desde su llegada, Josh se alegró por ello. Se descubrió deseando tener la oportunidad de hablar más sobre su madre y, de ser posible, de Dylan.

Michelle entró y salió del dormitorio tan deprisa que Josh se levantó de un salto, creyendo que algo grave había pasado. Se miraron a los ojos y Michelle inspiró profundamente.

—¿Qué ha pasado?

—Richard no reacciona, y su respiración es cada vez más intermitente. —Los ojos se le llenaron de lágrimas, que pronto empezaron a caerle por las mejillas—. Le ha llegado la hora, Josh, se está muriendo —dijo entre sollozos.

Sus palabras le golpearon como un bate de béisbol, directamente en el pecho.

—¿Ya? —preguntó, congelado por la sorpresa.

Michelle asintió.

—Tengo el teléfono del hospital. Ellos sabrán lo que... Creo que deberíamos llamarlos. —Corrió a la cocina en busca del bloc de notas que había sobre la encimera—. ¿Te importa llamar a ti..., por favor? —En esos momentos era incapaz de hablar.

Josh encontró la tarjeta que la voluntaria de atención domiciliaria les había dado, y agarró el teléfono que colgaba de la pared. Para su sorpresa, descubrió que la mano le temblaba al pulsar los botones, y tuvo que esperar tres timbrazos interminables antes de que respondieran. Después de transmitir la información necesaria, Josh acudió al dormitorio.

Aunque no había sido el mejor hijastro del mundo, Josh no tenía intención de permitir que Richard muriera solo. Él estuvo con su madre cuando ella exhaló su último aliento, y aunque no fue una experiencia que deseara repetir, tenía la necesidad de agradecérselo. Necesitaba hacer saber al viejo que apreciaba que le hubiera devuelto las cosas de su madre.

Cuando Josh entró en el dormitorio, Richard no abrió los ojos. Por un momento de pánico, Josh temió haber llegado demasiado tarde, que Richard ya se hubiera ido. Se sentó al borde del colchón y palpó el cuello de su padrastro con dos dedos. Le encontró el pulso, pero era débil y errático. Michelle no exageraba. Richard estaba al borde de la muerte.

Santo cielo, ya estaba el viejo llevándole la contraria otra vez. Bueno, pues si esas eran las últimas palabras que Richard iba a oír, a Josh le parecía bien:

—He encontrado las cajas —dijo. Hablaba en un tono lo bastante alto como para que Michelle lo oyera desde el salón. No tenía muy claro cómo andaría Richard del oído, y quería asegurarse de que lo oyera.

No recibió respuesta alguna.

—Gracias —siguió, aún más alto.

Michelle apareció en la puerta.

—Josh —susurró—. ¿Qué haces?

—Despertar a los muertos —replicó él.

—Es probable que te esté escuchando. Leí que el oído es una de las últimas funciones que se apagan en el cuerpo.

—He encontrado las cajas en el garaje —repitió Josh—. No tenías por qué decirme dónde estaban —añadió, deseando que Richard comprendiera que era consciente de que su intención era esconderlas—, pero te estaré siempre agradecido, porque me lo contaste.

—Tener las cosas de su madre significa mucho para Josh —intervino Michelle, y se sentó al otro lado de la cama. Tomó la mano flácida de Richard y la sostuvo entre las suyas.

Richard abrió los ojos y los clavó en el techo. No parecía capaz de hablar.

—Gracias —musitó Josh.

Las pupilas de Richard se movieron y se clavaron en Josh. Para su sorpresa, sintió como le embargaba la ternura, la sensación de que estaba a punto de sufrir una pérdida. Una parte de él quería levantarse de un salto y exigirle a Richard que no se muriera para que pudieran tener una relación. Una que no estuviera basada en los celos ni el menosprecio.

Pero ahora era demasiado tarde.

Josh tenía ganas de llorar. Apoyó la frente sobre la mano de Richard mientras luchaba contra sus remordimientos.

—Josh. —La voz de Michelle le hizo levantar la cabeza. »Mira —susurró—. Mira a Richard.

Josh contempló el rostro de su padrastro, y le sorprendió descubrir una lágrima solitaria resbalando por la mejilla arrugada del anciano. Era como si estuviera diciéndole que él también se arrepentía de algunas cosas, y que lo lamentaba.

Michelle le tomó el pulso y se mordió el labio antes de decir en un murmullo:

—Se ha ido.

—No. —Josh se negaba a creerlo—. No, no puede ser. —Hacía solo dos días que Richard se había enfadado tanto que le había ordenado que se marchara de su casa. Por poco se había puesto a gritar, encolerizado, y ahora... se había ido.

Estaba muerto.

Debía de haber muerto instantáneamente. En un momento, dejó de sufrir y luchar contra su dolor y cruzó el abismo entre este mundo y el más allá. Al otro lado, la madre de Josh, y Dylan, lo esperaban con los brazos abiertos, impacientes y contentos por tenerlo junto a ellos y darle la bienvenida al otro mundo.

Inclinándose sobre el cuerpo de Richard, Michelle dio un apretón en el hombro a Josh.

—Lo siento mucho.

—No. —Josh volvió a menear la cabeza, negándose a aceptar la muerte de su padrastro. Se sorprendió al descubrir que tenía los ojos anegados en lágrimas. Se apartó con brusquedad, porque no quería que Michelle lo viera.

Era evidente que él y Richard nunca se habían llevado bien. El viejo se había portado como un miserable. Pero era la única conexión que le quedaba a Josh con su madre. Richard era quien había devuelto la alegría a Teresa, y ahora se había ido.

Había muerto.

Logró reprimir el sollozo que brotó de su pecho.

Sintió moverse el colchón cuando Michelle se levantó. Dio la vuelta a la cama y se quedó en pie frente a él. Se inclinó para rodearle los hombros con los brazos. Josh no esperaba consuelo. Ni siquiera imaginaba que fuera a necesitarlo.

Rodeando la cintura de Michelle con sus brazos, enterró la cara en la barriga de ella, y lloró. Sus hombros se estremecieron y, tras unos instantes, los dejó caer.

Le daba vergüenza que Michelle le hubiera visto venirse abajo. Quería ofrecerle excusas, pero no sabía qué decirle. Antes de que pudiera hablar, llamaron al timbre.

Michelle salió del dormitorio para ir a abrir.

Josh agradeció que se marchara. Necesitaba unos minutos para recomponerse antes de tener que lidiar con asuntos más mundanos.

—Acaba de pasar hace unos minutos —decía Michelle mientras guiaba a la trabajadora del hospital al dormitorio.

Josh se puso en pie. Era una persona desconocida.

—Josh Weaver —dijo, ofreciendo su mano a una mujer de mediana edad vestida con un largo abrigo negro—. Soy el hijo de Richard. —Se detuvo, y se corrigió de inmediato—. Su hijastro.

Michelle entró y se puso a su lado.

—Yo soy una amiga de la familia. Estábamos los dos con Richard cuando falleció.

—Lois Freeland —se presentó la mujer con delicadeza—. Os acompaño en el sentimiento. Estoy aquí para ayudar en todo lo que pueda.

—Gracias —contestó Josh.

Lois hizo varias preguntas, pero Josh apenas podía prestarle atención. Afortunadamente, Michelle conservaba la cabeza fría y pudo responder por él. Josh se sentía emocionalmente incapaz de enfrentarse a otra cosa que no fuera el dolor que sentía en el pecho.

Tras unos minutos, se disculpó y regresó al salón para sentarse en la butaca preferida de Richard. En ella se sentía cerca de su padrastro, consciente de las muchas horas que había pasado sentado en ella. Josh se acurrucó mientras intentaba comprender el vendaval de sentimientos que parecía atacarle desde todas direcciones.

Ver morir a alguien no era una experiencia nueva para él, y tanto la muerte de su madre como la de Richard fueron pacíficas y esperadas. Pero esta vez, Josh sentía que había sufrido una gran pérdida; se sentía engañado, como si le hubieran robado algo. Se tragó la ira como un trozo de carne correosa; le costó empujarla garganta abajo.

Michelle y Lois vinieron al comedor. Hablaban, pero nada de lo que decían tenía sentido para él. Era fácil ignorar la conversación y dejar que los recuerdos rodaran por su cabeza como canicas.

Josh recordó la primera vez que había visto a Richard y Dylan. Su madre estaba muy contenta de presentarle a su «amigo». Teresa había salido con hombres, pero ninguna de esas relaciones precedentes había durado más de unas semanas. Josh supo que Richard era distinto casi desde el principio. Después de pasar un rato con él, su madre parecía ebria de alegría.

Algunos de los hombres con los que había salido a lo largo de los años la ponían tan furiosa que al llegar a casa empezaba a limpiar para dar rienda suelta a su enfado. Josh sonrió al recordarla a cuatro patas frotando el horno, encolerizada con un tipo por algo que no quería discutir con su hijo.

Pero después de sus citas con Richard, al llegar a casa ponía música y bailaba sola, dando vueltas por la habitación como si estuviera en un salón de baile imaginario.

Sin embargo, hicieron falta algunos meses de relación para que se sintiera preparada para presentárselo a Josh. Josh y Dylan se cayeron bien enseguida, y no tardaron en ponerse a comparar a sus respectivos progenitores. Josh descubrió que Richard regresaba de sus citas con Teresa con un buen humor comparable al de ella. Los chicos se preguntaban qué harían, a dónde irían que los pusiera tan contentos y bobalicones.

Josh había entendido con los años —al menos en teoría— que eso era lo que pasaba cuando la gente se enamoraba.

Teresa y Richard estaban hechos el uno para el otro, y ahora estarían juntos eternamente.

—Josh.

Josh interrumpió sus reminiscencias y vió que Michelle se había quedado sola. La mujer del hospital se habría marchado, o habría salido.

—Lois ha llamado al médico —le informó Michelle—. Llegará en unos minutos, y en cuanto firme el certificado de defunción, vendrán de la funeraria.

—¿A cuál has llamado?

—Richard lo dejó todo arreglado. Lo organizó tan pronto como supo que se estaba muriendo, y nos entregó los papeles a mí y a mis padres para que pudiéramos asegurarnos de que se cumplían sus deseos.

—De acuerdo. —En esos momentos Josh estaba muy agradecido por no tener que tomar decisiones.

—Quería que lo enterraran junto a tu madre.

Josh asintió. Así tenía que ser.

—La quería mucho —dijo.

»Y, a su manera, también te quería a ti. Pero no creo que se diera cuenta hasta el final.

—Qué curioso —susurró Josh, y tragó saliva.

—¿El qué?

Josh la miró a los ojos, y sintió cómo los suyos se empañaban.

—Estaba pensando lo mismo. Lo odié durante tanto tiempo... Y no me di cuenta de lo cerca que puede estar el odio del amor. Y creo que él tampoco.

308

Capítulo 33

Una vez se quedó tranquila a propósito de *Rover*, Grace se marchó, satisfecha de haber podido comprobar que mi guardián recién adoptado se había adaptado a la perfección a su nuevo hogar. Ansiosa por retomar mis funciones de anfitriona, preparé una bandeja de queso y galletas saladas por si mis huéspedes regresaban. Y si no volvían a cenar, entonces yo disfrutaría de una cena de pan y queso y una copa de vino: merlot, a ser posible, o tal vez un malbec.

Rover terminó de explorar el piso de abajo y, con aire posesivo, se hizo un ovillo en la alfombra trenzada frente a la chimenea y se quedó dormido de inmediato.

—Mira qué cómodo te has puesto —murmuré al verlo cuando traje la bandeja de queso al salón.

Rover alzó la cabeza, que tenía apoyada sobre una pata delantera, y me miró con placidez durante un instante antes de regresar a su siesta. Traje también una botella de vino tinto y copas, y una tetera preparada. El agua hirviendo la añadiría más tarde, si a alguien le apetecía.

A lo lejos, oí cómo se cerraba la puerta de un coche. *Rover* también lo oyó y se puso en pie de un salto. Lo observé con cautela; si iba a quedármelo, tendría que acostumbrarse a ver a extraños entrando y saliendo de la casa.

Corrió ladrando a la puerta y se quedó esperando.

No había pasado ni un minuto cuando la puerta se abrió y Abby Kincaid entró apresuradamente para resguardarse del frío.

En cuanto *Rover* la vio, dejó de ladrar y se puso a menear el rabo con rapidez para darle la bienvenida.

—¿A quién tenemos aquí? —preguntó Abby mientras se agachaba para acariciar a mi nuevo guardián.

Respiré aliviada al ver que *Rover* había reconocido a Abby como una presencia amistosa.

—Es *Rover* —contesté—. Lo he adoptado de la perrera esta misma tarde.

—¿En serio? Vaya, pues es de lo más amigable.

Sonreí aliviada.

—Acabo de preparar un refrigerio —le informé—. Sírvete, si te apetece.

Abby miró el reloj.

—Tengo que cambiarme de ropa para la boda, pero creo que tendré un par de minutos antes de salir para la iglesia.

Regresé a la cocina a poner agua a hervir para el té, para que Abby pudiera elegir. Coloqué algunas galletas en un plato y las llevé también a la mesa junto a la bandeja de quesos. Ya había dispuesto platitos y servilletas. La mesa había quedado muy bonita, por mal que esté que lo diga yo.

Rover regresó a su rincón frente al fuego y volvió a dormirse. Parecía de lo más satisfecho con sus nuevas circunstancias. Y a pesar de que yo aún sentía el profundo dolor de añorar a Paul, también estaba contenta.

Acababa de dar los últimos retoques a la mesa cuando Abby volvió a bajar. Llevaba un precioso vestido en tonos pastel con mangas de copete, y un chal de punto de encaje echado sobre un hombro.

—Madre mía —dije al verla—. Estás espectacular.

—¿De verdad?

Yo no exageraba. Ya era una chica guapa, pero era evidente que algo en ella había cambiado en los últimos dos días. Cuando apareció en el hostal, Abby parecía llevar el peso del mundo sobre la espalda.

—¿Una taza de té? —ofrecí, cuando el momento amenazó con volverse incómodo—. ¿O una copa de vino?

—Un té, por favor. —Abby echó mano de un platito y se sirvió un par de lonchas de queso y algunas galletas saladas.

—¿Ha ido bien la comida con tus amigas? —le pregunté.

Los ojos se le iluminaron con una sonrisa.

—Ha ido genial. Conozco a la mayoría de esas chicas desde que era una niña. No mantuvimos el contacto después de terminar el instituto, y..., bueno, la verdad es que fue culpa mía. No estaba segura de que quisieran tener noticias mías.

—Ay, Abby, seguro que sí que querían.

—Bueno, pues resulta que tienes razón. —Apartó una silla para venir a sentarse a mi lado—. Lo hemos pasado fenomenal. Mi madre también ha ido, y le ha encantado volver a ver a mis amigas casi tanto como a mí.

Abby se comió el queso y las galletas saladas, y se bebió el té a sorbos.

—Parece que la comida se ha alargado —comenté. Abby se había ausentado varias horas. Supuse que se habría pasado la tarde recordando viejos tiempos con sus amigas.

—En realidad, solo ha durado un par de horas. Es que después de comer he ido a ver a los padres de una amiga —explicó.

Me di cuenta de que mi comentario podía sonar indiscreto, pero no era esa mi intención. Las manos empezaron a temblarle levemente, y dejó la taza en su platito para ponérselas en el regazo. Tras una breve pausa, continuó:

—La verdad es que me alegro muchísimo de haberlo hecho —añadió—. He estado... en casa de los padres de Angela.

No tenía ni idea de quién era Angela, pero no quería interrumpirla.

—Angela era mi mejor amiga —continuó—. Murió en un accidente de coche, y fue un duro golpe para sus padres. Y como era yo quien conducía el coche, me culparon a mí.

—Ay, Dios. —No sabía qué decir. Intenté pensar en palabras de consuelo, pero Abby se me adelantó:

—Y hoy, por primera vez desde el accidente, hace quince años, hemos podido consolarnos mutuamente y quedar en paz —concluyó.

—En paz —repetí yo suavemente. Aparté la vista y cerré los ojos un instante, saboreando las palabras y lo que significaban en mi propia vida.

—¿Estás bien? —me preguntó Abby, con una mirada preocupada.

—Sí, claro, ¿por qué me lo preguntas?

Parpadeó, perpleja, y frunció el ceño.

—Mientras hablaba, te has llevado la mano al corazón, como si te doliera.

—No, me encuentro perfectamente.

—Eso parece —replicó Abby—, porque al llevarte la mano al pecho, te ha sobrevenido una expresión de serenidad.

—Yo también tengo heridas que sanar —susurré.

—¿Tú?

—Perdí a alguien a quien amaba profundamente.

Abby volvió a hacerse con su taza de té.

—Lo siento. Lo siento mucho. Ya sé lo mucho que duele una pérdida así. —Permanecimos en silencio algunos minutos más, hasta que Abby miró el reloj. Con una expresión de sorpresa por la hora que era, agarró el chal y se puso en pie.

—Me voy a la boda.

Yo también me levanté.

—Dejaré la luz del porche encendida —dije, y la acompañé a la puerta mientras ella recuperaba el abrigo y el bolso. La despedí desde el porche.

Cuando su coche salió del aparcamiento, entró otro vehículo. Josh también regresaba, pero tan pronto le vi salir de su camioneta, comprendí que su estado de ánimo era completamente opuesto al de Abby. Al parecer, a él las cosas no le iban del todo bien.

Rover también se puso en pie al oír cómo se cerraba la puerta del coche. Mi guardián, siempre en alerta, esperó a mi lado mientras aguantaba la puerta abierta para que Josh entrara.

Ladró furiosamente unas cuantas veces hasta que me agaché para darle unas palmadas en la cabeza.

—Josh es un amigo —le aseguré. Lo asombroso fue que *Rover* pareció entenderme a la perfección y regresó a su lugar frente a la chimenea antes incluso de que Josh llegara a la puerta.

—Llegas justo a tiempo para merendar —anuncié a mi huésped.

Se detuvo justo al franquear la entrada, como si me hubiera oído pero no hubiera procesado mis palabras.

—Hay una bandeja de quesos, y vino, si te apetece —le informé.

Se quitó el abrigo y el gorro, y se peinó el pelo revuelto con los dedos.

—Un poco de vino estaría bien.

Le indiqué con un gesto que pasara al comedor.

—De tinto, tengo un merlot y un malbec, y...

—Merlot.

Mientras le servía el vino en una copa, le pregunté:

—¿Qué tal la tarde?

Titubeó unos instantes antes de hablar.

—Mi padrastro ha fallecido hace un rato.

Dejé la botella sobre la mesa, impactada por sus palabras.

—Ay, Josh, cuánto lo siento.

Meneó la cabeza, aceptando mis condolencias.

—Esta mañana te hubiera jurado que no sentiría nada cuando el viejo se muriera. En mi opinión, iba a recibir su justo merecido muriéndose. No tenía nada bueno que decir sobre él.

Disimulé mi sorpresa lo mejor que pude.

—¿Y ahora? —inquirí.

—Ahora... desearía que hubiera vivido más tiempo. Después de muchos años de amargura, por fin descubrimos algo que teníamos en común.

—¿Así que hicisteis las paces?

Josh agarró la copa de vino, se sentó y se apartó el pelo de la frente.

—Sí, supongo que se podría decir que hicimos las paces. Paz... —repitió, como si oyera la palabra por primera vez—. Llevo muchos años odiándolo. Y se lo merecía. Cuando mi madre murió, me echó de casa.

—¿Cuántos años tenías? —pregunté, sintiendo de inmediato antipatía por aquel hombre tan desalmado.

—Diecisiete, me faltaban pocas semanas para terminar el instituto.

—Pero te graduaste, ¿verdad?

—Sí, gracias a unos amigos que me acogieron en su casa.

No entendía cómo alguien podía comportarse así con un chico que acababa de perder a su madre, pero era consciente que aquella solo era una parte de la historia.

—En muchos aspectos, Richard me convirtió en el hombre que soy ahora. Me endurecí porque tuve que hacerlo. Alistarme en el ejército fue la mejor decisión que pude haber tomado entonces. Me obligó a convertirme en un hombre y a hacerme responsable de mi propia vida sin depender de nadie.

—¿Mantuviste el contacto con tu padrastro cuando dejaste el ejército?

Apartó la mirada y se encogió de hombros.

—El menor posible.

Di un sorbo a mi taza de té. Aquella era una conversación difícil, muy diferente a la que acababa de mantener con Abby.

—Regresé a Cedar Cove para el funeral de Dylan —me dijo—, pero eso fue hace muchos años. —Se dio cuenta de que yo no tenía ni idea de quién era Dylan, y añadió—: Dylan era mi hermanastro. Nos llevábamos muy bien. Acepté desde el principio que él siempre sería el hijo predilecto, y no me importaba.

—¿Qué fue de tu padrastro después de perder a Dylan? Josh meneó la cabeza.

—La verdad, no lo sé. No me quedé por aquí después del funeral de Dylan. No supe nada de Richard durante años, y probablemente las cosas hubieran seguido así de no ser porque uno de sus vecinos, una vieja amiga, se puso en contacto conmigo.

Por eso había vuelto.

—Así que vine, pero no por Richard. Quería llevarme algunas cosas de mi madre de su casa. Me cuadraba con la agenda, porque acababa de terminar un trabajo, y a mi amiga le parecía importante que viniera. Pensé que sería una pérdida de tiempo, pero accedí.

—Y ahora ¿qué?

—Ahora, la verdad es que me alegro de haber venido. Richard me dio algunas cosas que eran de mi madre antes de casarse con él y... más.

A Josh se le suavizó la mirada, aunque yo no sabía si era por el vino o por los acontecimientos de la tarde.

—Richard amaba a mi madre de verdad.

—Y tú también. —Reconocí de forma instintiva que el nexo entre esos dos hombres fue la madre de Josh. El amor por ella fue lo que acabó por unirlos. Pensar en eso me resultaba reconfortante. El amor, incluso desde más allá de la tumba, había llegado hasta Josh y su padrastro. Igual que el amor de Paul había llegado hasta mí.

—Yo quería mucho a mi madre —murmuró Josh—. Y ahora me arrepiento de no haberme esforzado más con Richard. —El remordimiento era palpable en su voz.

—¿Pero habéis quedado en paz?

Josh asintió, y a continuación pareció sumergirse en sus pensamientos.

—¿Y qué vas a hacer? —pregunté.

—Una vez el médico certifique la defunción, me encargaré de organizar el funeral —dijo, en un tono neutro.

—Entonces, ¿te quedarás para el funeral? —Josh solo había reservado su habitación tres noches, pero no costaría nada extender su reserva, puesto que no tendría nuevos huéspedes hasta la semana siguiente.

—No, me marcharé cuando tenía previsto.

Debió de leer la sorpresa en mi rostro, porque añadió:

—Richard dejó instrucciones para que no se celebrara ninguna ceremonia. Ya no hay nada que me retenga aquí. Nunca lo hubo, pero al menos ahora podré llevarme las cosas de mi madre.

—Me alegro por ti, Josh.

—Sí, yo también me alegro. —Dio otro sorbo a su copa de vino, y la dejó sobre la mesa—. Será mejor que me acerque al tanatorio antes de que cierren. No creo que necesiten nada, pero tengo la sensación de que tengo que ir, por si acaso. —Se levantó y permaneció en pie unos instantes, como si se le acabara de ocurrir algo.

Pero antes de que pudiera preguntarle si podía hacer algo más por él, dio media vuelta y subió a su habitación, corriendo escaleras arriba a toda velocidad, como si tuviera prisa.

Capítulo 34

La ceremonia nupcial fue preciosa. Sentada junto a sus familiares, Abby vio cómo su padre tomaba a su madre de la mano. Y mientras Roger y Victoria hacían sus votos, su madre se secaba los ojos con un pañuelo arrugado.

Abby sintió cómo a ella también se le empañaban los ojos un par de veces, pero eran lágrimas de alegría, de la felicidad que compartía con su hermano.

Las damas de honor iban vestidas en tonos lavanda, cada una con un vestido en el estilo que más la favoreciera. Contemplando los vestidos, Abby rememoró cariñosamente los planes y bocetos que Angela había hecho para su propia boda. La decoración de la iglesia consistía en lazos de color lavanda en los bancos, y un centro blanco y verde de lirios de agua sobre el altar. Los colores, la música, las palabras..., todo era precioso, perfecto.

En un momento de la ceremonia, Steve Hooks, el viejo compañero de habitación de Roger, se giró, y su mirada se encontró con la de Abby. Y entonces, de forma completamente inesperada, le guiñó un ojo. Sintiéndose como una boba, Abby se ruborizó descontroladamente. Ya pasaba de los treinta, aunque hiciera poco que los había cumplido; era una mujer madura. Demasiado madura como para permitir que un guiño de un hombre guapo la azorara de esa manera. Y, sin embargo, se sentía halagada y nerviosa.

La celebración tendría lugar en el club de campo, y Abby fue sola en su propio coche, para poder marcharse antes que sus padres si ellos querían trasnochar.

Al llegar, les comunicaron la distribución de las mesas. Para su sorpresa, Abby descubrió que no la habían sentado con sus padres ni con ninguno de sus primos.

—¿No estás en nuestra mesa? —protestó su madre, a punto de llamar al *maître* para quejarse, pero entonces se les acercó Steve Hooks.

—Señora Kincaid, espero que no le importe, pero pedí que sentaran a Abby en mi mesa.

Su madre, que tenía la boca abierta para protestar, la cerró de golpe.

—Eso, claro... —continuó Steve, mirando ahora a Abby—, si a Abby no le importa.

—No le importa —se apresuró a responder Linda Kincaid.

—Mamá, puedo hablar por mí misma.

—¿Te importa? —preguntó Steve, mirándola a los ojos.

A Abby le gustaría saber si había alguna mujer que pudiera resistirse. Estuvo a punto de derretirse a sus pies.

—Esto..., no pasa nada. No me importa. —Se le trababa la lengua cuando intentaba hablarle. ¡Ay, ojalá se le hubiera ocurrido algo gracioso y ocurrente que decir!

—Creo que he desbaratado toda la organización de las mesas, pero pensé que tal vez solo tendría esta oportunidad para hablar con Abby. Me niego a dejarla pasar.

Esta vez, Abby ni siquiera se molestó en hablar; se limitó a asentir con la cabeza. Como todo un caballero, Steve apartó una silla para ella, y se sentó en la de al lado.

—Ha sido una boda muy bonita, ¿verdad? —dijo Abby, tomando la servilleta de hilo color lavanda y desplegándola sobre su regazo. Si mantenía las manos ocupadas tal vez conseguiría sobrevivir a la cena sin

318

quedar como una adolescente ingenua en su primera cita... Aunque era así exactamente como se sentía.

—La boda... —repitió Steve—, sí, ha sido muy bonita.

Las otras tres parejas que ocupaban su mesa llegaron y se sentaron. Steve hizo las presentaciones, y Abby comprendió que los había sentado entre la familia y los amigos de Victoria, cosa que le pareció bien. Se preguntó cuántos letreritos con el nombre de los invitados habría cambiado de sitio para conseguir sentarse con ella. Sus esfuerzos la halagaban.

Las otras parejas pronto se sumergieron en sus propias conversaciones, así que tuvieron algo de intimidad para charlar y ponerse al día.

—¿Es verdad eso que me han dicho —empezó él— de que vives en Florida?

Abby asintió.

—En Port St. Lucie. ¿Y tú?

—Vero Beach.

—Vaya por Dios, ¡casi somos vecinos!

—Ojalá lo hubiera sabido antes —dijo él entre dientes.

—¿En serio?

—Te habría llamado. Hubiéramos podido quedar. Supuse que te habrías casado. Empezábamos a conocernos cuando tuviste el accidente, y después te encerraste en ti misma. Roger me dijo que necesitabas espacio. La última vez que te vi te dije que me llamaras cuando te apeteciera verme.

Abby nunca volvió a ponerse en contacto con él, y aunque no recordaba aquella conversación en particular, entonces no estaba preparada para verlo. De lo que sí que se acordaba era de todas las veces que él intentó llamarla. Ella nunca respondió. Pero tenía que admitir que Steve no se dio por vencido con facilidad.

—No entiendo cómo no te has casado —dijo él.

—¿Cómo lo sabes? —preguntó ella en tono jocoso. Coqueteando con él de esa manera, se sentía como si volviera a ser una colegiala.

—¿Quieres decir que sí que te casaste? ¿Estás divorciada? —Frunció el ceño, a todas luces confundido.

—Responde tú primero —dijo Abby.

—¿Que cómo lo sé? —repitió él, y respondió—: ¿Cómo iba a saberlo? Lo pregunté.

—¿Así que has estado preguntando por mí?

—Sonsaqué a Roger tan rápido que ni te lo imaginas.

Abby rio; le encantaba que él no se esforzara en ocultar la atracción que sentía. Y, a decir verdad, a ella le pasaba lo mismo. Era como si todos aquellos años nunca hubieran pasado y volvieran a estar los dos en la universidad.

—¿Y cómo es que tú no te has casado? —inquirió Abby, devolviéndole la pelota.

—¿Cómo lo sabes? —dijo él, que le siguió el juego—. ¿Has estado preguntando por ahí?

Abby titubeó, pero solo un instante.

—Pues no.

Steve parecía decepcionado. Fruncía el labio en una mueca bastante atractiva.

—Roger me lo dijo antes de que tuviera ocasión.

—Es decir, que se lo hubieras preguntado si él no te lo hubiera dicho.

—Eso es.

Sonrieron, y continuaron con la cháchara durante toda la cena. Cuando empezó el baile, Roger sacó a su recién estrenada esposa a la pista de baile y empezaron a dar vueltas con mucho estilo.

—¿Roger ha estado tomando clases de baile? —preguntó Steve. Estaba de pie detrás de Abby al borde de la pista y le cubrió los hombros con las manos.

—Mis labios están sellados —bromeó Abby.

—Seguro que sí —replicó Steve—. No recuerdo que tuviera los pies tan ligeros.

—¿Has bailado muchas veces con mi hermano? —dijo Abby en tono jocoso.

Steve se echó a reír.

—Hace tiempo que no, pero ahora lo que me gustaría es bailar con su hermana.

Abby se puso tensa.

—Ay, Steve, no sé si me atrevo; hace mucho tiempo que no piso una pista de baile. —No se atrevía a admitir exactamente cuánto tiempo. Si no recordaba mal, la última vez fue en su primer año de universidad.

—De lo que tienes que preocuparte es de que no te pise —la amonestó él.

Y entonces, sin preguntarle, tan pronto como el baile se abrió a todos los invitados, Steve la llevó de la mano hasta el centro de la pista. Abby estuvo a punto de protestar, pero aquella era una ocasión muy especial, y no quería hacer ni decir nada que pudiera hacer estallar aquella burbuja de felicidad. Se había quitado de encima aquella carga de culpabilidad y vergüenza, y, por fin, era libre.

En los brazos de Steve, cerró los ojos y dejó que su cuerpo se meciera con naturalidad al ritmo de la música, dejando instintivamente que él la llevara, abrazándolo con fuerza.

—Bailas muy bien —le susurró él al oído.

—Gracias.

—¡Abby, Abby!

Abrió los ojos y descubrió a sus padres.

—Hacéis muy buena pareja —gorjeó su madre.

—Gracias, mamá —contestó Abby, lanzándoles una sonrisa.

Tan pronto se hubieron alejado un poco, Abby miró a Steve.

—Tendrás que perdonar a mi madre. No podría ser menos sutil, ¿verdad?

—¿Sutil?

—Vamos, Steve, si solo le falta hacerse una pancarta. Quiere verme emparejada, y cuanto antes mejor.

—¿En serio? Debe de haber hablado con mi madre.

—¿También ha venido?

—No, gracias a Dios. Lo último que nos faltaría es que se pusieran a intrigar juntas. —Le dedicó una sonrisa, y añadió—: No me hace falta su ayuda, ¿y a ti?

—No, gracias.

—Bien.

Siguieron bailando hasta que los interrumpieron Roger y Victoria, los novios radiantes.

—Colega, ¿te importa si cambiamos de pareja un ratito? —preguntó Roger.

—No hace ni veinticuatro horas que estamos casados y ya me está endosando a otro —bromeó Victoria. Dio un beso en la mejilla a Roger y se trasladó de sus brazos a los de Steve al compás de la música.

Su hermano la sujetó de forma desenfadada, y Abby le dijo lo que sentía:

—Roger, esta boda es perfecta.

—Es gracias a Victoria y a su madre. Llevan meses esmerándose hasta en el más mínimo detalle. Yo solo he tenido que decir que sí a todo. Les di rienda suelta, y ellas se han encargado de todo.

—Pues lo han hecho a la perfección.

—Me he casado con una mujer increíble.

—Así es —coincidió Abby.

—¿Y qué tal te va con Steve? —preguntó su hermano, sin molestarse en disimular su interés.

—Muy bien.

—Le rompiste el corazón, ¿sabes? —le contó Roger.

—No empieces.

—Steve estaba enamoradísimo.

Aquello le resultaba agradable de oír.

—¿Por qué no se ha casado? —preguntó, dejando que la curiosidad se adueñara de ella. Solo tenía unos minutos a solas con su hermano, y no iba a desaprovecharlos.

—Le gustaría haberse casado. Pero resulta que primero consiguió un contrato de informática muy importante con el ejército y tuvo que irse a Afganistán, y luego al volver a Estados Unidos empezó a trabajar más horas que un reloj. Si te soy sincero, creo que busca pareja, pero es muy exigente.

—¿Exigente? —Aquello no sonaba muy prometedor.

—No quiere conformarse con cualquier cosa, y ese es el motivo por el que está tardando tanto. En eso nos parecemos. Sabemos lo que vale la pena.

Abby miró en la misma dirección que su hermano y lo descubrió contemplando a su esposa. Tenía una cálida expresión amorosa en la mirada, y Abby comprendió lo que quería decir. A su hermano no le importó esperar, pero cuando conoció a Victoria no lo pensó dos veces.

—Sé feliz, Roger.

—Eso es justamente lo que pienso hacer.

—Y date prisa en hacer abuelos a mamá y papá, ¿vale? —murmuró.

—Haré lo que pueda —dijo él, en tono de broma.

Volvieron a cambiar de pareja un par de minutos más tarde. Steve no se separó del lado de Abby durante el resto de la velada; bailaron, y le ayudó a repartir la tarta. Y aunque Abby se había propuesto retirarse temprano, no lo hizo. Pasaban de las once cuando por fin decidió que era hora de despedirse. Para entonces, Roger y Victoria ya se habían marchado, y en la pista de baile solo quedaban unas pocas parejas. Los padres de Abby se contaban entre los rezagados.

Abby abrazó a su madre y a su padre.

—Ya no volveré a veros antes de irme —dijo.

—¿Estás segura de que irás bien con el coche? —se preocupaba su madre.

—Estoy perfectamente, mamá —le aseguró Abby. Era una pregunta de lo más normal, pero, hasta hacía muy poco, le habría despertado recuerdos dolorosos. Pero su madre no se había dado cuenta, cosa que demostraba que ella sí lo había superado.

—Yo la seguiré en mi coche —ofreció Steve— para asegurarme de que llega bien.

—Ay, gracias Steve. Siempre has sido un caballero. —La madre de Abby le plantó un beso en la mejilla.

Abby estuvo a punto de insistir en que no necesitaba ningún acompañante para regresar al hostal, pero enseguida se dio cuenta de que de esa forma Steve y ella podrían estar solos antes de que terminara la noche.

Así, Steve la siguió hasta el hostal. Abby aparcó el coche, apagó el motor y salió. Steve hizo lo propio y la acompañó hasta el porche.

—Será mejor que te dé las buenas noches —dijo él.

—Gracias por una velada maravillosa —contestó Abby con sinceridad. No quería ponerse sentimental, pero era lo que sentía de corazón—. Pensaba irme muy pronto... El avión sale a primera hora de la mañana.

Steve dio un paso atrás.

—Yo también. ¿A que vamos en el mismo vuelo?

—Yo voy a West Palm Beach.

A él los ojos le brillaban.

—Yo también.

—Mi vuelo sale de Seattle a las ocho y media de la mañana.

—Y el mío.

—¡Vamos en el mismo vuelo!

Él esbozó una ancha sonrisa.

—Eso parece.

—Es el destino —sentenció Abby.

Steve meneó la cabeza.

—Yo prefiero llamarlo intervención divina. —Y, dicho eso, se inclinó para besarla.

Abby le rodeó el cuello con los brazos, y se abrió ante aquel beso. Tal vez fuera el efecto de la boda de Roger.

O de la misma noche, fría, límpida y vigorizante. Fuese lo que fuese, Abby se sentía como si se le hubiera abierto una puerta a un mundo lleno de emociones positivas y felicidad.

Cuando por fin se separaron, Steve la miró a los ojos durante un largo instante.

—Entonces, ¿nos vemos mañana?

—Mañana —repitió ella.

Steve miró el reloj.

—Dentro de siete horas. Nos vemos en la puerta de embarque.

—Ahí estaré. —Siete horas para volver a verlo, pensó Abby. Se le harían eternas.

Capítulo 35

Josh esperaba a Michelle en la funeraria. Sentado en la sala de espera, se esforzaba en pensar en su futuro, y no en su padrastro. Estaba contento de que se hubieran reconciliado; era mucho más de lo que esperaba sacar de su visita.

Quería encontrar el modo de darle las gracias a Michelle. Su ayuda había sido como un regalo del cielo, y lo apreciaba muchísimo. Pensó en invitarla a cenar, aunque él no tenía mucho apetito y sospechaba que a ella le pasaría lo mismo. Si iban a cenar parecería que había algo que celebrar.

Se abrió la puerta y Michelle apareció. Se detuvo en el quicio hasta que lo vio.

Josh se puso en pie.

—Gracias por venir.

—De nada. ¿Has hablado con el director?

—Aún no. Te estaba esperando.

Ella le dedicó una tibia sonrisa en señal de agradecimiento.

—He llamado a mis padres para contarles lo de Richard. Me han pedido que te dé el pésame.

Josh hizo un gesto de asentimiento.

George Thompson, el director de la funeraria, salió a su encuentro, y tras ofrecer sus condolencias los hizo pasar a su despacho.

Michelle y Josh le siguieron por un pasillo hasta su oficina privada.

El señor Thompson les señaló las sillas al otro lado de su gran mesa de caoba, y él tomó asiento en su butaca. Su expresión se mantuvo seria y profesional en todo momento mientras abría una carpeta.

—Como ya sabrán —empezó, mirándolos—, el señor Lambert lo dejó todo organizado.

Josh asintió.

—Deseaba que lo enterraran junto a su esposa, Teresa. Compró la parcela junto a la suya cuando ella murió.

Eso Josh no lo sabía. Cuando su madre murió, estaba demasiado hundido en su propio dolor como para prestar mucha atención a cuanto sucedía a su alrededor.

Michelle y el señor Thompson lo miraban como si esperaran que les diera una respuesta.

—De acuerdo —dijo Josh, sin saber muy bien lo que se esperaba de él.

—Se mostró inflexible al estipular que no quería ninguna ceremonia.

—Ya nos lo dijo —contestó Josh. Richard se «mostró inflexible» prácticamente en todo en la vida.

—¿Quieren asistir al sepelio? —preguntó a continuación el señor Thompson—. Será un acto sencillo, sin ninguna formalidad.

—No —replicó Josh.

—Yo sí —contestó Michelle.

—Muy bien. La informaré de cuándo será. —Hizo una anotación en el expediente. Se sentó derecho—. Algunos detalles: en primer lugar, necesitamos la ropa con la que deseen enterrar al señor Lambert.

Josh miró a Michelle en busca de ayuda.

—Yo la traeré —ofreció ella.

—Lo mejor será que la traiga mañana —repuso el señor Thompson—. Estamos a punto de cerrar.

—De acuerdo —accedió ella.

—¿Algo más? —preguntó Josh, ansioso por marcharse.

—Sí. —El señor Thompson rebuscó en la carpeta y tendió a Josh un sobre cerrado—. El señor Lambert me pidió que le diera esto cuando lo enterraran en caso de que se encontrara usted presente.

La sorpresa debió de reflejarse en el rostro de Josh, porque el director de la funeraria continuó:

—Yo le dije que si se trataba de un documento legal haría mejor dejándolo en manos de un abogado.

Josh tomó el sobre y reconoció al instante su nombre escrito de puño y letra de su padrastro.

El señor Thompson se esforzó en ocultar una sonrisa, aunque sin grandes resultados.

—Si no recuerdo mal, cuando mencioné al abogado, el señor Lambert expresó con gran vehemencia su opinión sobre los abogados y afirmó que no pensaba pagarle a nadie para que entregara un trozo de papel.

—Típico de Richard —dijo Josh con una sonrisa.

—Eso es todo —concluyó George Thompson mientras cerraba la carpeta.

—Traeré la ropa a primera hora —dijo Michelle mientras los tres se levantaban a la vez.

El señor Thompson los acompañó a la salida.

—Nos vemos mañana —se despidió de Michelle.

Una vez se encontraron fuera de la funeraria, Michelle le preguntó a Josh:

—¿Dónde vas a estar el lunes? —La pregunta era casi una acusación, como si tuviera la obligación de quedarse al funeral.

—Lejos de aquí —contestó él—. Vine porque me parecía lo correcto, pero ahora ya no tengo ningún motivo para quedarme. Richard no quería una ceremonia, y le habría dado lo mismo que yo estuviera en su entierro o no.

—A él quizá sí, pero... —Michelle no terminó la frase.

—¿Pero qué?

—¿Adónde irás?

Josh no se había parado a pensarlo. Su nuevo trabajo iba a empezar en breve. Le quedaban a lo sumo un par de días antes de tener que presentarse allí.

—No tiene mucho sentido que vuelva a California antes de irme a Montana. Tal vez vaya a la playa.

Ella le respondió con una media sonrisa.

—¿Quieres que te ayude a elegir la ropa de Richard? —preguntó Josh.

Michelle negó con la cabeza.

—No, gracias. Richard tenía un jersey que le gustaba mucho y se ponía a menudo. Creo que se lo hizo tu madre. Está muy viejo, pero parece apropiado, ¿no crees?

—Claro, haz lo que te parezca mejor.

Michelle miró el sobre que Josh aún tenía en la mano.

—¿Cuándo vas a abrirlo?

Josh se encogió de hombros. No le apetecía nada hacerlo en un futuro próximo.

—No lo sé. Igual tardo un poco. ¿Quieres leerlo tú?

—Ni hablar —replicó Michelle, apartándose—. Esa carta es para ti, no para mí. ¿No sientes curiosidad?

En absoluto, y era consciente de por qué.

—Es que ya sé lo que dice.

—¿Ah, sí?

—Richard lo dejó muy claro cuando llegué. No me ha dejado nada, cosa que no me sorprende. La verdad es que la casa me importa un bledo, y nunca quise nada de él.

—Eras su hijo —razonó Michelle.

—Hijastro —la corrigió. Aunque hubieran hecho las paces, al fin y al cabo, Josh nunca fue un hijo para Richard, ni Richard un padre para él. Se negaba a transformar el recuerdo de Richard en algo que no fue.

Michelle frunció el ceño.

—¿Cuándo te marcharás? —preguntó.

—Mañana temprano, seguramente.

—¿Tan pronto? —Michelle no le miraba a los ojos.

—¿Estás desilusionada? —preguntó él al percibir su disgusto.

—Sí..., no..., no sé qué pensar.

Michelle parecía tan desorientada como él. Nada de todo aquello parecía real, pero lo era, y de qué manera. Estaban frente a una funeraria. Nada podía ser más real que aquella situación.

—Todo es muy confuso —murmuró Josh.

Michelle hurgó en su bolso en busca de las llaves del coche.

—Vayamos a tomar algo —propuso Josh—. Algo fuerte, a ser posible.

—¿Vamos al Caniche Rosa? —sugirió Michelle.

—Venga. —Aunque Josh no estaba seguro de que allí sirvieran nada más potente que cerveza. Pero estaban a punto de descubrirlo.

Se reunió de nuevo con Michelle en el aparcamiento del Caniche Rosa. Se habían fundido varias bombillas en el letrero de neón, que ahora solo decía E CA CHE SA, lo cual podía haberse referido tanto a un estudio de tatuajes como a un bar. Las cosas no habían cambiado mucho desde que se marchó, reflexionó Josh.

Un par de hombres acodados en la barra los miraron cuando Josh y Michelle entraron en la taberna. El suelo estaba cubierto de serrín. Josh guio a Michelle hasta una mesa libre y se sentaron frente a frente.

La camarera se acercó y Josh pidió una cerveza. Le sorprendió que Michelle pidiera un refresco *light,* pero no dijo nada.

—¿Estás bien? —le preguntó al cabo de unos minutos.

Sin mirarle a los ojos, ella se encogió de hombros.

—Sé que tú y Richard estabais muy unidos...

—Tampoco tanto. —Michelle mantenía la cabeza erguida, y seguía rehuyendo su mirada.

Josh la estudió, hasta que se dio cuenta de que le temblaba ligeramente el labio inferior.

—Esto es muy duro —dijo, y le tomó la mano.

Michelle se zafó y se puso las manos en el regazo. Sorprendido, Josh se recostó en el duro respaldo de madera. Los dos estaban conmocionados. Aunque sabían que la muerte de Richard era inminente, los había perturbado de todas formas. Enfrentarse a la muerte, a la muerte de cualquiera, no era nada fácil.

—Sé que le tenías aprecio —dijo él en un tono que, esperaba, fuera tranquilizador—. Os agradezco mucho a ti y a tu familia que cuidarais de Richard. Tras la muerte de mi madre y de Dylan, creo que erais la única gente que quedaba en el mundo que se preocupara por él.

Consumido por la pena, Richard se convirtió en un experto en el arte de rechazar a su familia y amigos. Se aisló. Su mundo se vino abajo el día que enterró a su hijo. Antes, Richard era distinto. Josh recordaba el sonido de su risa cuando Teresa vivía, y el orgullo que resplandecía en sus ojos al ver jugar a fútbol a Dylan. Hubo una época en que lo tenía todo.

La camarera les trajo las bebidas y Josh pagó, dejando una generosa propina. Dio un sorbo a su cerveza, pero Michelle se limitó a sujetar su vaso con las dos manos, con la mirada perdida.

Como parecía que ella sentía tanta curiosidad por la carta, Josh se la sacó del bolsillo del abrigo, la leyó por si contenía alguna sorpresa, y no encontró ninguna. Al terminar, le tendió la hoja escrita a máquina.

Con expresión de sorpresa, Michelle la tomó. Ella también leyó aquellas breves líneas rápidamente, y la dejó sobre la mesa.

—Te pide que cuides de las tumbas de Teresa y Dylan, pero no de la suya.

Josh rio entre dientes.

—Seguro que pensó que plantaría hierbajos sobre su tumba y, la verdad, la idea me seduce.

—Josh.

—Hierbajos bonitos —aclaró, con el deseo de arrancarle una sonrisa.

—¿No te importa que el dinero de la venta de la casa vaya a parar a organizaciones benéficas?

—No me importa nada. —En realidad, incluso estaba contento con las asociaciones elegidas por su padrastro. Una de investigación para curar el cáncer en honor a Teresa, y otra para los traumatismos craneales por Dylan.

Ella apartó la mirada nuevamente.

—¿Estás bien? —Josh se vio obligado a preguntar.

—Perfectamente. —Dio un pequeño sorbo a su refresco, y apartó el vaso—. Entonces, ¿ya está?

—¿Qué quieres decir?

—Has dicho que te marchas mañana por la mañana.

—Sí.

—Y yo ya te he dicho qué ropa he elegido para Richard, así que no tienes por qué volver a la casa, ¿verdad?

—No, supongo que no. —En eso no había pensado—. Pasaré a despedirme por la mañana.

—Así, sin más —dijo ella, con la tristeza reflejada en la mirada—. ¿De verdad piensas marcharte sin mirar atrás?

Su pregunta quedó suspendida en el aire entre los dos.

Para Josh, la respuesta era obvia:

—¿Hay un motivo por el que deba quedarme? —preguntó, muy intrigado por conocer su respuesta.

—Yo creo que sí —replicó ella.

—¿Y qué motivo es ese?

—Nosotros, Josh. Sé que probablemente te incomode profundamente hablar de esto, pero me da igual.

Michelle tenía razón, pero él no estaba dispuesto a admitirlo.

—Antes de que digas nada, déjame que haga una sencilla observación. Cuando te fuiste de Cedar Cove...

—Querrás decir, después de que Richard me echara de casa.

Ella hizo caso omiso de su tono sarcástico.

—Te marchaste y has estado dando vueltas desde entonces, primero con el ejército y ahora con el trabajo.

—Ni quiero ni necesito raíces —insistió él—. Y así ha sido desde que tenía diecisiete años.

—Todo el mundo necesita tener a alguien, Josh. —Hablaba en un tono dulce y sabio—. ¿A quién tienes tú?

Josh meneó la cabeza, dando a entender que no tenía una respuesta.

—Ahora puedes elegir —siguió ella, en el mismo tono de voz—. Puedes continuar tu travesía por el desierto, y vivir siempre lleno de reproches...

—¿O...? —saltó él, interrumpiéndola. No estaba del todo seguro de adónde quería llegar Michelle, pero sí que sabía que no le gustaría ni un pelo.

—Podrías...

—Quedarte en Cedar Cove —la cortó por segunda vez.

—No —repuso ella rápidamente—. No es eso lo que iba a decir. —Le sostuvo la mirada un largo rato, hasta que finalmente se encogió de hombros y se levantó—. Mira, olvida lo que he dicho. Ya has tomado una decisión. Te deseo lo mejor, Josh, te lo digo sinceramente. Aprecio mucho que hayas venido. Y aunque nunca lo admitiría, estoy segura de que Richard también. Espero que encuentres la paz.

Sin mirar atrás, Michelle salió del Caniche Rosa.

Perplejo, Josh permaneció sentado unos segundos mientras intentaba procesar lo que acababa de suceder. Tanto Michelle como él habían vivido muchos altibajos durante los últimos dos días, y Josh no estaba dispuesto a dejar que las cosas quedaran así.

La encontró de pie junto a su coche, con una mano apoyada en el capó y la otra cubriéndole los ojos.

Cuando lo oyó acercarse, se puso a rebuscar en su bolso para sacar las llaves.

—Michelle —la llamó, acercándose apresuradamente—. Oye, espera...

Ella se enderezó y se volvió hacia él, con los ojos bien abiertos. Josh no sabía qué contarle, qué decir. Ni siquiera estaba seguro de lo que ella quería de él. Lo único que sabía era que no podía permitir que se marchara de esa manera. Así no. Tal vez nunca volvería a verla, y eso le entristecía. Era una sensación parecida a lo que sintió al darse cuenta de que Richard se encontraba a las puertas de la muerte. Sentía el envite de unas emociones desconocidas para él.

—¿Hay algo que quieras decirme? —le preguntó Michelle.

Josh enterró las manos en los bolsillos de los pantalones.

—No quiero que acabemos así.

Ella parecía expectante, como si esperara que él dijera algo más.

—Quiero que sepas lo mucho que agradezco tu ayuda —siguió él, hablando a trompicones. Si lo que Michelle quería era que se quedara en Cedar Cove, tenía que saber que era imposible.

—De nada —susurró ella—. Que tengas un buen viaje a la playa, y buena suerte en tu nuevo trabajo.

—Gracias —respondió él, pero aún le costaba pensar en marcharse. Retrocedió unos pasos. La verdad era que no tenía ningún motivo para quedarse allí. Abrió el coche. Esperó, pensando que tal vez ella haría algo para detenerle.

Pero no lo hizo.

Josh intentó pensar en una excusa para quedarse, pero no se le ocurría nada. Se puso al volante, encendió el motor... Y todo el rato sentía la imperiosa necesidad de echar el freno, de correr hacia ella y estrecharla entre sus brazos. Una necesidad magnética y fuerte que tiraba de él. Pero se resistió.

Michelle seguía de pie con porte orgulloso. Y entonces, sin decir palabra, se metió en el coche y se marchó.

Josh vio cómo se alejaba, apesadumbrado.

¿Una travesía por el desierto? ¿Qué habría querido decir con eso? Aunque, en cierto modo, la había comprendido tan pronto como pronunció esas palabras. Llevaba huyendo casi toda su vida adulta, negándose a implicarse en nada más que en su trabajo. Se le daba bien lo que hacía por el mero hecho de que su trabajo dominaba su vida y no dejaba espacio para nada más. Ni una esposa, ni un hogar, ni una familia.

Sin nada más que hacer, Josh también se marchó. Pero cuanto más se acercaba al hostal, más crecía el peso que sentía en el corazón. Y cuando por fin se dio cuenta de lo que de verdad quería, se encontraba a menos de kilómetro y medio de su destino.

De repente, sin ni siquiera poner el intermitente, dio media vuelta y detuvo el coche en mitad de la carretera. Supo de golpe de que no quería nada de todo aquello. No quería irse..., no quería seguir por el mismo camino, un camino por el que acabaría tan solo y amargado como Richard. Quería a Michelle, quería amarla y que fuera parte de su vida.

Ni pensó en todas las normas de tráfico que quebrantó de camino a casa de Richard, con la esperanza de que Michelle se hubiera dirigido allí en busca de la ropa de su padrastro. Se le cayó el alma a los pies cuando vio que su coche no estaba ni frente a la casa de Richard ni a la de sus padres.

Josh recordaba que Michelle le había dicho que tenía un piso en la zona de Manchester, al este de Cedar Cove. No sabía exactamente dónde, pero iba a averiguarlo como fuera. No tardó mucho en reconocer la zona. Enseguida encontró un edificio nuevo de apartamentos de tres plantas junto al mar, con un restaurante y una pequeña tienda de comestibles en el bajo.

Aparcó de cualquier manera entre dos espacios y entró en la tienda.

—Dos doce —le informó el tendero cuando Josh le preguntó por Michelle—. Hace unos días que no la veo, pero me parece que acabo de verla llegar en su coche hace unos minutos.

Con el corazón en un puño, Josh echó a correr escaleras arriba, saltando los escalones de dos en dos. Llamó al timbre, pero no hubo respuesta. Llamar a la puerta tampoco dio resultado. Si no se encontraba en su apartamento, ¿dónde estaría? Fue entonces que vio la pila de periódicos frente a la puerta. El tendero debía de haberse equivocado. Michelle no había vuelto a casa.

Lo único que a Josh se le ocurrió hacer fue volver a su camioneta a esperar. Pero estaba demasiado nervioso para permanecer sentado. Quería hablar con Michelle. Se lo tenía merecido por ser tan inconsciente, tan obstinado. Todo lo que ella le había dicho era verdad, pero él había sido demasiado testarudo para darse cuenta.

El viento soplaba desde el mar, trayendo consigo el aroma marino. Josh recorrió el pequeño embarcadero para dar rienda suelta a su ansiedad. Apenas había dado unos pasos sobre el entablado cuando la vio.

Michelle le daba la espalda, mirando al mar. Josh se detuvo un instante mientras la felicidad le invadía.

—Michelle. —La brisa transportó su voz, y ella se giró y le reconoció. Josh echó a andar hacia ella, medio andando, medio corriendo.

Josh no estaba seguro de lo que esperaba. En su mente, imaginó que ella le saldría a su encuentro y se reunirían a medio camino.

Pero no lo hizo.

Se quedó quieta, con las manos en los bolsillos del abrigo, en una pose erguida y orgullosa.

Josh aminoró el paso al llegar hasta ella.

—Menos mal que te he encontrado.

Ella no dijo nada.

—Escucha —empezó—, no sé qué es lo que ha pasado entre nosotros este par de días, pero creo que significa algo.

Ella permanecía callada.

—Sea lo que sea, es importante. No quiero perderlo.

—Eres tú quien tenía prisa por largarse de aquí. La verdad, me sorprende que aún no te hayas ido.

Él hizo caso omiso de sus palabras, pero se dio cuenta de que Michelle no pensaba ponérselo fácil. Y no podía culparla por ello.

—¿Podemos sentarnos a hablar en algún sitio? —preguntó.

—Yo ya te he dicho lo que pensaba.

—Sí, y te estoy muy agradecido, porque me has hecho pensar. Ya no quiero vagar por el desierto. Quiero echar raíces. Me has dicho que todo el mundo necesita tener a alguien, y me has preguntado a quién tengo yo. Antes no tenía una respuesta, pero ahora sí. Quiero que ese alguien seas tú, Michelle. Tú. —Hablaba deprisa, como si no pudiera esperar a decirle todo aquello.

Ella parpadeó, perpleja, como si no estuviera segura de haberle oído correctamente. Y entonces, con una dulce y triste sonrisa, meneó la cabeza.

—Lo siento, Josh, pero ya no soy esa chica gorda de quien se reían en el baile de fin de curso. Vas a necesitar algo más que unas palabras bien escogidas para convencerme de que hablas en serio.

—Hablo muy en serio. Dame la oportunidad de demostrarte cómo de en serio hablo.

Una sonrisa le tiraba de las comisuras de la boca.

—¿Una oportunidad?

—Es todo lo que te pido. Te voy a cortejar como no te han cortejado en la vida.

Ella empezó a andar hacia su casa. Josh le fue a la zaga.

—Quiero algo más que flores y piropos, Josh.

—¿Qué me dices de mi corazón?

Y, entonces sí, ella le dedicó una gran sonrisa, con los ojos brillantes.

—Para empezar.

Josh le tomó la mano, y se la llevó a los labios.

—Hace tanto tiempo que vivo solo que me cuesta admitir que necesito a alguien. Pero cuando te has ido, me he dado cuenta de que te necesito a ti.

—Pues anda que no has tardado. Eres un idiota; un idiota adorable, pero idiota, al fin y al cabo.

Josh sonrió y le plantó un beso en la coronilla.

—Ya no, Michelle, ya no. —Cerró los ojos y empezó a besarle la mejilla hasta que ella volvió la cara y sus labios se encontraron.

Ahora tenía un hogar, descubrió Josh. Su hogar se encontraba entre los brazos de Michelle.

Capítulo 36

*R*over pasó una buena noche, dormido en la alfombra junto a mi cama. Esperaba algo distinto, tratándose de su primera noche en un entorno desconocido, pero sorprendentemente se adaptó sin sobresaltos. A pesar del poco tiempo que hacía que estábamos juntos, sentí que ese perro tan especial se convertiría en una parte muy importante de mi vida. Me sentía como si siempre hubiera estado conmigo.

Oí regresar a Abby hacia medianoche. Josh se había metido en su habitación un poco antes. No hablé mucho rato con ninguno de los dos. Oí silbar a Josh, cosa que me sorprendió, y más aún cuando me preguntó si podía quedarse un par de días más. Le aseguré que no habría ningún problema.

Abby parecía encontrarse en las nubes mientras me contaba lo maravillosa que había sido la boda de su hermano. Como su vuelo salía tan temprano, no sabía si la vería por la mañana.

El contraste entre mis dos huéspedes a su llegada y ahora era radical, como poco, y el cambio que veía en ellos me daba a mí también ganas de silbar y tararear. Era una transformación prodigiosa.

En mi dormitorio había sitio suficiente para tener un pequeño sofá y un televisor, y prefería relajarme allí antes que en las zonas comunes del hostal. Necesitaba tener mi propio espacio, y había acondicionado ese rincón solo para mí.

Tenía un fuego encendido en la chimenea, y me senté a leer unos minutos con *Rover* a mis pies. Al cabo de un rato, dejé el libro a un lado y, disfrutando del calor del fuego, cerré los ojos un instante, contenta y en paz. No sé cuánto rato me quedé así, tal vez veinte minutos, o tal vez más. Pero lo que me sorprendió mientras permanecía acomodada frente al fuego era que había dejado de sentir la aguda soledad que me acuciaba desde la muerte de Paul.

Sí, ahora tenía un perro, pero aquel sentimiento, aquella sensación, era algo más que la compañía de un animal dormido a mis pies.

Sentí la presencia de Paul. Y esta vez, no estaba dormida. Aunque sabía que era imposible, mi marido llenaba la habitación. No quería abrir los ojos por miedo a que terminara el hechizo, y quería aferrarme a ese momento tanto como fuera posible. Sabía que no era real. No podía ser. Paul se había ido, pero aun así parecía absolutamente real.

Durante meses, había habido un enorme vacío en mi vida. Y ahora mi marido había regresado. No podía tocarle ni abrazarle, pero su espíritu estaba a mi lado. Nada me convencería de lo contrario. Apreté los párpados con fuerza y contuve la respiración, ansiando sentir los brazos de mi marido rodeándome, deseando el consuelo de su abrazo.

No pronunció ni una sola palabra, pero me habló, y nunca olvidaré lo que me dijo.

Me dijo que esta casa, este hostal, sería un lugar sanador. No solo para los que se alojaran en él, sino también para mí.

Tras unos instantes, mi pulso regresó a su ritmo normal, y susurré:

—Gracias.

Me levanté temprano, como suelo hacer, y ya estaba preparando el café cuando oí a Abby arrastrando su maleta escaleras abajo, esforzándose por hacer el menor ruido posible.

—Buenos días —la llamé desde la cocina—. ¿Te apetece un café antes de irte?

Parecía sorprendida de encontrarme levantada.

—Eso sería estupendo, gracias.

Le serví una taza de café recién hecho y se la llevé.

—Espero que hayas tenido una estancia agradable.

—Ha sido maravilloso —me dijo, aceptando la taza con un gesto de agradecimiento y sosteniéndola con ambas manos. Me siguió hasta la cocina y se apoyó en la encimera.

—Me alegro de que la boda de tu hermano fuera tan bien.

Ella asintió con una sonrisa.

—Fue mágico. Creo que nunca había ido a una boda tan bonita.

Paul me había dicho que el hostal sería un lugar especial, pero, a la luz del día, parecía que la presencia que había sentido la noche anterior no había sido más que un sueño. Por más que yo quisiera creer que era auténtica, soy una persona demasiado realista como para dar mucho crédito a algo que fácilmente hubiera podido ser un sueño. Tal vez había inventado aquella fantasía para consolarme.

Pero veía muestras de lo contrario. Los cambios que se habían obrado en Abby eran innegables.

—¿Te preparo algo para desayunar? —le pregunté. Estaba lista para hacer cualquier cosa que me pidiera, aunque aún era muy temprano.

—No, gracias —dijo ella, rechazando rápidamente mi ofrecimiento—. Ya comeré algo en el aeropuerto. —Abby se ruborizó, como si sintiera vergüenza, o nerviosismo—.

Es que... me encontré con una vieja amistad en la boda —añadió, agachando la cabeza como si quisiera ocultarme su reacción.

—Qué bien. —No había especificado si se trataba de un amigo o una amiga, pero por cómo se comportaba no había lugar a dudas.

—Steve fue compañero de habitación de mi hermano en la universidad. Ayer fue uno de los acompañantes del novio.

Removí mi taza de café mientras sonreía. Así que había un hombre. No era de extrañar que Abby no pudiera contener su ilusión. No me había dado muchos detalles, pero me daba la sensación de que también había conseguido librarse del peso que arrastraba al llegar.

—Steve y yo salimos juntos hace muchos años.

—Así que os habéis podido poner al día —dije yo.

—Sí... Y lo más sorprendente es que está soltero y también vive y trabaja en Florida.

Se me puso la piel de gallina. Era algo más que sorprendente, demasiado para ser una coincidencia.

—Vive muy cerca de donde yo vivo. Hemos quedado en el aeropuerto esta mañana.

—¿Vais en el mismo vuelo?

Asintió, dio un sorbo a su café y dejó la taza sobre la encimera.

—Steve me ha mandado un mensaje hace un rato. Dice que llegará pronto al aeropuerto. Intentará cambiarse el asiento para que podamos sentarnos juntos en el avión.

Veía a la perfección cómo se desplegaba aquel romance. El brillo en su mirada me recordó cómo me había sentido cuando conocí a Paul. Justo cuando acababa de renunciar a encontrar a mi media naranja. Había besado a tantas ranas que corría el riesgo de que me salieran verrugas.

Pero entonces conocí a Paul y puso mi mundo patas arriba y del revés. Incluso si hubiera sabido desde el principio que nuestro tiempo juntos sería limitado, no habría cambiado nada. Ni una sola cosa. Había descubierto lo que significaba amar de forma absoluta. Perderle fue la experiencia más dolorosa de mi vida, pero no cambiaría por nada lo que tuvimos.

—Gracias por un fin de semana increíble —dijo Abby mientras se colgaba el bolso del hombro.

—Me alegro mucho de que hayas disfrutado de tu estancia —la acompañé al recibidor, donde había dejado la maleta al pie de la escalera.

—Sí que he disfrutado. Muchísimo. —De improviso, me abrazó, y salió sin decir nada más.

Desde la puerta, la vi salir del aparcamiento, con *Rover* a mi lado y una taza de café caliente en la mano. Sentí una punzada de afecto por esta mujer a quien apenas había tenido ocasión de conocer. Se había marchado mi primer huésped. No esperaba volver a ver a Abby, pero tenía la satisfacción de saber que se marchaba más feliz de lo que era al llegar.

Josh, por el contrario, no bajó hasta casi las nueve. Yo había freído beicon, y lo tenía todo listo para prepararle los huevos a su gusto. Había zumo de naranja recién exprimido, y la mesa estaba puesta.

—Buenos días —lo saludé al verlo aparecer.

Sonrió y se sirvió café de la jarra.

—No puedo creer que haya dormido hasta tan tarde.

—Será que lo necesitabas —apunté yo—. ¿Cómo quieres los huevos?

Sorbió un poco de café y se paró a pensar, como si le hubiera hecho una pregunta muy difícil.

—Fritos. No, revueltos.

—Marchando. —Volví a la cocina, y me sorprendió que Josh me siguiera. *Rover* había vuelto a su rincón frente a la chimenea para echarse una siesta, así que estábamos los dos solos.

Se apoyó en el quicio de la puerta y cruzó los pies.

—Espero no causarte muchas molestias al quedarme unos días más.

—Ninguna molestia. —Saqué los huevos de la nevera, casqué dos en un cuenco y eché mano de un tenedor.

—Ya he organizado el entierro de mi padrastro.

Hice una pausa al añadir los huevos a la mantequilla derretida de la sartén que tenía en el fuego.

—Te acompaño en el sentimiento —le dije.

—Gracias. Estoy más triste de lo que esperaba. Pero me alegro de que pudiéramos hacer las paces antes de que muriera. Haber podido reconciliarme con él significa mucho para mí.

—Me alegro.

—Yo también —dijo, y regresó al comedor a esperar que le trajera el desayuno.

Después de desayunar, Josh salió.

Rover me acompañó al piso de arriba, donde quité las sábanas de la cama de Abby, y luego al cuarto de la lavadora. Se había convertido rápidamente en mi sombra. Por poco me tropiezo con él al meter las sábanas en la máquina.

Al regresar al salón, vi por la ventana cómo un hombre que llevaba un abrigo negro y empuñaba una pala se paseaba por el jardín delantero.

Se parecía a Mark. Agarré el abrigo y me lo puse rápidamente para salir al porche. *Rover* me siguió y se quedó a mi lado en lo alto de los escalones. Para mi sorpresa, no ladró ni mostró ninguna inquietud ante el extraño del césped.

—¿Mark? —lo llamé.

Se volvió para mirarme.

—Buenos días —saludó. Su mirada fue de mí hasta *Rover*—. No sabía que tenías un perro.

—Acabo de adoptarlo. En la perrera lo llamaban *Rover,* pero estoy pensando en cambiarle el nombre cuando nos conozcamos un poco más. —Me rodeé con los brazos al empezar a notar el frío.

—*Rover* es un nombre estupendo —dijo, apoyándose en su pala—. Yo no lo cambiaría, aunque tampoco me has pedido mi opinión.

Que no le pidieran su opinión no le había supuesto un obstáculo hasta ahora, pensé.

—¿Qué haces aquí? —pregunté, más por curiosidad que otra cosa. Nuestro último encuentro fue un poco tenso. No sabía muy bien qué pensar de este hombre. Y, sin embargo, a pesar de que no empezamos con buen pie, me caía bien.

Mark se apoyaba en la pala.

—Querías que te hiciera un presupuesto para reformar el jardín, ¿no?

—Sí, pero... —Me había dado a entender que tardaría un tiempo en estar disponible para empezar un proyecto de esa magnitud. No esperaba que quisiera ponerse manos a la obra tan pronto.

—¿Pero qué?

—Nada, es solo que no esperaba verte tan pronto por aquí.

—¿Prefieres que vuelva en otro momento?

Lo dijo con una sonrisa, pues sabía perfectamente que no era el caso.

—Claro que no. —Dudé un instante antes de decidirme—. ¿Puedo hacerte una pregunta?

—Nada te lo impide. —Hizo un gesto con la mano, como dándome permiso.

—¿Para qué quieres una pala? —Para poder hacerme un presupuesto, a mi modo de ver, necesitaba una cinta métrica, y no una pala.

Mark rio entre dientes, lo que hizo que de su boca salieran pequeños penachos de vapor.

—No es para enterrar un cadáver, si es eso lo que estás pensando.

Sonreí.

—Eso ni se me había ocurrido.

Mark me devolvió la sonrisa, y me sorprendió la calidez que desprendían sus ojos.

—La necesito para ver a qué profundidad llegan las raíces, eso es todo —explicó.

Yo cada vez tenía más frío, y me di cuenta de que *Rover* había vuelto a meterse en casa.

—Entra a por un café cuando termines, si te apetece.

Tardó un instante en responder, como si se sintiera tentado.

—Hoy no puedo, pero gracias por el ofrecimiento.

—¿No puedes o no quieres?

Se encogió de hombros, como si mi pregunta le hubiera pillado con la guardia baja.

—Tal vez un poco de cada.

Oí el timbrazo del teléfono, a un volumen desacostumbradamente alto, desde mi despacho.

—Será mejor que contestes —sugirió Mark.

Asentí, giré sobre mis talones y corrí a meterme en casa.

—Hostal Rose Harbor —respondí entre jadeos al levantar el auricular.

—Hola —contestó una voz femenina, en un tono dubitativo que sugería que se había equivocado de número.

—¿Puedo ayudarle? —pregunté.

Mi interlocutora vacilaba.

—Sí, me preguntaba si tendría disponible una habitación en mayo, para cuando las ceremonias de graduación del instituto.

Hojeé el libro de reservas.

—Pues sí. —La verdad era que no tenía ninguna reserva con tanta antelación.

—Qué bien. —Sonaba sorprendida y desilusionada al mismo tiempo.

—¿Quiere hacer una reserva?

Titubeó, y entonces dijo, a regañadientes:

—Sí, creo que eso será lo mejor. —Aunque no parecía nada convencida de que aquello fuera lo que realmente quería hacer.

—¿A qué nombre?

Vaciló, pero entonces respondió apresuradamente:

—Smith. Mary Smith.

—Muy bien, Mary, pues tomo nota. ¿Quiere confirmar la reserva con su tarjeta de crédito?

—No... ¿Podría mandar un cheque?

—Claro que sí. —¿Un cheque? Qué curioso. Me preguntaba si no sería que no quería usar su verdadero nombre.

Tan pronto colgué el teléfono, volvieron a llamar para reservar una habitación el mismo fin de semana. Esta vez, un hombre.

—Quisiera hacer una reserva para mí y para mi mujer por nuestro aniversario. Es en mayo —dijo, con poca emoción—. Si puede ser.

—Puede ser. ¿A qué nombre? —pregunté.

—Kent y Julie Shivers.

—Muy bien, Kent, ya lo he apuntado. Los veré en mayo. —Qué extraño que me hubieran hecho dos reservas por separado con cuatro meses de antelación para el mismo fin de semana.

Colgué el teléfono pensando en la misteriosa Mary Smith. ¿Era ese su nombre real? No lo habría dudado, de no ser porque ella misma había titubeado tanto.

Y Kent Shivers. Me había dado una impresión muy neutra y carente de emoción al hacer su reserva.

Regresé al cuarto de la lavadora para añadir el detergente al tambor. Cuando cerré la tapa, me detuve un instante.

347

—Tenías razón, Paul —susurré, petrificada ante la lavadora. Enseguida me puse de buen humor. El Hostal Rose Harbor daría la bienvenida a todos sus huéspedes, necesitaran lo que necesitaran. No estaba sola. Tenía a Paul conmigo. Y a *Rover,* también.

Y en lo que respectaba a Mary Smith y Kent Shivers y su esposa, no podía evitar sentir curiosidad por saber qué era lo que necesitaban sanar en sus vidas.

Pero eso ya lo averiguaría a su debido tiempo.

Agradecimientos

Siempre he afirmado que las únicas personas que se molestan en leer los agradecimientos de un libro son aquellas que esperan ver sus nombres mencionados. Así que sigue leyendo..., ¿quién sabe?

Al principio de mi carrera aprendí lo importante que es rodearme de gente muy competente, así que, con el paso de los años, he ido creando mi propio equipo editorial. Una de las primeras personas que contraté fue a mi asistente personal, Renate Roth, que lleva conmigo más de diecisiete años. Suelo decir, y lo digo en serio, que Renate es tanto mi mano derecha como mi mano izquierda. Más adelante añadí a Heidi Pollard al equipo, junto con Wanda Roberts y Carol Bass. Mi empleada más reciente es mi hija Adele LaCombe, que gestiona mis negocios y mi marca. Estas cinco mujeres increíbles trabajan conmigo en Port Orchard. Ellas son quienes se encargan de mantenerme en mis cabales, y quienes —perdón por el tópico— me hacen volar.

Nancy Berland es mi publicista desde hace dieciséis años. No haría nada sin consultarlo antes con ella. Lleva mi página web, se encarga de enviar los boletines mensuales y se ocupa de varias facetas de mi carrera. Theresa Park, mi agente, me ha ayudado a navegar por las fuertes corrientes de los cambios veloces en el mundo editorial durante los últimos seis años. Tengo una deuda eterna con Theresa por su sabiduría, su inteligencia y su perspicacia para los negocios.

El libro que tienes en tus manos se debe en gran parte a tres de las mujeres más maravillosas del mundo editorial: Libby McGuire, Jennifer Hershey y Shauna Summers. Cada una de ellas ha aportado color y profundidad a la novela. Les estoy muy agradecida por sus consejos y por la fe que han depositado en mí.

Si esto fueran los Oscar, ahora probablemente empezaría a sonar la música de fondo para indicarme que es hora de callarme y dejar que siga la ceremonia. Así que quiero utilizar estas últimas líneas para dar las gracias a mi marido Wayne y a mis hijos, por su amor y su apoyo. ¡Ah! Y, Wayne, no me engañas para nada cuando te tumbas en el sofá y me pides que no te moleste porque estás «pensando en la trama». Sé reconocer una auténtica siesta.

DEBBIE MACOMBER

Bienvenidos al hostal de la felicidad

La segunda entrega de la serie dedicada
al hostal Rose Harbor

Bienvenidos al hostal de la felicidad

Capítulo 1

Rose Harbor estaba en flor. Rododendros morados y azaleas rojas salpicaban el jardín. Salí al porche, apoyé la espalda en una columna de madera blanca y contemplé la parcela que ocupaba mi hostal. El nombre, Hostal Rose Harbor, estaba delicadamente escrito en el tablón que ocupaba un lugar destacado en el jardín, y junto a él, en calidad de propietaria, aparecía el mío: «Jo Marie Rose».

Jamás me había planteado ser propietaria de un hostal, ni siquiera gestionar uno. Aunque tampoco esperaba quedarme viuda con poco más de treinta años. Si algo había aprendido a lo largo de este viaje llamado vida, es que a menudo te tropiezas con giros inesperados que te desvían del camino que en su día te había parecido el más correcto. Mis amigos me aconsejaron que no comprase el hostal. Lo consideraban un paso demasiado drástico: significaba mucho más que cambiarme de casa y de trabajo; significaba un cambio completo de vida. Muchos eran de la opinión de que debía esperar a que transcurriera al menos un año desde el fallecimiento de Paul. Pero mis amigos se equivocaban. En el hostal encontré la paz y, sorprendentemente, también una cierta alegría.

Antes de adquirir el hostal, vivía en un apartamento en el centro de Seattle. Debido a mi trabajo y a mis responsabilidades nunca había tenido mascotas, excepto de pequeña.

Pero poco después de mudarme a Cedar Cove, me hice con *Rover*. En cuestión de pocos meses, me encariñé terriblemente de él y se convirtió en mi sombra, en mi compañero inseparable.

A *Rover* lo encontré a través de Grace Harding, la bibliotecaria de Cedar Cove. Grace trabajaba como voluntaria en la protectora de animales y me recomendó adoptar un perro. Me habría gustado un pastor alemán, pero volví a casa con un chucho de raza desconocida y pelo corto. En el refugio le habían puesto el nombre de *Rover* porque era evidente que había sido un trotamundos y llevaba un buen tiempo abandonado.

Mis cavilaciones se vieron interrumpidas por un refunfuño procedente de la zona donde tenía pensado plantar una rosaleda y, con el tiempo, instalar también un cenador. El sonido lo había emitido Mark Taylor, el manitas que había contratado para que me construyese el rótulo del jardín de la entrada.

Mark era un personaje interesante. Le había encargado ya muchos trabajos, pero aún no tenía claro si él me consideraba su amiga. Prácticamente siempre se comportaba como un amigo, pero de vez en cuando se transformaba en un cascarrabias, un antipático, un gruñón, un terco... La lista era interminable.

—¿Qué pasa? —grité.

—Nada —rugió a modo de respuesta.

Por lo visto, el monstruo malhumorado estaba de vuelta.

Meses atrás le había pedido a Mark que cavara una buena parte del jardín para montar allí la rosaleda. Me había dicho que el proyecto ocuparía un lugar discreto en su lista de prioridades. Yo tenía la impresión de que trabajaba en ello solo cuando le apetecía, lo cual por desgracia no era muy a menudo, pero siempre pensé que encontraría huecos entre los demás proyectos que le había encargado y que en un par de meses lo tendría listo. Para ser justos con Mark, había que reconocer que el invierno había sido duro, pero lo cierto es que mis expectativas no se habían cumplido. Me habría gustado que los rosales estuvieran plantados a esas alturas. Y esperaba asimismo haber tenido el jardín en flor para la jornada de puertas abiertas que tenía pensado ofrecer a la Cámara de Comercio de Cedar Cove. El problema, o al menos uno de ellos, era que Mark era un perfeccionista. Solo tomar medidas del jardín debía de haberle llevado una semana entera. Parcelar con cuerda y marcar adecuadamente con tiza la zona comprendida entre un extremo y otro del césped recién cortado, una semana más. Sí, Mark había insistido en cortar el césped antes de tomar medidas.

Normalmente, no soy una mujer impaciente, pero todo tiene un límite. Mark era un manitas extremadamente habilidoso. No había encontrado todavía nada que no fuera capaz de hacer. Era una especie de chico para todo, y me sentía afortunada por tenerlo a mi servicio: a medida que pasaba el tiempo, encontraba más y más trabajitos que requerían su atención.

Como era nueva en el negocio y, además, bastante patosa, necesitaba alguien en quien confiar para llevar a cabo las pequeñas reparaciones. Como resultado de ello, los planes de la rosaleda habían quedado relegados a un segundo plano. Al ritmo que trabajaba Mark, ya me había resignado al hecho de que era imposible que todo estuviera listo antes del domingo por la tarde.

Se enderezó y se secó la frente con el antebrazo. Cuando levantó la vista, se dio cuenta de que yo seguía observándolo desde el porche.

—¿Piensas volver a quejarte? —dijo.

—No he dicho palabra.

Había captado su malhumor y me mordí la lengua antes de decir cualquier cosa que lo pudiera enojar. A Mark le bastaba con una palabra desdeñosa por mi parte para tener excusa suficiente para ausentarse durante lo que quedaba de día.

—No te hace falta decir nada —refunfuñó Mark—. Yo también sé leer las malas caras.

Rover levantó la cabeza al percibir el tono insatisfecho de Mark y luego me miró, como si esperara de mí que fuera a devolverle la volea verbal. No pude evitar sentirme decepcionada, y me habría resultado muy fácil seguir la conversación con unas pocas palabras bien escogidas. Pero sonreí dulcemente, decidida a contener mi verborrea. Lo único que podía decir era que me sentía afortunada de que Mark cobrase por proyectos y no por horas.

—Di qué piensas —insistió él.

—Pienso que te he dicho que me gustaría tener la rosaleda plantada antes de la jornada de puertas abiertas —repliqué, esforzándome por disimular la frustración.

—En ese caso, tendrías que habérmelo mencionado antes —me espetó.

—Lo hice.

—Pues es evidente que se me pasó por alto.

—Bueno, ahora no te mosquees.

No merecía la pena pelearse por ello a esas alturas. Las invitaciones ya estaban enviadas, y el acto, estuviera todo listo o no, estaba programado para el fin de semana. Sería un auténtico milagro que Mark tuviera el trabajo terminado a tiempo. Ya no tenía sentido enfadarse por eso.

De hecho, yo era tan culpable como Mark de aquel retraso. Muchas veces, antes de que se pusiera a trabajar, lo invitaba a un café. Y es que había descubierto que era un hombre tan interesante como quisquilloso. Tal vez lo más sorprendente de todo era que se había convertido en uno de mis mejores amigos en Cedar Cove, y, en consecuencia, me apetecía averiguar todo lo posible sobre él. El problema es que no era muy hablador. Había aprendido más cosas de él jugando al Scrabble que charlando. Por ejemplo, que era inteligente y competitivo, y que poseía un vocabulario enorme.

Incluso ahora, después de cinco meses, evitaba las preguntas y nunca hablaba de temas personales. No sabía ni si se había casado alguna vez ni si tenía familia en la región. A pesar de todas nuestras conversaciones, la mayoría de cosas que conocía de él era por deducción propia. Vivía solo. No le gustaba hablar por teléfono y era goloso. Era un perfeccionista y se tomaba los proyectos con calma. Ese era el resumen de todo lo que había averiguado acerca de un hombre al que veía como media cuatro o cinco veces a la semana. Me daba la sensación de que le gustaba charlar conmigo, pero no quería llevarme a engaño. Lo que le interesaba de mí no era ni mi ingenio ni mis encantos, sino las galletas que a menudo acompañaban las visitas. De no haber sido por mi curiosidad sobre su persona, lo más probable es que se hubiera ido siempre directo a trabajar. En cualquier caso, de ahora en adelante estaría demasiado ocupada para continuar con lo que yo llamaba «nuestra pausa para el café».

Sin dejar de refunfuñar, Mark continuó cavando en la hierba y acumulándola en perfectos montones alrededor de la zona despejada. Cortaba cada sección como si fueran porciones exactas de un pastel de boda.

A pesar de mi frustración por el retraso y de su conducta puntillosa, seguí apoyada en la columna del porche viéndolo trabajar. Hacía un día luminoso y soleado, y no pensaba desperdiciar la oportunidad. Limpiar los cristales, sobre todo los del exterior, era una de las tareas que menos me gustaba, pero había que hacerlo. Y decidí que no había mejor momento que aquel.

El agua caliente se había quedado tibia cuando sumergí la esponja en el cubo de plástico. Levanté la vista hacia las ventanas más altas, solté aire y arrastré la escalera hasta la pared lateral de la casa. Si Paul estuviera vivo, pensé, habría sido él quien se hubiera encaramado a la escalera. Meneé la cabeza para recordarme que, si Paul estuviera vivo, ni yo sería propietaria de aquel hostal ni estaría viviendo ahora en Cedar Cove.

A veces me preguntaba si Paul reconocería a la mujer en que me había transformado a lo largo del último año. Ahora tenía el pelo mucho más largo, aunque seguía siendo grueso y oscuro. La mayoría de las veces lo llevaba recogido en la nuca con una goma elástica. Siempre me había peinado con un estilo de lo más profesional para ir a la oficina, pero el cabello me había crecido hasta tal punto que, cuando me lo dejaba suelto, los rizos me acariciaban los hombros.

Mark, que prácticamente nunca hacía comentarios sobre nada, me dijo un día que tenía aspecto de adolescente. Lo tomé como un cumplido, aunque estaba segura de que no era esa su intención. Dudaba que Mark frecuentara mucho la compañía femenina, puesto que era capaz de hacer comentarios de lo más grosero y quedarse tan ancho, como si ni siquiera fuera consciente de lo que había dicho.

Continúa en tu librería

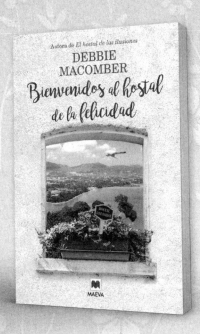

Bienvenidos al hostal de la felicidad

Nuevos huéspedes y nuevas historias llegan al hostal Rose Harbor

Con el buen tiempo, el jardín del hostal Rose Harbor florece y, con él, el amor en todas sus formas: primeros amores, amores perdidos, amores recuperados y amores renovados.

«Con calidez, humor y una narración excelente, Debbie Macomber nos trae una historia encantadora y entretenida.»
—*BookPage*